除了勇气，我们几乎一无所有，不如干脆自由生活。

为什么读小说
系列03

何以慰藉自我

施叔青 李黎 东年 等著

向阳 主编

北京时代华文书局

图书在版编目（CIP）数据

何以慰藉自我 / 向阳主编；施叔青等著 . -- 北京 : 北京
时代华文书局 , 2020.12

ISBN 978-7-5699-4000-8

Ⅰ . ①何… Ⅱ . ①向… ②施… Ⅲ . ①小说集－中国
－当代 Ⅳ . ① I247.5

中国版本图书馆 CIP 数据核字 (2020) 第 263972 号

北京市版权局著作权合同登记号　图字　01-2020-6939

本著作物经北京时代墨客文化传媒有限公司代理，由联合文学出版社
股份有限公司独家授权北京时代华语国际传媒股份有限公司，在中国
大陆出版、发行中文简体字版本。

何以慰藉自我

HEYI WEIJIE ZIWO

主　　编｜向　阳
著　者｜施叔青　李　黎　东　年等
出 版 人｜陈　涛
选题策划｜刘　平　王慧敏
责任编辑｜周海燕
装帧设计｜所以设计馆
责任印制｜郝　旺
出版发行｜北京时代华文书局 http://www.bjsdsj.com.cn
　　　　　北京市东城区安定门外大街 136 号皇城国际大厦 A 座 8 楼
　　　　　邮编：100011　电话：010 - 83670692　64267677
印　　刷｜北京盛通印刷股份有限公司　010-52249888
　　　　　（如发现印装质量问题，请与印刷厂联系调换）
开　　本｜880mm×1230mm　1/32
印　　张｜9
字　　数｜220 千字
版　　次｜2021 年 1 月第 1 版
印　　次｜2021 年 1 月第 1 次印刷
书　　号｜ISBN 978-7-5699-4000-8
定　　价｜45.00 元

目录

第一章

浮世与浮城

浮世

李 黎

浮世空惘，唯一确定者只有深沉的无力。

一

二十一世纪开始的时候，我正好满三十岁。菲比有一回这么对他说。

许多年以后，宁远还常会想到菲比说这话时的模样，或者说尤其是当时的情景，然而对其他一些事却又常很模糊，一闪而过难以捉摸细想，要用心回忆时便会疑疑惑惑的。虽说宁远是搞历史的，专业本能使得他对人时很敏锐，但是跟菲比有关的经验和记忆却总像掺杂了许许多多别的，当时的宁远有些弄不清也不存心想去弄清楚——那可以不去弄清楚的新鲜经验倒令他衷心愉快。所以后来回想起来，仿佛全都是浮在流动的光影色彩和香味上。认识菲比之前他对色感和嗅觉原是相当不在意的，跟历史的时空观念混为一谈更是近乎荒谬——对他而言。然而菲比好像就有这种本事，可以将他的逻辑与秩序轻易地颠仆错乱，并且完全不是有意的——对于她，那一切根本不在意中。

宁远清楚地记得那晚菲比讲这话时的情景。在她的住处，他膝前咖啡矮几上一只小竹篮里的干燥花瓣散发出复杂的香味——除了干花，还有刨木花屑、小松果、染了色的枯叶片等等，菲比和她的室友丽塔都喜欢这些香料，浴室、书架、床头上都放着，竹编小篮、日本描金黑漆盘、高脚敞口香槟玻璃杯和水晶碗里满满盛的都是。宁远家中从未放过这些，他的家庭摆设品位都还是早期的现代主义，线条果断冷静，有条有理——他的妻子是个生在美国的华裔，从小被训练了要比美国人更有条理来证明她自己，矫枉过正的结果是他们家成了没有任何小趣味零件的窗明几净。宁远头两回到菲比住处时，总觉得牵牵绊绊磕磕碰碰全是小东小西，一转身一甩手都会挥洒掉什么似的，总觉放不下心。

菲比说话时只略略把头转向他，眼睛还带瞟着电视机，膝上摊平一本书，耳上挂着镭射唱碟随身听的小耳机，宁远也像渐渐习惯了她屋里的香料味，一样习惯了菲比这一心可以数用而全皆心不在焉的本事。这时电视上放映的是美国国家广播公司的新闻回顾特别节目，只见五颜六色潮水般的人，没有止境似的蜂拥麇集在一块想必是极大的空间里。那惊人的浩浩轰轰的场面，人，不是穿红衣也像是红的，旗帜也像，是因为那气氛幻化成的澎湃的红潮，是人的体温与热度将大气染红了。那是二十世纪八十年代的终结的特别报道，那一年世界上有几处地方都有这么多海潮般的人群，一些普通的建筑名词如"广场""围墙"成了具有特殊意义的地理甚至历史名词。"九十年代即将到来，在这八十年代的终结……"旁白这么说着，宁远隔着茶几望向电视，菲比半侧的脸挡住了一小部分，却像贴在上头的另一重图像而具有某种意义。画面上出现广场青年的近镜头，菲比那毫无疑义的东方侧脸叠印在其上是毫不突兀的，尤其画面上的色彩亦是活泼喧哗，衬着她的黑发和五颜六色的毛衣极为谐和。凝视她一阵之后，她的容颜便如浮沉在潮水上，色泽早已告别八十年代流行的阳光海滩肤色，而已是九十年代的苍白月光了。

许是旁白说及"年代""世纪"这些词提醒了她，菲比头一个想到的总是自身。"二十一世纪开始时我就三十岁了，好可怕，"她自言自语，"三十岁，那么老。"宁远听着生起一个远远超过三十的人必有的自卑，即使明知她一贯的漫无心机也还是反感，基于对自己有反感而产生的一份不快，宁远故意用不经意的平平声音说："你今年十九，对不对？二十一世纪开始时你已经三十一了，不是三十——二十一世纪开始在公元二〇〇一年，不是公元二〇〇〇年。"他慢慢地却像用一口气说完，语气中的挑衅只有自己知道。然而又怎样呢，他立即意识到自己的无趣，因为对菲比是完全不需要这样的。果然她只把眼睛睁圆一下，耸耸肩好无所谓地说："噢，是这样吗？那我是在二十世纪最后一年满三十岁。"她耸肩的方式是自己的特色，只将右肩朝上一提，头偏倾下去，像是要用脸颊去依偎肩膀，很快的一下便算耸过了肩，表示不在乎、搞不懂、懒得跟你争辩、无可无不可等种种意思，无声远胜有声。

宁远宽容的笑，对菲比只有这样，但他心中涌起寂寞。那电视上的影像不仅见证着八十年代的终结，对于宁远更像是印证了从世纪初以来历史上理想主义追求的幻灭，乌托邦永恒的失落。而这一切，却只是一个背景，为着衬托画面前十九岁的菲比。这个印象，刻板似的烙在他脑海中许许多多年。

二

记忆是奇怪的东西。宁远后来曾苦苦试着清晰地一桩桩记起第一次见到菲比的细节，然而并不很成功，某些片段他甚至怀疑是自己的想象，甚至梦境。当时光逝去愈久，他的怀疑愈严重。到后来简直无法相信自己会以博闻强记骄人，而现今却无法清晰记起与菲比的初见，或者清晰地判断自己记忆的正误。

他只能推算那时必是开学过后不久，菲比由系里秘书带进他的办公室。她当时的模样，宁远只记得她两条长长的腿，坐下以后总是踢着东西，还有她那与身材很相称的瘦怯怯的声音——后来宁远当然知道了她的说话方式并非羞怯，而只是从不觉得有任何话是要紧得需要中气十足或快速地说出来。他们谈些什么宁远是完完全全记不得了，这也令他回头怀疑那些记得的部分的准确性。对话记不得，便连想象的记忆再造也没有办法了。

后来宁远只试图从菲比那儿像拼图游戏般探问零星片羽来拼凑这段残缺的记忆。然而菲比是无法信赖的，她的说话与她的思路一般即兴跳跃或下沉，宁远往往追赶得半途而废。他对她的记忆力，还有更要紧的对记忆的尊重毫无信心，常怀疑她应他要求所做的叙述的真实性，以至有意或无意地模糊了真相。菲比并非不知道宁远对任何事都要求一个真相的记录，而她依然漠然即是极大的轻蔑，他甚至暗中希望她不会是借用不给他真相来作为表示轻蔑的一次实际行动。

照菲比的说法，那天她只是走过他的系办公室，看见走廊墙上教授列名中有个中国姓名，这名字她有印象在学校的书店里见过，是一本书的著作者，至于内容是什么则完全没有印象了，但还是好奇想找那人谈谈，待看到门上他的中文名字更觉得是听说过的，只是一时想不起来在哪里听谁说起过。那时她还没决定主修学科，到处随便找人谈。宁远总觉不相信她的话，却又没有充分的理由，他的不相信其实是自始至终对菲比的不确定——菲比不动声色地摇动了他一贯的自信，因为他永远无法像分析掌握一个历史事件的前因后果那样来解释菲比的出现。

再见菲比——也是他认为算是真正第一次见到她，因为这次他记得了——是一年多以后的事了。菲比过来跟他打招呼并自我介绍，他略有延迟反应，但时间短得看不出，他自诩的好记性在任何时候都不该失误，跟对象无关。

在中午拥挤扰攘的学校活动中心自助餐厅里，菲比端着托盘站到他面前打招呼，身后众人走来撞去，她的身体像根水草般晃来荡去，却是株色彩斑斓的水草。宁远感到微微目眩，自然邀她坐下。她立即坐下了他才发现还有个男孩跟她一起。那也是个东方男孩，第一眼宁远即被男孩的容颜吸引住，因为实在美丽。与宁远在美国习见的第二代东方男孩极不相似，这个男孩的长相气质皆极细致温雅，带有一种几近上好薄瓷的透明质感，还不仅因为他的瘦与白。宽松但剪裁极讲究的黑色衬衫，扣子少见地一直扣到喉头，浓浓的黑发剪得短短，唇红齿白，一双描画出来似的修整英挺的剑眉，底下的眼睛却是两颗冷漠无邪的黑眼珠。饱满额头的脸型到了双颊便略略瘦削下去，延展到下巴收成一个无懈可击的丰美弧度。宁远不由得打量了再打量，又发现男孩左耳垂上有小小一个金耳环嵌在洞眼里。

菲比介绍了男孩叫乔，宁远做个手势邀他，男孩便拉张椅子坐下，却是保持着一个远远的距离。菲比已经用小叉不紧不慢地吃起来，挑拣食物的姿势漫不经心。猛一看她会觉得跟校园里其他东方女孩没多大差别，也是黑而直的长发滑而顺地披泻肩后，身上一件宽大的套头式T恤，衣大更显得身架子的纤小。独特抢眼的是她衬衫的颜色，那种老远就会看见的几乎有荧光的松绿石蓝，上面印的图案却是鲑鱼红加柠檬绿，眼睛多停驻一下便被视觉暂留的色彩互补弄到头昏眼花。

宁远拨开盘中无味的食物，尽责地问她念哪一系、课业怎样，菲比耸耸肩——这是他头一回注意到她些许特别的耸肩方式——说她还没定下主修科系，只是随便选课，并问可否来修他的课。宁远微微反感，凭多年的教书经验判断这女孩并不真想学什么，更不知自己要什么，只是理所当然该进大学就进了，反正家里必是有钱供她。他自己读大学时的拮据和辛苦也成了一册历史书，是他书架中无形的一本，偶或在心中翻开来修修改改，随着年龄时序的递增，那版本可能已有些不一样了，然而是他的珍藏孤本，内容跟现今这一代如眼前这对男女孩子的比下来，会滋生连他自己也难以承认的意难平。但他不会让任何一点泄漏出来，还是习惯性地说："你可以先来试试旁听我开的课。"

乔的手中只有一杯饮料，仰首喝干了便站起身来，朝他们淡淡点个头没说什么便径自走了。宁远看他连背影也出色，忽然心想怎样的女孩子才会跟乔这样的男孩在一块而不感到不安？菲比好像完全不在意乔的离去，继续吃她的东西，主要是一大碟生菜沙拉，细细地喀嗤喀嗤吃，小小的嘴唇翕动着，使宁远想到一只白兔。不知是不是跟乔的不在旁有关，没有了那漂亮男孩的对比，她小小的脸忽然有了自己的亮光，头发半披在一边脸颊上，发是小孩般细柔的黑直，背着光却有层淡淡的金棕，颊是只有少女才有的全无化妆品痕迹的粉嫩，如一只精致饱满的虾饺。宁远捕捉到她抬起的眼，那也完全是一双孩子的眼睛，眼珠的黑是一种光滑玻璃质感的漆黑，衬得眼白的白像是要发蓝了。那对眼睛太没有写任何东西，简直令人难以置信，忍不住要怀疑是否那深邃底处隐藏了许多需要花工夫才能解读的密码。宁远忽地没来由地微微一惊。

轻咳一声，宁远打破沉寂搭讪问她"可还习惯吗"之类的问题，她迟疑一下，那双梢角微吊的眼睛稍稍一觑，便很坦然说不大习惯——好像好不容易才习惯了高中，却过不久又要来习惯大学，等到习惯了岂不是又要毕业了。宁远倒是不会料到她回答这番话，当然本来也并不能预料她会说什么，但还是有些微一脚踩空的意外，后来对菲比的一切开始习惯了，反而是踏实时才感到奇怪。

当他啜饮一杯留待餐后喝的咖啡时，她终于嚼完了那碟蔬菜，用小餐巾纸揩揩嘴，拎过一只亮黑缀桃红的背囊，取出一只随身听，宁远注意到不是录音带而是 CD 唱碟的，把小得像耳塞的耳机挂上，朝他点点头并不笑就旋身走开去了。宁远看她背影方知衬衫背后又是一团颜色，一大抹黑珍珠的灰刷上一道道金鱼红，下身却是条紧窄镶蕾丝边的黑色七分裤，即使这种不讨好的长度还是显得出她两条腿的修长，外露的半截小腿是唯一没有强烈色泽的部分，线条特别柔和。

宁远收回目光，却闻到一股气息，他立即判断是她的气味，她人在时不会让他注意，起身离去搅动了平静的空气，人去了气味还盘桓不散失，如音容笑貌还魂。那是一种初始说不上类型的气味，然后可以渐渐联想猜测是一种木质的、香草料的，总之是植物而非动物的，且是贵重东方，因贵重而显冷硬，但它的绵密又使得其间多了一分软性。他试着从嗅觉记忆中搜索联想，不很成功地想到童年时母亲在卧房打开壁橱里的檀香木盒——但并不是的，很清楚的不一样，可是没有别的比较了，他从不曾将气味在意，而正欲进一步深究便闻不着了，待他想放弃起身离去时却又隐约闻见，这回像渐行渐远，缥缈难以捉摸，然而一种几乎近于辛辣的特质留存，宁远立即想到那些松绿石蓝、柠檬绿、珠灰和金鱼红，如果气味有色彩的话大概就是这一系列。

三

那之后宁远在校园碰见过乔跟身旁一个男孩说着话，宁远认出那男孩是个曾修过他课的中国大陆来的学生，粗朴的牛仔裤和绝非名牌的球鞋，跟乔款式看似随意其实讲究的衣着形成强烈对比。宁远不由得多看乔一眼，奇异地升起一种好奇，想自己年轻时若是如此绝色的少年，不知很多事会不会不一样——肯定会有的，但除了会形成性格上的差别之外，其他的外在条件并不见得具备：乔的外貌中有一种只有二十世纪八十年代的富裕社会才能培养出的既有闲适的精致又有消费时尚品位的结合，而在宁远青少年的年代里，他的自家和周遭环境的条件都还远不能及，虽然他那时也算是个外貌出众的男孩。也就是说，乔若生在他的年代则无法完成乔现在的自我——宁远略带嘲讽地想：这也能算是一种历史现象的经济因素吧。

见到乔却没有见到菲比。宁远有些担心会不会远远见到菲比走过却认不出她了，如果她换了一身衣服而又闻不到她的气味的话。他也知道自己担心的多余和无理。菲比不久之后就来找他了。她出现在宁远生命中一段难以明晰界定的阶段里：年轻时的无把握和未可知都已过去，而那时并未曾出现过的惶恐竟在中年面对未来的可知时产生了，这是令宁远难以自我解释的，因而更令他感到焦躁。他已习惯了日常事务按他所预料的运行，然而这也并不能令他愉快，反更有一种忽忽若有所失之感。他的家庭亦是如此，包括妻子和上高中的儿子的家庭生活，简单规律得有如上好发条自动前行的机件。在那个环境里宁远的惶恐和焦躁是极不协调的，因此他喜欢把更多的时间消磨在办公室里，他研究的是已经发生了的事，无论是已知或未知、可知或不可知，都已经存在于某一个时空了，对那些他比较没有那么多的焦虑。

这天下午他有两个小时的接见学生时间，一名研究生来谈了论文题目刚走，宁远把桌上纸张整理一下随意转头望向窗外。他的办公室在三楼，窗临着文学院几幢楼房圈成的一方院场，来来往往的学生中间一个身影吸引住他的视线——其实也许是那颜色，一种并不算罕见的孔雀蓝，却蓝得有种妖氛，像印度神龛前舞动的女子身上似该披金挂银配上这样一袭蓝纱丽。然而穿的那人却若无其事地一闪而过。片刻后半掩的门随着两声轻叩被推开，与他叫"请进"的同时闪进这片蓝来，原来只是一袭男式的衬衫，有领有袖前面一排纽扣，好像怎样也不该缝成这么个样式的，然而那颜色原宥了一切不宜与不当。然后他闻到了一股香气，正是那天氤氲不去的，此时他立即辨认出来。这是他对她的第一个准确无误的感官记忆。

菲比的容颜在那孔雀蓝的映照下更显得白，但嘴唇娇红，并非全无血色。她那看似散漫不经意的外貌，究竟是随心的抑或刻意经营而不着痕迹的成果，宁远无从知晓，只觉她整个人在他斗室中像光影透过晃动的叶隙间洒下，闪闪烁烁的不实不定。她问宁远选修课目的问题，说说停停又说，用的是夹英文单词的中文，常在句尾拖着童稚的腔调，宁远听出这是她这年纪一辈特有的说汉语的方式，忽然感触到自己和她虽来自同一处地方、说着同一种语言，然而一代的光阴潜移默化了许多内里的东西，最后剩下的相同可能只是标识了吧。

宁远知道自己并不能帮她什么，她不想念父母亲要她念的企业管理，而又并不清楚自己究竟想念什么。坐在他书桌旁的椅子里，她总是不能安下心来似的时时欠动身体，两条腿长长伸出去，碰到废纸桶脚尖轻轻无意识地点点，发出些微声响了才又缩回，眼光不看宁远，说话时就漫漫浏览环视他的书架——他的以书籍搭成的堡垒和长城。半响忽然冒出问句："你怎么想到要学历史的？"宁远已有许多年不曾听到这句问话，因为人们已将他的专业理所当然化了。宁远笑笑说："我从小就喜欢看历史故事书，念历史一直是我的第三心愿。"菲比继续遥望他的书架，他追随她的眼光停留的久暂，却看不出她对什么特别有兴趣。他常从学生瞻仰他书架的眼神里捕捉到敬意或赞叹，菲比眼中却什么都不写，她眼中的光影也是浮动的，像水面上的映光。

"你觉得历史那么有趣吗？"她忽然问。"当然，"他说，"否则我怎么会研究它呢？"菲比耸耸肩说："可是，你研究的不是任何你能亲身经历的事。"宁远失笑道："我们可不必亲身经历每一件事才能去了解它的真相啊。"她又耸耸肩"嗯"了一声，他无法确定她究竟是同意还是不同意。

宁远问她的家世，有些意料中也有些意料外地发现她是个富有的生意人家的独生女，念完初中二年级就独自来美国上高中了。他不免好奇地问她父母亲怎么舍得，她说："一个台北很有名的算命的告诉我妈，说只有把我跟父母亲远离才会好，我妈就送我出来了。"菲比说这话的口气有如天冷了便该加件衣服一般理所应当。宁远沉默一下才问她这"好"是什么意思、对哪个人好，菲比偏头想了想，又耸耸肩表示答不出来或不想答。

宁远问她："你怎么肯来的呢？"她说："我以为美国是像个大迪斯尼乐园啊。"宁远觉得有趣，笑道："来了还那样以为吗？"菲比也笑笑，过一会才轻轻说："迪斯尼乐园也有不好玩的地方。"宁远说："你想家吗？"菲比耸耸肩说："习惯了。"宁远说："如果现在让你回头再做一次选择，还会要来吗？"菲比反问："我可以有选择吗？"想了想又说，"为什么不要呢？"

她的离去与来访同样即兴，并不等于一个谈话段落或时限，像是在变换一个坐姿时便临时起意离去，倒也不忘礼貌地谢他一声才出门。宁远在她一走出门后便将门关上，随后自己才意识到这么做是为了让她的气味可以在这小室里多停留一阵。待他坐下预备收敛心神开始工作时，那氤氲未散的气息明显地形成一种干扰，这熟悉又陌生的馨香如袅袅游丝渐渐侵入他的世界中，渗进他星罗棋布的完整思路，令他感到分崩离析的危机。有很长一段时间他无法控制自己的思路，气味变幻成色彩挡在路前。他感到一种前所未曾有过的兴奋的恐慌，像开车开上了一条完全陌生的路，但并非不曾想象过，只是不知如何走下去，而手边没有此处的地图。

四

也有几回看到菲比跟乔在一起：自助餐厅、活动中心或者校园的路径上。在宁远眼中那是奇特的一对，乔的俊美和色泽深沉黯郁而雅致的衣着、菲比毫无修饰的容颜和一身斑斓幻丽大胆的色彩，两者有如一种互补。在乔逼人的美貌和她自身逼人的彩色中，菲比泰然自若的素颜令宁远暗暗讶异。他同时也注意到菲比和乔两人并不像一般校园情侣，他俩倒像是一体的两面，在一块是理所当然，因而并没有因寻找与追求而产生的激情。宁远相信自己这份直觉是正确的。他也自知完全无法为着菲比而敌视乔。

又有一回遇上时菲比过来打招呼，乔也跟过来，宁远想听乔讲话，故意引他开口。这才算头一回真正听他说话，中文有些生硬，却还是听得出与菲比相似的口音与腔调。宁远后来还是忍不住向菲比打听乔的出身，她说："乔念小学时就来了，他的祖父是好有名的什么人，你研究历史的说不定就研究过他的祖父。"宁远好笑地问她乔姓什么，她说了个罗马拼音的汉字，宁远说这种拼法的姓起码有四个，菲比耸耸肩说那下次要他写给我看好了，他总该记得自己姓怎么写吧。当然她始终不会问出那个字来。

那年冬天特别的不冷，圣诞节快到时他们这个在北美洲西海岸的城市还是丝毫没有要下雪的意思，然而节日的气氛倒绝不会因此而减少。宁远从来不过问节礼的事，由妻子年复一年循例照办一切。这天宁远为了找一本新出版不久的书，不得已凑热闹似的来到一处大购物中心的书店。就在买完书经过一家铺面时，一股淡薄欲像有形体似的气息幽幽找上了他，宁远不由得转眼望去，是一间专卖各色应节景小玩意的店铺，从外头望去只觉琳琅满目，一时却辨不清是些什么。

宁远信步跨进店去，一进入就像是另一个洞天，里面的空气温暖厚实，浓浓弥漫着香料的馨氛，柜台上燃着大大小小高高矮矮五颜六色的蜡烛，烛焰摇曳如梦幻，且全是有香味的火光。宁远知道还不只是这些，于是他看见一个个香囊，口袋大到不盈握小的都有，缤纷又柔和的色彩，悬挂或者盛放在欧洲中古风味的织锦面盒子里，大大小小缝成心形的袋或饱满透明的包，然而任是怎样包扎也关不住那喷薄四溢的香气。还有像食物似的盛在一个个小型的木皮箍桶中，桶上标示着散装香料的名称特色和以杯为计的价格，每桶的基本色调不一，有桃花瓣色、鲑鱼肉色、米白和宝石蓝。香味在这里炫耀似的散布着，宁远微微感到晕眩，方才明白"袭人"是何情景，而这些全是暖香，有温度的暖融融的几乎是有体温的气息，然而并不是肉体的，因为没有肉体气息的暧昧与偶有的不洁，这些全然是植物的，却是丰腴多肉的草木，大自然最近动物体的造化。

像久觅之后的巧遇，宁远终于找到了菲比的气息所来自的地方。他把手指伸入一桶蓝色的干燥花，掬起一把又复让那些花叶木屑从指隙漏下，触感是薄硬清脆，并不在掌掬中停留却有些许细末碎屑沾肤不去。宁远搜索着记忆中读到过的香料香草名称：丁香肉桂没药龙涎香檀香艾草乳香麝香迷迭香薰衣草桃金娘百里香……他无法肯定自己究竟能辨识其中任何一种的气味，这些对他只是字眼，有些是他有一回写中西交通史的论文找资料时看到的一段关于东方香料的文字，不知怎么便记住了。现在置身在这温馨馥郁的房间里，那些魅丽的芳名在他脑海中终于与感官嗅得的经验奇妙地融合起来，构成一个幻觉的感官世界，气味清淡时像古时欧洲向往的香料出产地的渺远东方，强烈的则是出产地的南方海岛，晚霞满天时的异彩……

宁远以一种自觉的克制力让自己走出那家店铺和那座购物中心，在室外黄昏的暮霭烟尘中深深吐纳几口气。这个全新的感官经验仿佛是有形的，丝般缠绕连绵令他微微不安，他心底深处知道自己并无惧怕，但还是有习惯性的抗拒。于是那个冬天宁远开始自律性地每天早起晨跑。穿上衬绒的跑步装、底厚而轻软的跑步鞋，他在冬日天蒙蒙亮时出门到家附近的山径和小树林慢跑。冬天清晨冷沁的空气像纯净的薄冰，他用前进速度中的身体劈开这爽脆的空气并将它吸满肺叶，这似乎是唯一可以用来抗拒另一种强烈诱惑着他的气息的方式。

然而冬天很短，寒假也不长，开学后宁远必须回到学校里他满是书架的小室，窗外不停变换着来来去去的颜色，他的静坐室中便更像是一种守候。并不感到意外的，菲比还是又来了。

五

后来宁远曾回头问她为什么那时并没有什么事却常来找他，菲比先是答说："我也不知道，只觉得想见你就来了。"然后她才说："我觉得在你那房间里很有安全感。"宁远追问怎么会呢，她眯起眼想一下才不大确定似的说："可能是那些书架——不，那些密密排列的书的气味，让我想起很小的时候祖父的书房。"宁远在失望之余微微有啼笑皆非之感。后来他总算放弃了从菲比那儿得到某种解释甚或告白的努力。而在那同时，他也感到了不必追究所谓事实真相的轻松。

在那段她不时偶或未经通知便出现的日子，宁远发现自己的心情已变得难以自我主宰。不见她时常会有种种迷惑且极易被触动，往往在完全集中注意力的阅读书写甚至授课的中间，猝不及防地，有关菲比的意念会突地出现——连形象也不一定有，亦不需要具体的名字，只是极快速地一闪而过，他便知道那是她。这样来无影去无踪的忽忽闪现令他焦躁几至恼怒。反而是当她来了整个人好端端地坐在办公室里，他与靠窗的书桌平行侧坐面对着她，他才感到骚动退潮后的平静。

她偶或也有色彩沉静的时候：秋香色软料丝上衣和白长裤，一贯风格的上身宽松到引人猜测内容，而下身又紧窄如第二层皮肤。那天是乔与她一道，因为宁远问过一回怎么从不见乔同来，下一次她就把乔带来了。办公室里容下三人便显得空间小，或者是由于乔总像是需要更多空间似的——他总像在自身周遭保持着一块空间不让旁人或外物触碰到，像是一种肉体与精神的极度洁癖。宁远试着与他谈话，问他念什么，他说建筑，因为他喜欢设计。乔说话时眼光就慢慢地游移，最后停留在壁上一幅框裱好的书法上，停很久才说：我记得家里也有这个人的字。

字是一位已作古的名人的墨宝，写的是：秋草六朝寒，花雨空坛，更无人处一凭栏。燕子斜阳来又去，如此江山！

宁远说："我写过一篇关于他的研究论文。"乔说："小时候认字，大人就指着墙上挂的字教我，所以还记得——原来他已是历史人物了。"乔这些话都是用英文说的，宁远听着有种疏隔的感觉。

忽然乔轻轻一笑道："你听过这话吗？'我相信历史，一如我相信情人的谎言。'"宁远一怔，问他哪里读到的，乔说："是我一个念历史的朋友说的，很好玩是不？"乔难得一笑，笑容不但亮丽且带一分稚气，宁远一时难以答话。菲比却只是静静听着，眼光不时投注窗外初春的蓝天。

然而乔大部分时候是静默的。菲比告辞时他便起身，有礼地向宁远点点头而去。宁远注意到他左耳上的那只耳环是经常变换的，有时是一个小金环，有时是个形状不规则的小坠子，这天却是一粒小小的钻石，顾盼间如流光闪动。宁远问过菲比关于乔的耳环，菲比好似有些嫌他大惊小怪，说："你难道没听说过吗？左是 rikght，右是 gay，乔的耳环不总是在左耳？"宁远是真的不曾听说过男性戴耳环还有这种讲究，忽然觉得在菲比的那个世界里的自己是多么的孤陋寡闻。

又过一天菲比来了，斜靠在他桌旁瞅着他道："昨晚在电视上看到你。你本人比在电视上好看。"宁远不曾想过会被如此评价，微微发窘，忙问她对他说话的内容可有意见。菲比偏头想了半晌，反问他："你曾经在那里吗？"他一时会意成问他到过那里没有，回说当然，但随即明白她的意指事情发生的前前后后那段时间，便感怪异且略微不悦地说："当然没有，你也知道的，为什么这么问我？"

菲比说："我看你说话时有一种错觉，好像你是亲眼看见了那一切，才能讲得那么流利、那么肯定。"她这段话全是用英文讲的，宁远这才想起去年她第一次来他这里说过的那句话：你研究的不是任何你能亲身经历的事。那句话她也是在用中文说话时忽然改成用英文说出，效果特别令他难忘。很久以后宁远方才顿悟她并不只在夹缠一个是否亲身经历才算的问题，而其实是她本身最大的困扰：除却感官经验之外，她还能以什么方式去真正理解事物？然而宁远当时并不懂她，只是按捺着心中的反感冷冷地说："那么照你这么说，世界上绝大部分的事情都没有什么好去谈的了？"

菲比斜着头看着他问："你生气了吗？"宁远无可奈何地说："怎

么会呢?"菲比小声说:"我知道你误会我的意思,可是我不知道怎么说你才懂。"宁远说:"我们不谈这个了。"他坐在椅上,见她靠自己站得很近,她的气息他虽已习惯却是提醒着他那些芳华的存在。今天她穿一件桑葚红的短袖上衣,那红色发着柔和的丝光,宁远在忽然安静下来的小室里听到他和她轻轻的呼吸。她站得太近了,他忍不住伸起手触碰她的衣袖,果然是一种极滑腻柔软的丝质,在掌中几乎像水,他的手掌继续下滑便抚到她手臂的肌肤,触感几乎相似只是有了体温。他握到了她的手之后便微微用力一拉,她毫无抗拒地俯下上半身脸对着他的脸,宁远看进她那仍然没写出什么的眼睛,在心中无声地对她说:"那就让我通过你的身体来读懂你吧。"

六

那年夏天似乎特别酷热。那个暑假宁远本要应邀赴大陆参加一个中国近代史学术讨论会,结果被通知会议取消,他虽早已料到却还是来不及做其他安排,暑期只好留下。菲比修了一门暑期班的课,说这样便有借口不必回家。她尤其不能忍受台北的夏天。一放假校园里便空旷下来,像弃置的遗址般总使宁远觉得这是一年中最寂寞的日子。然而这个夏天他有了菲比。在他往后的岁月里回想起来,那段季节燥热的空气似乎还逗留在他身畔,令他呼吸时鼻子微微发酸。

宁远第一次踏入菲比的住处,需要一段心理的调整方才能适应她的世界。她的室友丽塔是个从台湾来念研究所的女孩,见到宁远就像对一个来访的同学或女友一般,宁远却需要两三次之后才能置信她这若无其事的态度不是矫饰的。她对他和菲比的关系完全没有好奇,宁远出现时她绝不特意回避,像当他也是个室友一般。宁远无法不以他自己那一代人对类似事情的态度反应相比，那样巨大的差异令他惘惘然若有所失。

这两个女孩共租的居室新而宽敞，布置趣味是颇后现代风的，无处不在的香花香草和没有统一风格的装饰物的声色香带着嘉年华式的缤纷与欢娱。宁远置身其中禁不住想到自己初来美国求学时的居室，比起来几乎可以称得上是斯多噶式的清贫。

菲比的居室已不仅是一代以后，宁远悚然惊觉：这业已属于另一个世纪，而许多他自身极亲近的记忆已是永不再会回头的历史——在这里，历史这两个字只代表一般人观念中的，不是对宁远具有特殊意义的字眼。在这看似充满即兴式趣味的居室里却潜藏着精致的条理，宁远很难决定他究竟是喜欢还是不喜欢。这是菲比的世界，他会荒谬地想过自己像个误入未来时空的迷航者，只为了菲比在这里才留下来。

宁远总在下午她下课后来。菲比一向食无定时，常在午后三四点烧她一天的主餐，在小厨房里煮一锅杂烩，不时扔些材料进去，食物的香气出来时构成屋中除了干燥花之外的另一种气味，宁远方才觉得她毕竟也有人间烟火味，敢站到她身后绕过她纤小的腰环抱住她，埋首在她发颈间深深地嗅着。她却只是专心烧她的什锦粥面，揭开锅盖时水蒸气冒上来，像在云雾里。

过不了多久，宁远就发现菲比无法以同等的热情回应他的抚爱。起先他以为是出于她的羞怯，随即明白完全不是——菲比对身体既无羞怯亦无禁忌，然而她不反应。当宁远抚吻她那好似尚未完全发育的小小的乳房，她竟连呼吸也不急促。她没有敏感动情的部位，宁远终于颓然发现，她身体最隐秘部分的气息也像是那些干燥花的，一种完全是植物而非动物的香气。宁远在初始的微微失措之后倒也未感挫伤，因为菲比虽不同应却也从不拒绝。他希冀能慢慢来引导她，而在他心底深处知道其实有一种深沉巨大的无奈横亘在他们中间。

她的公寓有个游泳池，燠热的午后宁远便常在那里游泳，菲比则多半坐在池畔有荫蔽的地方听音乐或打盹。宁远喜欢跳进水里之后探出水面之前先张开眼睛的那一刹那，看到的是阳光在水面上浮现的千百条动荡的光影，然而水隔开了光影浮面以上的世界，连声音也听不见，水成了蓝色的绝缘体。在这种短暂的时刻他忽然感到与这个世界的距离，只有自己的身体很近，而且是失去了重量的。

这种状态若是持续稍久便令他感到莫名的恐慌，他渴切地浮出水面，一切光和声又回来了，他看见穿着细带子似的两截泳装的菲比俯卧在凉躺椅上，背脊一条浅沟沉下腰线然后柔柔上扬，臀部一个柔和的曲线往上再缓缓下滑，过一会她翻身坐起来，懒洋洋地把椅子挪一挪又复躺下去，这回是面朝天，平坦的小腹沦陷下去分成两条修长细致的腿……她的姿态动作却全然显示她对自身线条的美毫不在意，理所当然得几乎是无知的。宁远默默地攀在池沿看她半晌，又复潜回水中。在那静止的水底世界，他想着她那对一切都无为无谓的风情所对他造成的吸引力，想着她的无感：她的肉体并非不可及，不可及的是他自己心底深处一份始终无法触及消解的渴望。

乔也常来，宁远在时碰见过他几次。乔好像从不事先通知要来，上了门若是菲比不想开门甚或不在他就走开，也不在意。原就有些苍白的乔在这夏日似乎更没有血色，且神态显得沉郁。宁远始终很难跟他进行真正的谈话。本想问他是不是还跟那些中国同学忙广场的事，想想又没问，因觉乔该是看过自己的文章和访问，如果乔不提那些，就表示他并不想谈那个话题吧。然而他对乔没有任何一点敌意，连宁远自己也有些暗自诧异，但他明白自己已经由菲比而懂得了乔与她的相似之处，他无法敌视一个与菲比那么相像的人，而那两个人的近似能使他们亲近却不能构成任何异性的吸引力吧。

他们邀乔一道游泳，乔迟疑一下就跟到池畔晒太阳，下一次来时便带了泳裤。宁远见到了乔的身体，并没有他想象中的羸弱，乔年轻的骨骼支撑出匀称饱满但柔和的线条，肌肤有一种花瓣的丝光与色泽，虽然仍是白得青苍。乔总是在水里片刻便上岸，抹干上身后便仰面平躺，对着蓝空怔怔地不知在想些什么，一个夏天下来竟丝毫不曾晒黑。

许多年以后，宁远回想起那个夏天，心中会升起一种浮在水上似的微微的晕眩之感，菲比与乔的身形和他们花瓣似的肤色在脑海中某处载浮载沉，那个好似还未曾完全脱离孩童的身形，虽隔了滔滔的岁月，在浮现时仍会给他轻轻牵扯的细微痛楚。

七

开学之后宁远的日子回复到常轨上，那些与菲比共度的夏日午后便有些像一场场在日光下做的真幻难分的梦。他还是常会在黄昏回家之前到菲比住处逗留一阵，如果她回家得早的话。然而宁远感觉得到这种逗留的匆匆完全不似过往日午的那份日久天长，而秋季来时天日渐短，每回离开菲比时满眼的暮色令他有说不出的惆怅。

菲比十九岁生日，宁远安排好要与她共度，早早给了家里借口。去接她时，门开处站着的菲比令他一惊：她穿着短短的紫色衫裙，头发全盘上去，露出纤长而白得几乎耀眼的颈脖，宁远送她做生日礼物的一条绝细的金项链在颈与胸的交界处闪动着细碎的光。宁远从不曾见过她如此的装扮，那一份成熟风韵的暗示令他感到陌生。

他本提议带她到一家有海景的法国馆，然而她说想吃清淡的日本菜，于是他们来到一家宁远从未到过的日本馆，以蓝灰黑三色为主的几何图案，装饰品味构成所谓的东方与后现代奇妙的组合。菲比熟悉地坐上寿司吧的高脚椅，向年轻的日本师傅指点她要的寿司。宁远与她并排坐，看着她变更了发型的侧影，颈脖微微前倾的弧度是如此优雅，她用纤纤手指拈起打上了生鹌鹑蛋的鲑鱼子寿司毫不迟疑地送进开启的口唇间，他几乎可以闻得见那生腥。碟中有一株小指长的紫色碎花串，宁远以为是纯装饰用的，菲比却叫他尝尝说是可以吃的，他略咬一口舌尖便感到一股带麻的辛辣，菲比笑笑将自己那串簪上鬓边。

两人出来上了车，宁远忍不住靠过去亲吻那看了一晚的颈脖，并且将她上衣的肩带扯低，让自己的唇可以一直游走到她圆浑的肩膀。菲比笑着闪躲痒痒，挣动间往上梳起的长发一绺绺垂落颈旁肩上。那样纤细的颈项，宁远忽然想象若是双手圈住它收紧是什么感觉……他被自己的念头吓着了，急忙启动了车。

到她住处门口时，车上收音机中正播放一首菲比喜爱的歌《著名的蓝色雨衣》，宁远熄了引擎正要抽出钥匙，菲比阻止说："让我听完它。"宁远只得重新扭开电源。他记得这是菲比有的一张乔送她的镭射唱碟，忍不住抱怨道："这歌你不是听得到吗，何必还留在车里听？"菲比不理他，直待萨克斯风伴奏的低沉缓慢而略带苍凉的女声唱完方才说："这首歌是一封信，我喜欢把它从头到尾听完，难道你从不会因一首歌好听而留在车里听它吗？难道非得车停了就下车吗？"宁远被她问得不知如何回答。

大门把手上挂着一包轻飘飘的东西，菲比取下抽出来一看是一束干燥玫瑰花，插一张小卡片，上写"菲比生日快乐，乔"。菲比捧着干花进了门，宁远一把搂过她来亲吻她，菲比护着胸前直嚷你别压碎了乔送我的漂亮的花。宁远听到窸窸窣窣如枝叶脆折的声音，忽然想到这岂不是花的木乃伊，她整幢屋子里全都是花的木乃伊。

时序进入了二十世纪八十年代最后一个冬天，昼短夜长，宁远干脆常常不计后果地在菲比那里消磨半个晚间，陪她做功课看电视。他已习惯了她同时做一件以上的事的坏习惯，他相信自己可以习惯她的一切，虽然她总是不停地变幻莫测。宁远在菲比的电视上看到柏林围墙的倒坍，他想起她那张《著名的蓝色雨衣》镭射唱碟里第一首就唱的是"我们先是拿下了曼哈坦，然后我们拿下柏林"，竟像奇迹般的预书在这世纪末实现了。

在往后的岁月里宁远也常想起菲比在那些电视画面前的容颜，像是一个大时代或一段历史只是被她用来做音乐和色彩背景的。宁远将永远忘不了菲比说她二十一世纪时三十岁——不，三十一，她还有许多年可以挥霍她的色彩，而他注定将远落在后，活在正如她所说的完全不是他自身经历的过往历史的故纸中。他当时亦非不明白这样的结局是必然，但在他还能触及菲比时他实在无法放弃。如果不是出于乔，他真的不能想象这场绝望的挣扎将是如何收场。

宁远最后一次见到乔也是初冬时候了。那时还是断断续续的偶或有人来找宁远谈话或约稿，他总是找借口婉辞了。在面对自己时，他给的理由是他从来就不是也不想成为一个中国现况分析家，这并非他的专业范围。内心深处他明白自己宁可遥遥面对早已完成的事实甚或是迷思，而正在进行时给他的无力感令他沮丧。

一个天色阴沉的下午，宁远处理完了一些资料正欲离去，办公室的门被轻敲之后推开，来人是曾与宁远为了中国学生的事通过两次电话的梁姓学生。当他自我介绍后，宁远才把名字与面孔连起来，认出他就是曾有几次看到过与乔在一起的那个男孩。梁有一副中国北方人的魁梧体格，然而五官面容不相称地纤秀，薄薄的唇上未刮干净的髭须如婴儿绒毛般轻柔地伏贴在年轻的皮肤上。没有乔在旁边比较，宁远便不得不承认梁是个俊美的男孩。

梁在说明来意之前客套地推崇宁远的见解与关怀，宁远听着只觉窘迫不安，那礼赞在他听来有如讽刺，虽然对方绝无此意。幸好很快转入正题，梁的来意是探问宁远是否可能帮忙安排在学校谋一栖身之处及研究奖助金之类。宁远知道情况不易，却也无法一口回绝，便答允将尽力想办法云云，说着这话时心头掠过一丝异样的感觉，想自己若是在二十年前将会怎样回应，但二十年前的自己根本不会坐在这里，若自己换作是面前这年轻人又会怎么做……在略微失神之际，梁礼貌地起身告辞。宁远说："我也正要走，一道出去吧。"

门外走廊上，一个纤长的身形斜斜倚墙立着，一看竟是乔。宁远微怔问道："你找我有事吗？"身后的梁轻笑一声说："不，他是在等我的。"宁远见乔只穿一件薄薄的夹克，虽是他一贯的上好质料名牌，却显得有几分瑟缩，像有些不胜寒的模样，头发微湿，脸上有一种心不在焉的恍惚。宁远不禁问了他一声："乔，你好吗？"乔却答非所问地说："外面在下雨。"梁忙说："那我们快走吧。"到了楼下大门口，果然天色已更黯淡，细细的雨丝无声地垂挂下来。乔在廊檐下迟疑地停住脚步，梁往雨中看一下便说："你在这里等，我去停车场把车开过来。你等着啊。"再嘱咐一声才跑步没入雨中。

宁远为这般的体贴暗暗震动，不禁回头望乔，却见那双一贯清冷的眸子像蒙了一层极薄的雾光，极其温柔。当宁远在日后漫长岁月里脑中偶或浮现那一刹的眼光时，他有时候会被自己的记忆所迷惑，以为也曾在菲比的眼中见过。其实乔与菲比的眼睛完全不相像，但宁远会为那眼神柔和的一刹那如此心动，使得他的记忆把那份感动摊派给了菲比一部分。

宁远决心冲入雨中之前转身向乔摇摇手道别，乔忽然向他伸出手来，这么正式的社交动作出自乔是他完全未曾料到的，以至略一迟疑才伸出自己的手。这是宁远第一次也是最后一次与乔身体的接触。乔的手冷而湿，完全不像他给人家的那极端干净的感觉。事后宁远忍不住本能反应似的在长裤上抹了抹右手掌，然而那冷湿如冬雨之夜的黏腻之感却久久停留不去。

八

一个也是下着微雨但并不算冷的星期天早晨，宁远在家中接到电话，竟是丽塔打来的。他在认出她声音的那一刻便绝望地想必是菲比出了什么事。后来回想当时自己的立即反应，宁远看清了自己内心深处一直深藏着的不安与无望。丽塔的声音倒很平常，只说菲比情绪不稳定，你最好尽快来一下。等宁远追问才说菲比有些歇斯底里，因为，因为听说她的朋友乔死了——昨夜自杀的。

宁远脑中仿佛听到"轰"的一声，像是在一处很遥远的地方有件重物坠地。他已记不得当时是给了家人什么借口而匆匆出门的。赶到菲比的住处时，丽塔给他开了门，告诉他菲比已经好多了，自己便离去了。屋子里很安静，干燥花在这阴湿的冬雨天中好像也会返潮，香味不似一向的浓郁了。宁远走到菲比卧房门前轻轻叩两下便推门进去，房里的细百叶窗帘全都闭着，他用了几秒钟时间才适应幽暗的光线。

菲比半靠在床上——她的床其实只是一张最大号的床垫搁在地毯上，她说过喜欢睡得靠地近，比较有安全感。宁远曾笑她小时一定常有从床上滚下地的恐怖经验，她说正好相反，她小时一直睡榻榻米房间。她的床上大大小小圆的方的至少有七八个枕头，菲比就靠着那些枕头屈膝坐着，手中还抱着一个。

　　宁远在她身旁地毯上坐下握住她手，怕惊动她似的低低唤她，菲比毫不感意外地也不看他，像从讲了一半话头的半中间接下去讲一般地絮絮说："前天，星期五晚上，我和他去一个 party，一大堆人，都是中国人，他认识几个的，可是才过没多久他就说我们走吧，这里不好玩。我看他好像身体不大舒服的样子，就没说什么跟着他离开了。他送我回来，在门口我问他要不要进来，他说不想了，然后就说菲比，这里不好玩了。我没听懂，以为他指我家，可是他说，不，菲比，我是指这个地方，这个世界呢，真不好玩是不是。我说是啊，但有什么法子呢。不知为什么我说了忽然有想哭的感觉。他耸耸肩笑笑，然后忽然抱住我，一动不动抱了很久才放开，一放开就转身走了，也不跟我说晚安再见。我关上门时听到他开动车子的声音。他就这样走了。记得他说过他绝对不要活到三十岁，他不能忍受变得那么老，可是他才二十一岁呀，还有很久很久呢……"

　　菲比说到后来就耳语似的，渐渐没有声音了。她可能始终未曾知道乔死去的详细情节，因为她不想知道。宁远则是过了一段时间之后才慢慢拼凑闻知的，而这也在菲比离开之后了。他判断乔的自杀是即兴的，因为并无特别的交代或遗书。当然也有关于他服用药物的传闻，但并无直接的关联。方式倒是乔一贯的洁净：在浴池放满大半缸温水，衣履光鲜整齐鬓发一丝不乱地坐在池边地上，把割开静脉的左手放进水里去……一点都没弄脏其他地方。纵然是如此冷静整洁的画面，宁远初听到时仍是忍不住胸腹间一股反胃的翻腾。

　　那天他陪在菲比床边，见她不再说话似已蒙眬睡去，便拉过床脚的羽绒被来给她轻轻盖上，她却微微睁开眼，眼中一层蒙蒙柔光，说："你不要走啊。"宁远说："我不走。"心中为她未曾有过的温柔托赖感动着，俯身吻她，她伸出手臂紧紧搂住他。宁远感觉到她温热湿润的舌尖主动地迎挑着他的，在意外中也立即感觉到了她远比平素炽热的鼻息和身躯，忽然心狂跳起来，整个人立刻被她燃着了。菲比双臂松开了他的肩膊，开始抚摩他的发和颊，然后以一股坚定的气力将他的头往下推，往下推。宁远在一种几乎是梦幻的状态中服从着她无言的命令，顺着她温柔起伏的胴体，他闻到了她的气息，不同于以往的，她终于有了湿润的气息，不再是干燥的花朵木乃伊的香气，她有了来自她自己活生生的体内的气味。宁远狂乱地亲吻她，听见她发出模糊不清的呻吟，感觉得到她双腿的痉挛和僵直之后的放松。他迷乱地抬起头，看见她紧闭着眼双唇润湿半启着，几乎是一阵心痛，他凑到她耳边轻唤她的名字，她并不睁开眼，微皱着眉，那狂喜与痛苦竟会如此相似的神情令他吃惊又心魂荡漾。她伸手探索到他，以几乎是蛮暴的急切引导他、迎合他，四肢如有各自生命与意志的蝮蛇紧绕缠绑住他，他的一切感觉与意志全都汇聚到一个点，从那里去冲刺探索她身体与灵魂的最深处，在那一刻他愿以生命换取那个接触的完成，因为他终于感到了她完完全全的如花朵的展开和接纳。他在一个感觉的高峰顶点知道自己完成了，在那一点他的一切感知化为千万个色彩绚丽的火花碎片，消逝在她体内深处的宇宙里。

当他恢复正常意识时，方才听见自己心脏的狂跳、她仍未平复的喘息和窗外淅沥的雨声。来年的冬日，每当也是细雨霏霏的清冷日子里，他一个人的时候，便会想到菲比那仅有的一度激情，而他的思念同时交织另一个意象——那绵绵的冷雨必落在某一处青草地上，地底下埋着的永远是二十一岁的乔。

九

宁远后来再找菲比时她不接电话不开门，他也居然并不感到意外，因他预期了菲比将无法面对这一切，而自己能给她什么也很茫然。然而他还是不断地尝试，有一天丽塔开了门，告诉他菲比休学了，不过只是暂时的，过一阵还会回来的。"那她是回家了吗？"宁远问。丽塔沉吟道："她的父母分居了，父亲在台湾母亲在纽约，她没说要去哪一处。"宁远便记起菲比说过的，小小年纪就离家来美的一个主因是听信算命的话，相信这样他们亲子才会好。宁远没再说什么，谢过丽塔便转身离去。他特意绕行过游泳池，见水波仍是碧绿荡漾，心知以后不会再来这地方了。

后来宁远收到过她一张寄自欧洲的明信片，用的是中英夹杂的文句：亲爱的 N，很对不起，我必须离开一阵，否则我怕要跟乔一样的结局了。我有时候会很想念你，可是我还不能面对这个乔这么不喜欢的世界……大意是这样，她的中文和英文的书写能力都不是太好。

宁远对于自己可以冷静地接受菲比的离去并不感意外。他其实早已知道了菲比离去的必然和其意义——菲比和乔推翻了他的世界中的一些既成秩序，其实那是他自己本就想要推翻的，但既无勇气又无能力，需要外来的新而无理的力量，他们完成了他。现在他们以不同的方式离去，宁远终于可以平静了。当时流行一个学术名词叫"历史的终结"，宁远不由得联想到他自身的某个年代是否也有其历史终结……这是他在一个安静的午后对着办公室的窗外悟出来的。其实他一直都明白，这只是像形之于脑海中无形的文字。到底宁远还是凡事需要文字来印证的，这点既成秩序倒并未被推翻。

一年多以后有一天中午他在校园看见一个熟悉的侧脸，完全可以肯定是菲比——他的心比他的意识肯定得更早，已经加速跳动起来。但她的一头长发不见了，齐耳的短发披到颊前才略长，遮去三分之一的面颊更显得脸庞的瘦小，发下的一截白而细长的颈项却又是记忆中熟悉的。她身上的颜色不再是抢眼泼辣的，而是一种不起眼的似米褐又似树皮的色泽，大概是二十世纪九十年代环保意识抬头后时装潮流的自然中性色吧。下身也不再是第二层皮肤般的紧身裤，换成了柔软宽松的碎花裙。这样的装束令他几乎不敢相认，但他知道那是菲比无疑。

"几时回来的？"他问。她笑笑说："年初，赶上春季班开学。""你知道我一直挂念你。"他说。她又笑笑，似乎耸了一下肩，但已不用她的脸颊去偎着肩的那个小动作了。宁远觉得惘然若有所失，然而也不感意外。两人走过活动中心前的方场，正有个小型的学生热门音乐队在表演。宁远想到在这里臂上被缠上黑纱的那天及那段日子，才是不久之前却像是极其遥远而模糊了，他因之而明白了在追求所谓历史真相的无力感从何而来。宁远说："去吃中饭吗？"菲比迟疑一下摇摇头说："不了。""那就再见了。"两人几乎异口同声地说。宁远知道这才意味着自己历史中菲比这篇章的真正终结。

目送菲比背影离去，宁远思量着在这个世纪末新的世纪初时，他已是年过半百可以开始准备计算提前退休的年龄。他即使能活着看到下一个世纪如何轰轰烈烈或惨淡经营地开展布局，他也已无能力做什么了——其实他从来也不会真正做过什么。后来他想起菲比质疑过他不曾亲身经历的事物的价值，终于完全让步承认她质疑得有理。菲比到二十一世纪时才三十岁，而年过五十的他将看不到菲比和她的那个新世纪与世界太久。菲比将在那个世界和世纪里活下去，然而纯属巧合，正如乔已不在那里一样是一种不巧而已。

——原载于一九九一年四月二十六日—五月十一日《联合报》副刊，

收入洪范书店《浮世》

【导读】

李黎，本名鲍利黎，一九四八年生于江苏南京，次年到台湾。台大历史系毕业后，赴美于印第安纳州普渡（Purdue）大学攻读政治学。曾任编辑与教职，现居加州从事文学创作与翻译。曾获《联合报》短篇及中篇小说奖。著有小说集《最后夜车》《天堂鸟花》《倾城》《浮世》《袋鼠男人》《浮世书简》《初雪》等；散文集《别后》《悲怀书简》《天地一游人》《世界的回声》《晴天笔记》《寻找红气球》《玫瑰蕾的名字》《海枯石》《威尼斯画记》等；译作有《美丽新世界》。

《浮世》写已入中年、研究历史的宁远内在深沉沉的寂寞，这种寂寞的体感源自对于过去已然终结的追忆，以及对于现下时空的隔膜与无从介入。在生命的模糊时刻，大学生菲比与乔的出现，以一种全新而无理的方式，打翻了生活里一贯的秩序与理性。

作者在小说中以细致的感官体验写人的质感、写隐微的情思浮动，很容易令人联想起朱天文《世纪末的华丽》里那用嗅觉和颜色的记忆构筑世界的米亚。宁远过往辨认世界的方式是逻辑而严谨的，史学的考据、合理的分析与判断、文字的解释与记录，由此构筑出精确而简洁的生活。然而菲比以完全颠仆错乱、磕磕碰碰的姿态出现：色彩斑斓的服装营造出视觉上的鲜丽感；绵密辛辣的气味则启动了丰腴多肉的嗅觉记忆。至于乔的视觉与触觉特征则是花瓣的丝光与色泽、上好薄瓷的透明质感，一种清苍的白皙。他们仿佛生活在玻璃世界里，气味鲜明却无感无情，他们是花的木乃伊。

已入中年的"宁远"内在被焦躁取代，逻辑被感官侵入，秩序被隐隐挑战与推翻，眼看着即将倾覆。"你研究的不是任何你能亲身经历的事"，宁远身处无色无味的知识与理论当中，是为了衬托出菲比的色味杂陈与世代青春。然而这一代张扬无谓的自我背后，却仍是苍白与枯槁。菲比与乔无法介入这个世界，她们是同质性极高的生物，活在另一个空间里，干净、隔绝、无感，冰冷而难以亲近，有一种不沾人间烟火的漠然。"除却感官经验之外，她还能以什么方式去真正理解事物？"这是新世代人类的困境。

这种不确定性与无安全感，所展现的是空茫的另一个世代。菲比无意与世界沟通，乔则即使尝试过亦仍旧无法沟通，"这里不好玩了"的言语，显示了他对于当下的沾染与无力。菲比的世界、乔的世界，对宁远而言是全然陌生的世代，然而宁远需要菲比，宁远对于菲比的渴望，也包含了对于解答现时惶惑的渴望。然后一具躯壳之死，启发了另一具躯壳之生，通过身体，狂喜与痛苦两种极端的情绪在瞬间真正展现、完成，然后又复消失。宁远的世界终于被推翻，他获得了平静。

本篇小说在政治的大场景下谈隐微的情感与中年的惶惑，三者互为背景，而由此逗引出的逼问是：我们如何理解历史？如何理解现在？又如何理解自身？浮世空惘，唯一确定者只有深沉的无力。我们于此看见了一代知识分子的失落与惆怅，我们仿佛也听见了自身小宇宙里那细微而空无的碎裂之声。

——石晓枫撰文

初旅之二——走贩人间

东 年

越过河畔竹林的野风，在他四周掀起波涌的稻浪。

杂货店开在五条路岔口的几株大榕树下，沿着柏油路两旁聚集着几间砖房；除了杂货店、碾米房和农具修理坊，就是家居的农舍。这些砖房的聚落外，兰阳平原像一片金色的海。

将一包砂糖交给李立，杂货店的老板问："以前没看过你呵，你叨位来的？"

"进士里。"

"喔，而你是谁的孙儿？"

"杨天戮。"

"可能是宝旌的后生，你没看彼面形概亲像哩。"杂货店的老板娘亲切地问，"令母儿是宝旌呵，杨宝旌呵？"

李立点了点头。

"嘻，就是嘛，面形足相款——以前读公学校儿的时瞬，我和令母儿坐隔壁喔。"她说，"令母儿有转来宜兰没？"

"没。"李立说，"我，我个自坐火车来的。"

离开杂货店，李立沿着柏油路走了一小段，然后折进一条滨河的田埂；原来他是走柏油路来的，现在他想起这条河也流过他们村子。

河水潺潺，窸窣作响；越过河畔竹林的野风，在他四周掀起波涌的稻浪。

"这就是丰收呵？"他赞叹地想，"到处金光闪闪。"

"借过！借过！"一阵沙哑的声音在背后催逼。赶路来的是一个干瘪的老头子，戴着一顶两三叶片脱线的斗笠，穿发黄的白衫和褪色的黑短裤。他挑着两箩筐蜜饯、零食和水果，扁担随着不停的脚步在肩膀上晃动。

"真是个奇怪的人。"李立望着他的背影、静瘤浮突发青的腿肚以及没穿袜子而露出小趾的破布鞋，突然放声喊道，"会去进士里呵？"

那人回过脸来，皱起悲愁的眉头说："你讲啥？什么里？喔，进士里，会会会，过后我会去。"说着，他匆忙走上一道跨河的竹排桥溜过岸，在稻穗间没了身影。

到处滚动着打谷机的声音，胀饱的田雀也排挤在田间高架的电线上，歌赞富饶的季节。走完那条田埂，李立终于回到村庄的外围；老远他就看到外婆撑着伞，以手板遮眉，站在大三合院前的路口观望。"嗨！"他用劲地跳起来，勉强在稻田间探出半个身子，大喊：

"这儿啊！阿嬷！我在这儿啊！"

"我假使你找没路。"外婆说，一边接过他手中的砂糖，一边将李立拥进阳伞的阴凉中。

"我即才在路里睹到一个怪郎。"

"什么怪郎？"

"一个老爷儿，足瘦足瘦，担一担蜜儿，是卖蜜儿的郎呵？"

"生像猴呵？"外婆说，"嘻，嘻嘻，哪会有人生作彼败看呵，所以大家都叫伊猴人，哪，阿嬷这么就贺你一块银，一会儿伊就会来咱们大稻埕。"

"满舅呢?"李立说。

"在田里,要不我就叫伊驾车去买糖咯,哪会叫你去曝日呢,这瞬儿田里当值没闲,过几日儿令满舅就会当率你去四界踢踏。"外婆说,"你就委屈两三日儿,啊,去找令三舅开讲也真趣味呀,快,伊即才转来厝里,这么当在书房读书或是写字喔。"

三舅的书房里弥漫墨汁的臭味,他正伏在窗口的书桌上临摹字帖。这个大学生已经离家两年了,但是书房墙上仍然贴着许多自己崇拜的偶像———幅幅剪自画册的人像。

"啊,我亲爱的小外甥。"嘴角带着赞赏的笑意,他说,"听说你是自己搭火车来的,啊?"

"是啊。"李立说,"我已经快升五年级了。"

"喔,时间过得很快。"说着,三舅又低头写了一个字,"今年考第几名?"

"第二名。"

"不错,但是差一点点。"放下毛笔,三舅从口袋里摸出几张小钞,说,"奖赏五块钱,下次第一名给十块,等一会儿有个卖东西的小贩会来,你可以买东西吃。"

"我看过那个很可怜的人。"李立说。

"你知道个什么可怜人?"三舅的嘴角再度浮起笑意。

"我,我知道许多人。"指点着墙上的人像,李立说,"我认识这个、这个、这个,还有这个。"

"都是音乐家。"

"那……这人是什么家?"

"经济学家、社会学家,也是哲学家。"

"什么经济学社会学哲学?"

"说了你也不懂。"

"喔。"李立转过脸去看窗外。

窗外栅栏圈养着的鸡仔,张着喙鼓着腮,三两成群躲在番石榴树交叠的凉荫中喘气,而晶莹碧绿的番石榴结实累累。栅栏外,两座饱满的稻草团间,四平八稳地趴着一条鬈毛老狗在打盹。竹围外,在稀疏的林缝间翻涌着大片亮丽的稻田;许多人影埋头在稻禾中沉默工作,偶尔才会在打谷机的哄闹声里冒出三两次响亮的笑声。

"小舅舅在田里呵?"

"嗯。"

"为什么你不在田里工作?"

"我是读书人。"三舅说,"我们是读书人,记着喔,我们是进士的后代。"

"我很想去田里玩。"

"当然,只是一下子很好玩,其实那很累人,腰会酸,背会痛,真正没什么乐趣。"三舅笑弯了嘴角说,"其实这么热的天气,不要说什么玩玩,你恐怕一下田就会中暑呵。"

稻田里突然又响起一阵新加入的打谷机滚动声,一群在附近被惊起的田雀前呼后拥地在空中闪窜。阳光照亮的天空里晴蓝无云,只在天边浮现一抹若有若无的雾气;他看到一班海蓝色的列车静悄悄地在地平线上滑行,而在远近坐落的两个村庄浮现的墨绿色幽篁氤氲和砖瓦红晕中,跳出那个走游乡间的小贩,在一条狭小的田埂上往村子急奔而来。

"有一个卖东西的怪人——"

"猴人啊?还没听到他的声音。"

"我已经看到他了。"李立说,"我刚看到他走进田埂了。"

"那是就要到了。"三舅说，"我们去吃点冰。"

那个小贩走进大稻埕的角落，将担子停放在一棵参天的莲雾树下，拿毛巾擦了擦汗，然后手上转动起一节装了橡皮条和敲击板的竹筒，哗啦啦地招呼人。

太阳高挂在大三合院的近中天，树荫外，晒场的水泥地冒起腾腾热气，而新割的晒谷错乱地闪烁刺眼的光芒。许多人家钻出了嘴馋的孩童，附近的田里也走出了几个寻找乐趣的年轻人。那个小贩掏空了冰筒，又卖出了一些糖果、蜜饯和两个凤梨，然后闲下来和那些精神亢奋的年轻人赌博：他们以一端涂了漆色的细铁条，比较黄红蓝的对子和序别。

李立和三舅坐在一座石碑的台面上吃冰；这一对碑台各据稻埕前端的两个角落，原来用来高挂进士旗帜的旗杆久经风雨早已腐朽不存，只有碑上的登科年份和名衔仍清晰可见。

"那是怎么玩的？"李立说。

"他们——"三舅说，"我不玩这个。"

几次欢呼和叹息交替之后，那些年轻人不是掏空了口袋就是丧失了斗志，整排沿着一片缀满红花的树篱坐着聊天，相互戏谑。那个小贩继续摇动那个竹筒招呼器，忍不住得意地笑出一嘴斑黄残乱的牙齿。

"哈，他赢很快乐喔。"李立说。

"是啊。"三舅说，"他赢了那些傻瓜的钱，嘻，他就赢不到我。"

"令这些少年家，怎样？输屆涂涂涂呵？"前埕冲进一辆摩托车，跳下李立的二舅，这个年轻的兽医又说，"这只猴，还是得我才有办法来合修理喔。"

赌博的气氛立刻又热烈起来，但是只玩了几回，这兽医也泄气了；他摇了摇肩膀晃了晃脑袋，一眼看到李立，眼睛一亮，说："喔，呵，李立，你来啰——来来，来，乖甥儿，你来跟伊博几局儿。"

"我不爱。"李立说，"我不会——"

"不会，学就会。"兽医说，"什么都会须学一点儿啊。"

"我才不爱博局哩。"李立说，"咱们是进士的后代喔。"

"我知我知，这儿大家都莫是杨进士的后代啊？来啊，来啦，你不备听二舅的话啊？"

"好啦好啦。"李立跳下碑座说，"我简单博一把即好呵。"

"什么一把即好，我讲停才会当停。"兽医转向小贩说，"怎样，来爽快博几把儿怎样？按那输赢才会紧，你莫才会当赢较大注呵？"

"好啊，备按那博拢在你们啊。"小贩又笑出斑黄残乱的牙齿，自信勃勃说，"一罐一罐来博吗？这罐梅儿博七块。"

"连罐儿呵？"

"罐儿，呃——"

"喳，当然是连罐儿。"二舅说，"要不，若我们赢是备用什么装？"

"好啦好啦，要不，咱们来按那啦，连罐儿算九块。"小贩用劲摇了摇签筒说，"备开始没？"

李立以颤抖的手指挑出签条交给兽医，然后好奇地望着小贩的眼神；当兽医掀起底牌的时候，小贩的脸抽搐了一下，而围挤在四周看热闹的那些年轻人大声地吼叫起来。

"实在真失礼。"李立惶惑地说；兽医嬉笑说："是啊，真卑势。"

小贩涨红脸说："呵，胜败兵家之常嘛。"

在以后的十来回中，李立输了两回，而小贩输光了所有的瓶罐。

掀起箩筐的盘面，探了探，兽医说："嗯，你还有本钱呵，这箩儿底还有三粒凤梨咧。"小贩僵硬的黑脸泛出一片铁青，涔涔地淌出泥泞般的汗水。

"这遍，咱们免博钱。"兽医一本正经说，"咱们来博货，若我们赢，三粒凤梨拢归我们；若你赢，哪，所有的罐儿都返你。"

"罐儿和里底的蜜儿呵？"

"当然当然，彼蜜儿甚赘，食了会落屎。"

深深地吸了一口气，小贩说："好啊，博三遍怎样？"

"在你。"兽医笑着说，"李立，好呵？"

李立沮丧地缩着颈子没吭气。"好咯，好咯。"大学生跳下碑座，涨红脸说，"已经戏够本咯，蜜儿都返伊嘛，放伊转去嘛，已经中暑啦。"

"啧，什么中暑啦，你在急啥？伊还有机会啊。"兽医说，"备可开始啰，李立，李立，开始啊。"

李立抹了抹满脸上的热汗，而小贩手上的签筒颤抖得咯咯作响。

"开始啊。"兽医说，"开始啊。"

小贩突然呼口大气说："咱们还是博一遍就好，一遍就输赢，唉，博三遍我心脏挡不着啦。"

"好啊，好啊。"兽医说，"掀牌啊，掀牌啊。"

溜一眼牌面，小贩痛苦地咬了咬嘴唇，然后又一根一根地揣摩着看牌色。看完牌底，他用劲一把将签条握在掌心，重重地击打胸口，说："去咯，去咯，总去咯。"

"唉，算啦算啦。"大学生说，"都返伊啦。"

"喳，你这个书呆子，你若看不惯习则走嘛，在这啰里啰唆做啥啦？"说着，兽医笑嘻嘻地动手就要搬那三个凤梨。

"稍等，稍等。"李立说，"咱们可再来博一把儿，博你的笋儿。若输，你的笋儿就留落来；若赢，你就全部的蜜儿都赢转去，都赢转去，而赶较紧离开这儿喔，紧走喔，好否？"

"咦，咦，这有意思喔，这真正趣味喔。"轻轻地拍了拍李立的脑袋，兽医说，"我的乖甥，你学得真紧呵，出师了呵。"

"讲好啊，紧啊，紧讲好啊。"李立催促着小贩说，"你还有机会啊。"

大家被李立认真的神态逗得哄然大笑，小贩也笑开脸说："是啊，我才不信今儿日我这等衰尾衰小，好好好，来来来，咱们大家来给这些蜜儿都坑入去笒儿里。若我赢，算我好狡诈，王公保庇，我瞬儿就拢总会当给蜜儿可再担转去；而若你们赢——啊啊，你们就连笒儿担去，而我嘛，呵，我就两手空空转去咯。"

"没啦。"兽医说，"若输，你就一手提空冰桶，一手——嘻，头戴破笠，手举扁担，按若看起来真趣味喔。"

"是是是，嘻，你们看真趣味，而我看彼即真可怜啦。"小贩说，"小朋友，来来来，备开始啰……"

输赢再度分晓。那些年轻人笑闹着把胜利品提往田间奔去，留下小贩在原地摇头叹气。会儿，他讨饶说："我按若转去，哪有面子呢？"

"嘻，今儿日，我就是揣摩你按若离开我们进士里咧，嘻，明儿日再来磋商呵。"兽医拍了拍李立的肩膀说，"我的乖甥儿，哈哈哈，今儿日足趣味，我贺你十块。"

"我才不要——"李立说，"我不要——"

"咦，奇怪，你赢届这若爽哪会在哭？"兽医说，"呵，今儿日真趣味，回家回家，这儿日头赤炎炎而稻儿足刺目。"说着，他自顾自地跨上摩托车，缓缓地离开稻埕。

那个小贩已经在田间走得老远了，瘦削的身子深深埋在起伏波涌的稻浪中，只浮出一根晃动的扁担和飘摇的斗笠，像个稻草人。

"他只要赢一次就行啊。"李立说。

"你不必难过了。"三舅摸了摸李立的头说，"那是没办法的事，他运气太差太差太差了，他只要赢一次就行啊，可是他运气就是那样那样差，那样奇怪的差，是不是？是不是这样呢？"

"是啊。"李立望着那个小贩的模糊背影说，"他只要赢一次就可以了啊。"

——本文刊载于《联合文学》第三十八期

【导读】

东年，本名陈顺贤，一九五〇年生于宜兰，外祖母为抗日先贤蒋渭水堂妹。一九七八年应邀赴美国艾奥瓦大学国际写作坊进修，现任《历史》月刊总编辑、联经出版公司副总经理、《联合文学》社务顾问。

东年是同时代中最勇于创作长篇小说的作家，曾于一九七四年上船赴南非写作长篇科幻小说《失踪的太平洋三号》，费时八年才完成。除此之外，已出版的短篇小说集有《落雨的小镇》《大火》《去年冬天》，长篇小说有《模范市民》《爱的飨食》等多部。曾获联合报小说奖。

东年巨大的文学企图心，怕是读者在阅看同时，须有追随紧追的严谨敬意。他有其傲岸坚执，如同宜兰人个性中的不驯，否则不会有初创"台湾海洋文学"前驱的扛鼎巨作《失踪的太平洋三号》。他相当挑"读者"，这般的文学"洁癖"亦形成东年小说的特色。

"进士的后代。"小说中的少年人重复此一谈论，显示其嬉游青春年岁，传统依然在宜兰此一后山净土，坚执着噶玛兰的强悍民性。

小说所采用之"宜兰腔"闽南语，字句河洛古音，可见作家对历史、文化的深邃钻研，如农获之秋歌，若海涯之吟咏，整篇小说在其平淡之间更见台湾与生俱来的"移民"生机。

在前所见之《初旅之一》孩子独自搭火车寻路，到此篇《初旅之二》的青春年少博弈之戏之间，探寻的是未知却勇健的前程盼期；东年似乎有着书写他"少年回忆纪事"的隐含用心,看似"小说小品",无巨大宏观野心,却呈露属于生命的重要丰收,如小说中这流洄、跃动的饱满映像,借由人物口中自然颂之:

"这就是丰收呵?"他赞叹地想,"到处金光闪闪。"

壮哉东年!台湾自然主义小说的写作成就,当属他与宋泽莱得以等量齐观。如同豪迈、粗壮的耕农,小说如文中所形之"河水潺湲,窸窣作响:越过河畔竹林的野风,在他四周掀起波涌的稻浪"。

——林文义撰文

愫细怨——香港的故事之一

施叔青

> 即使如此华美贵重，也仍然是一个可以
> 被交易、被收藏、被舍弃、被取代的东西。

一

愫细在六个月之前偕同她学建筑的美国夫婿狄克回到香港来，狄克说她这趟是回来重温她的根，然而愫细对香港的印象只止于中学时代的香港，一毕业，就被家人送到美国读书，在她主修美术设计的四年里，家里发生了重大的变故，母亲因病去世，父亲从银行提前退休，离开了香港这块伤心地，到奥立冈买了一块橘园，准备在黄澄澄的橘子丛中终老，愫细唯一的弟弟也上了加州大学的机械系，香港对于她，反而不及美国亲切。

经过介绍，狄克在此间一家建筑师事务所找到一个待遇不错的职位。狄克很开心，这个从小在旧金山长大的美国男孩，为了向往东方文化而娶了中国女孩为妻，能够住到中国的香港来，实在是他想望已久的。

既然愫细的父亲早已把跑马地的房子变卖，愫细在此地等于没有家，她和狄克另起炉灶，在半山区马己仙峡道找了一个不算大但很舒适的房子，是在大厦的十七楼，居高临下，从窗口望出去，香港就在他们的脚下。刚刚搬进去的几个星期，两人像一对童心未泯的小孩，下班回家，相依偎在落地长窗前，等待黄昏最后一抹光隐去之后，有如仙女的魔棒一挥，灯一盏盏此起彼落亮了起来，顷刻间照亮了半天的辉煌，把香港变成一颗灿烂闪亮的宝石。对这份世界少有的奇景，狄克赞叹，世人所谓的东方之珠就是如此吧？

这种神仙美眷的曼妙日子，并没有维持多久，以后变心丈夫所能找出的借口，狄克全搬了出来，他开始说谎，夜归是为了业务，然而每个月总有一两次到外地出差。愫细不是个天性多疑的女人，她万万没有想到丈夫一步也没离开香港，他借用朋友在大屿山的房子，偕他的女朋友小住，居然还天天过海照常上班。

"她是谁？"愫细问，狄克告诉她那是一个极普通的美国女孩，密歇根州立大学的研究生，来这儿搜集资料写论文。

原来她的丈夫他乡遇故知，这和愫细时有听闻的故事多么不同，通常是外国夫妇住到亚洲来，丈夫抵挡不住东方佳丽的诱惑，抛弃了同甘共苦几十年的发妻。

"为什么？狄克，为什么会这样？"

她突然之间变得十分陌生的丈夫，也同时在问自己："她和我一样，来这儿找中国，失望了，我们处境一样，相互吐苦水，后来我也不知道为什么——"

"愫细，听我说。"狄克乞求着，他絮絮地道出香港此行破坏了半年多来所做的梦。愫细心乱地捧着头坐在那儿，狄克说的她一句也听不进去。

"……比起旧金山的唐人街，香港的中国味道显然不及它浓——"最后狄克作结道。

慛细只问了和她最切身相关的问题：

"你打算怎么样？"

"我建议先分开一阵，好好想想，然后再做决定。"两人从此分房，狄克在小书房打地铺。

慛细一口否决狄克的提议，声明搬出去的应该是她，这公寓里的一切全是属于狄克，甚至租约也是狄克公司签的。

现在慛细利用午饭和下班时间去找房子，她在狄克面前，紧抿着嘴唇，很是坚强。直到有次到天后庙道看一间公寓，那是一个香港突然暴热的暮春，空房子特有的气味迎面扑来，刚打过蜡的地板，光可鉴人影，慛细扶着墙——屋里除了墙一无所有——她沿着墙，生怕摔跤，来回走了几趟，窗外有个游泳池，已经放满了水，池里空空的，蓝色的水在早夏的阳光下泛着粼光，在那儿一波又一波无声地汹涌。慛细看呆了，她想起狄克激情时的眼珠，也是这样蓝得发光。泪水蓄满了她的眼眶，忍了十多天，她再也忍不下去了，像缴械一样突然松懈下来，索性哭个痛快。

后来听见有人开门进来，她才赶忙躲在浴室里，在不很干净的浴缸边缘呆坐了半晌，哭过之后的心情稍许觉得轻松，慛细觉得应该振作起来了。她站起身，面对着镜子，里面反映出一张泪眼模糊的脸，她从皮包里掏出随身携带的口红，重新化妆、画眼线时，她的手居然一点也不抖，慛细对自己惊异的同时，也发现一个人还可以活得下去。

镜子里重现出一张勾画齐整的新面孔，又可以回到写字楼和同事谈设计构想的脸，她当以前的慛细是死了，对新的自己凝视片刻，走出浴室拴上门的那一刹那，慛细恢复了她对自己的信心。

二

一个星期之后，她在碧瑶湾找到了一间面海的、小小的公寓，只有在清晨与黄昏，愫细对着这一片永不疲倦的海，她试着把狄克的蓝眼珠埋葬在蓝蓝的海水里。两个月之后，她认识了洪俊兴，一个极普通、中国味十足的中年男子。

愫细的公司与此间某个艺术机构签了一份合同，承揽设计年底艺术节的海报、节目单。愫细刚分居，想为自己证明的心情格外迫切，恰巧负责平面设计，一个比她资深的主任上个月才被另一家德国广告公司重金挖了去，老板威尔逊先生如失左右手，公司一下失去平衡。愫细这时从缝隙中冒了出来，洋老板很精明，看出她这一阵子失魂落魄，几次把她叫到自己办公室，耳提面命，强调愫细千万不能辜负公司对她所寄的厚望，惹得愫细眼圈红红的，感激极了。

升了主任，愫细还特地去剪了个头，使自己看起来精神些。她一心为公司节省，经人介绍，找到了"俊兴印刷厂"，躲在观塘的一家中型印刷公司，约好先看纸样。洪俊兴自己抱了一大叠纸张上来，愫细在她小小的办公室见了他。这位专门和九龙小店打交道的老板，推门进去，对方的年轻，又是女性，使他一愕。愫细连忙抓起写字台上的太阳眼镜戴上，自觉笃定了些。愫细听他操外省口音的广东话，几次不好意思笑出来，她改口说英语，对方着实愣住了，难为情地掏出手帕擦拭额头，愫细这才发现对方不懂英文，于是不留痕迹地改回广东话。她刚回香港不久，夹在华洋杂处的社交圈，就是和中国人交往，也很少有一席话不夹英语，这男人自始至终全是口音很重的广东话，愫细不禁多看他两眼，只觉得新鲜。

谈价钱时，愫细注意到洪俊兴对这些纸张珍惜之至，她一眼看出，这个外省的中年男子，年轻时从内地来香港，在创业初期，一定吃过不少苦头，是这些纸使他发迹，难怪看他的手指在光滑的纸上巡回，眼睛中有着无比深情。

慷细起身送客，洪俊兴还在好奇地东张西望，他很少有机会被请到中环外国人开的写字楼，难怪很为这儿的摆设所吸引。临走，他在歪歪斜斜钉满日程表、备忘录的那一面蔗板上发现一张中国水墨山水，画在宣纸上，也没好好裱，随便被钉在角落里，洪俊兴在这洋化十足的写字楼找到了中国，他情不自禁倾前去看，似乎一下有了依归。

"喔，这幅画很有意思，我喜欢他的中国味道。"慷细一副远方阔客的口吻。洪俊兴连声说："很好，很好，丁衍庸的，早期的作品，"又加上一句，"应该拿去裱画店托托，裱好了装上框子，效果更好。"

慷细以为他是在就纸论纸，后来才发现他喜爱中国字画，还多少收藏了一些名家作品。以后两人在中环吃了几次午餐，无非都是谈纸的价格，都是洪俊兴请客，有次慷细把账单抢过来，洪俊兴竟然觉得奇耻大辱，眼睛都圆了，害得慷细低声解释了半天，说她可以向公司报账，洪俊兴只是听不进去，一迭声喃喃："岂有此理，岂有此理。"

慷细第一次发觉纯粹的中国男子有他的可爱，因为是中年，特别有一股吸引力，她想象洪俊兴在他妻子家人面前，一定是极端大男人主义，虽然她从未打听过他家里的情形。

渐渐地，他的电话多了起来，每次总会找到一个令慷细无法驳倒的理由。开始几次，她以为对方要这笔生意，所以千方百计拉拢她，慷细不得不提防，她的事业如日中天，公司嫉妒她的人也不少，她不能有任何话柄落在别人手里。然而，分居女人的生活毕竟是单调的，何况中饭人人要吃。她把自己这样一说服，以后就坦然地赴约。

下一次见面，是在铜锣湾一家新开的酒楼，洪俊兴向她极力推荐这家厨子做的粉果。这些日子以来，由他的大型日本房车载着，愫细被带到一间间她从未光顾过的饭店酒楼。每一回，愫细只消安逸地坐着，这儿是洪俊兴的领地，由他主管一切，他一个人点菜张罗，从来不需愫细操心。不像从前和狄克一群外国人上广东馆子吃饭，看菜单点菜的工作总是落到她这全桌唯一的中国人身上。愫细身负重任，生怕点的菜不合这群外国人的口味。在那种时候，做中国人简直是一种负担。

和洪俊兴在一起，使她有着回娘家做客的感觉，一切都熟悉舒适而温暖。愫细也抗议过，他把她照顾得无微不至了。

"哪里，哪里，"他总是谦卑地笑着，"黄小姐在外国住久了，回香港是客人、是客人，好好招待是应该的、应该的。"

接着，他夹了一块田鸡腿——他不知从哪儿知道她喜欢田鸡——放入她的盘子。

"来、来、来，趁热吃。"

愫细禁不住笑了。"我这个客人太舒服了，一次又一次，老做不完。可是你别忘了，我这个香港人比起你来，可要地道多了。"

洪俊兴使劲摇头，一脸不同意。

"何以见得？本来嘛，我是这儿土生土长，你还是半路出家的。当然你要说，这几年在外国读书，混了一身洋气。"

说完，自己哈哈大笑。洪俊兴直直望入她的眼睛："你真是个可爱的女孩子，很可爱，本地的女孩很少有像你这样的。"

愫细人往椅背一靠。"可是我自觉历尽沧桑呢！"这话是在心里说的，和对方没有熟到谈心事的地步。就是再熟，她也不可能向他诉说。洪俊兴和她活在两个不同的世界，他们的语言不同，无从打交道。在经过情感的大风大浪之后，愫细只想休息，她是太累了。有个像洪俊兴这样的人，明知不可能，交往起来也就放心多了。至于对方是否有和她一样的想法，愫细可不管，她有独生女的骄纵，天塌下来由别人去顶着，好使她勇往直前。

"真的，黄小姐，你不知道自己有多可爱，性格爽朗，又开通得很，做起事情来，比男人还能干，年纪轻轻的，真不简单。"

"其实该佩服的是你，"愫细说的是实话。她听洪俊兴说过，二十年前从上海坐船来香港，掏出口袋所有的钱，买了一瓶可口可乐，坐在当时还没拆的尖沙咀码头钟楼，啜着平生第一瓶可乐，向对面的太平山大叫："我出来了。"

出是出来了，日子总还要过的，虽然没有像好些人从内地出来，铺报纸在骑楼走廊上睡了好几个月的惨状，在人地生疏的香港，他这个外省人也吃尽苦头。他跳上电车，从北角坐到坚尼斯道，来回不知多少趟，香港到处是机会，他却不知何去何从。

这样一个一无所有的人，凭着中国人的吃苦精神和不屈的毅力，终于闯出属于自己的天地，愫细只有全心佩服。当她听到洪俊兴常常穷到连茶楼饮一次茶都要算之又算，本着女性的同情心，愫细眼圈都红了。

二十年了，洪俊兴坐在新开敞亮的酒楼，这个人没有因失意而变得尖酸刻薄，愤世嫉俗，也许有过，在他最潦倒的时候，谁又能避免呢？愫细认识的是现在的洪俊兴，真诚慷慨、一团和气，观塘一家不小的印刷厂的拥有人。

三

不知从什么时候起，愫细开始脱下她穿了一季的相同服饰，是那种日本人设计的，前两年大为流行的宽松洋装，大到可以在腋下胸间养一窝小鸡。愫细在已经不时兴的时候还经常穿着它，只有自己清楚这种服饰可以掩藏她分居后掉到不足一百磅的体重。加上她心情不好，专门拣灰扑扑的暗颜色，衬得她一脸憔悴，使她看来像个褴褛的老太婆。

升了级后第一个月发薪，愫细捏着支票簿，走进中环专卖进口的服饰店，她很为标签上的价钱所吓到，同时也为多时亏待自己而十分自怜，基于补偿心理，她出手特别大方，满载而归。

隔天中午，愫细穿了一条浪漫的法国紫纱绉裙，到利园酒店彩虹厅饮茶，她去得早，坐在四周全是镜子的外间等候，转来转去，看到的全是自己。愫细顾影自怜了半天，洪俊兴来了，眼前一亮的模样，使愫细咬着唇笑了起来。一顿饭下来，洪俊兴的眼睛没离开过她，愫细赧然回视，一时的触动，使她蓦地惊觉眼前这个中年男人，他坐在那里等她，耐心地、忍从地守候着她，等待愫细终有一天回心转意。而自己这样费心的打扮，难道是为了给洪俊兴看？愫细好像在走路，全无戒备的心情下，突然掉进了一个坑，她大叫一声，一下清醒过来，责备自己走路不看路。

洪俊兴可以等，大半辈子不也就这样等过了？是采取行动的时候了，为了澄清自己，为了强调这是不可能的，愫细决定邀洪俊兴到她住的地方，让他看看自己生活的天地与观塘来的洪俊兴是截然两样，横在当中的距离是缩不短的。

从认识之后，洪俊兴一直是她的主宰，愫细由他领着，去的场合全属于洪俊兴的领地，她被带去自己永远不会找去的画廊，把中国现代名家的画介绍给她，他陪她到博物馆、拍卖行看瓷器、古物展览，当然，还有数不清的躲在巷子底，一家家烧出地道潮州菜、广东小菜的小馆子。愫细不能否认，短短几个月洪俊兴引领她进入一个前未去过的境地，她是在一寸一寸地被吞没。

对，是该划清界限的时候了，邀他上她家，让他自觉格格不入，然后自动引退，这样做不会伤害对方——悛细知道被伤害的滋味。

"一定来，一定来拜访，谢谢你。"洪俊兴心花怒放，没有察觉悛细不怀好意的微笑。

洪俊兴如约来了，悛细去开门，只见他西装笔挺，手中捧了一大把沾露欲放的玫瑰，红的花和红领带使他酱色的脸漾上一层红光，喜气洋洋。悛细小时候爱看的粤语片经常有类似的镜头出现，她把鼻尖埋在花丛中，强忍住没笑出声来。

"嗯，好香，谢谢你，请进。"

洪俊兴随着悛细身上一朵朵茶褐色碗口大，又像花又像图案的蜡染拖地袍子进屋去，走进轰响着迪斯科音乐的世界，走进悛细小小的天地。人来了，就好办了，悛细狡狯地眨眨眼。

"怎么样？太吵了？"悛细示威地说，也不让坐。洪俊兴站了半晌，只好装作欣赏屋内的摆设，事实上这不足百尺的小客厅，瞥一眼也就一览无遗了，洪俊兴以最慢的速度从一件东西移到另一件，那个发出原始噪音的唱机，委委屈屈躺在地上，兀自嘶吼着。悛细刚刚搬进来，连张桌子也没有，她为它找到了理由。

他踱到窗前，弯下腰，沿着窗，用白色空心砖和木板叠起来的书架，一直延伸到角落去。洪俊兴弯下腰，浏览书目，发现全是英文书，他抬起头，和悛细挑战的目光接触，赶忙掉开去，讪讪地，脸都涨红了，悛细有着目的得逞后的快乐。

"黄小姐这地方布置得很——呃，很新潮。"

"是吗？只怕洪先生不喜欢。"

这里和他自己家中布局严谨，一套红木家具的客厅的确很不同。

凌散搁置的小客厅，散发着自由的空气，西化的分居女人的自由空气，洪俊兴屏住气，似乎不太敢自如呼吸。

愫细端出两杯白酒，递了一杯给他。

"试试看，会不会太冰？"自己啜了一口，"嗯，还好。"她总算坐下来喝酒了，拍拍旁边另一把椅子，洪俊兴依言坐下。

"外国人爱搞这一套。白酒先冻一下，味道就出来了，欧洲人更讲究，他们冬天把酒拿到窗外去，让冷空气冻上一夜，喝起来，听说回味无穷。"

"比摆在雪柜里要好？"

"比摆在雪柜里要好。"

"这种酒，什么牌子？"

"加州的葡萄酒，尼克松专程带了这种酒，到北京请毛泽东喝。"

两人同时笑了起来。愫细跟狄克学会喝白酒，现在她到超级市场，还是情不自禁抽出这种淡黄的瓶子，标签上有一串白葡萄。

"最近白酒很时兴，上翠园、北京楼吃饭，伙计会向你推荐，说是白葡萄酒就着中国菜吃，别有一种味道。"

洪俊兴所提的这两家餐馆，以前常和狄克光顾，他特别偏爱历山大厦地楼的北京楼，狄克说里头布置得明亮通红，像中国人的新房，一片喜气。九点钟拉面表演，最响的掌声往往来自外国人的桌子。

而现在中国餐桌上也摆上了洋葡萄酒，这就是香港。

"好久没去翠园、北京楼了。"

愫细说着，语气中有自己都没察觉的怅惘。的士高的吼声低微了，唱针磨着唱盘内圈，发出嘟嘟声响。愫细过去坐在地上，抽出另一张唱片，背对着洪俊兴。

"关于我的事，你也听到一些吧？"愫细说，头也不回，"我们分居了，他是美国人，还在香港——"

此时此地狄克在做什么呢？多半是流连在山顶的某个宴会，一手握着酒杯，啜饮杯中的加州白酒，另一只手抚爱着他同种女友的背脊——愫细一下坐正了，还想这些做什么？不是都过去了？

"洪先生，"她深深吹了一口气，回到现实，"一直没有机会谢谢你，这些日子来，你对我照顾，突然之间，我好像多了个亲人，我应该算是香港人，很可惜在这儿无亲无故——"

半晌，对方没有搭腔，愫细禁不住回过头，洪俊兴把脸对着墙，墙上挂着约翰·列侬的放大黑白照片。愫细以为他没有在听，想继续往下说，没料洪俊兴发出喟叹。

"西洋人这玩意儿！"他凑近前研究绽开灰色微粒，以致使照片中人面目模糊的相，"这玩意儿，真行。"

"洪先生——"

"我喜欢照顾你，很好嘛！……"

"就像自己家里的人一样。"

洪俊兴转过来，面对着愫细，戛然若失："哦，是吗？"他想了一下，才又说："也许吧！换上另一个地方，美国或者内地，像我们这样的人永远碰不在一块儿的。香港就是这点奇妙，不同的人、不同的东西全挤在这一小块地上，凑在一起。不管怎样，大家不还和平共处，日子照样过？这点你也不能否认吧！"

"可是，我与你，很不一样，洪先生，你今晚到这儿来，应该也看出来了——"

"哦，是吗？"他倒是有点意外，"在我来说，能够认识你，应该是一种缘分——"

洪俊兴显然不愿深谈下去，他及时阻止正待接口的愫细。

"肚子该饿了，咱们晚上换换口味，吃西餐去，好吗？我在报上看到广告，一家新开的欧洲餐厅，在湾仔，叫——呃——"

"La Renaissance。"

愫细对这家号称全香港最贵的西餐厅有所听闻，她扬了扬眉："哦，晚上准备去豪华一番？"

"嘿嘿，去试试看、试试看。"

她想到雪柜里的冷牛舌，今晚本来准备拿它待客，多喝几杯白酒之后，愫细将会和他来一次开诚布公地倾谈，使洪俊兴知难而退。她在 La Renaissance 和冷牛舌之间难以取舍，最后她的好奇、叹世界的天性战赢了。

"去看看也好。"两个人面对面坐着谈，谅洪俊兴要躲也躲不了。

愫细对自己说，她进了房间，脱下令洪俊兴不安了一个晚上的蜡染袍子，换回文明的服饰。下楼时，她的打细折的裙子，为晚风连连撩起，像月夜里一瓣瓣绽开的湖色莲花。洪俊兴得意扬扬地为她开车门，服侍她坐定。愫细感觉到他在关上车门的那一刻，眼睛曾在她挖得很低的领口逗留了几秒钟，她狠狠白了他一眼，洪俊兴开心地嘿嘿笑了两声，两只手握着方向盘，充满了自信，愫细只能由他掌握她的方向，朝前驶去。

湾仔新开的这家餐厅，如果稍不注意，根本不会留心它的招牌，一走出那棺材式、窄长的电梯，眼界却一下大开，光是外层酒吧间，容纳七八十个人的鸡尾酒会毫无问题。愫细很淑女地啜饮高脚杯中的白酒——她还是喝她的加州葡萄酒——边浏览所谓全香港最高级的餐厅。

愫细在外国读书，见过的世面不少，特别和狄克结婚后，偶尔被邀请到世家望族家中做客，愫细不喜欢古老房子特有的窒闷空气，不过，比较起来，香港的 La Renaissance 却是做了四不像的抄袭，她忍不住敲敲墙上的木头，发现根本不是真正的柚木，而是把夹板油上柚木的颜色，壁上挂的仿古风景、人物油画，仿的是维多利亚时代的，可能出自此地某"画家"的手笔，一个多月前才出炉的"杰作"。

慄细脚下踩着宝蓝的天津地毡，坐的是褐黄色的高背椅，店里吊着水晶灯，满桌镀银的餐具，处处显出暴发户的伧俗品位，香港式的豪华就是这样吧？！慄细注视着洪俊兴拿刀叉的姿势，他正襟危坐，在聚精会神地与盘中那块全熟的牛扒搏斗，慄细看着，居然忘记了她的演说。

就这样结束了这豪华晚餐，账单用镀银的盘子送来，洪俊兴掏出一张大牛，对侍者连声说：

"很好，很好。"

找数时也没少给小费，慄细真服了他。

再走出棺材式的电梯，外面却是狂风暴雨的世界，雨像牛绳一般粗，一丝丝夹着千钧之力横扫过来，洪俊兴拉她躲在印度看门人的伞下，奔进车子，已经湿了一半。车子在豪雨中找路，像海滩中的小船，在视线难辨的海中摇摆，好不容易才拐过了街。

"天气真怪，四月天哪来的大雨？"

洪俊兴才住口，突然一条白光一下照亮了天地，瞬息间又暗了下去，接着雷声紧响，仿佛要撕裂大地一般。慄细最怕雷电，她记得很小的时候，有一回雷雨从中午开始，到晚上还没停，一家人挤在停电的客厅，点上蜡烛等被大水困住回不来的父亲，慄细却胆小地躲在妹妹的摇篮里，拿小枕头堵住耳朵，试着挡住外边那天崩地裂的闪电雷声。

那时候慄细和家人一起，头上有屋顶挡着，任凭雷电肆虐，她是被保护着。

此刻她孑然一身，和一个又熟识又陌生的男人同在一个车子里，在茫茫雨中找寻回家的路，他们回得到家吗？也许在半路上就被雷劈死了，愫细打了一个寒噤。就在这当儿，突然，一粒粒婴儿拳头大的冰块由空而降，击打车窗，乒乒乓乓舞跳。

"是冰雹。"洪俊兴声音透着讶异，两手依然笃定地握住方向盘。是在下雹，愫细平生是从未见过的。在这天地变色的时刻，旁边这男人是她唯一的依靠，他和她坐得这样近，近在咫尺，她可以触摸得到他，愫细在茫茫天涯找到了知己。

冰雹又一阵阵洒落下来，夹着闪电，像一把把白色的利刀，硬要劈开车窗闯进来。愫细抱着头，向旁边的人扑倒过去，整个人往下一溜，躲进洪俊兴的臂腰里，紧紧抱住他，和他相依为命。

两人带着劫后余生的庆幸心情，相互扶持回到愫细的家，雨水沿着愫细的裙摆往下滴，一路滴上来，使她觉得拖泥带水。掩上门，世界上只有他们两个人，一男一女，这都是命，注定他们要在一起的。愫细牙齿打战，也不完全是因为冷，她一件件很慢很慢地脱下因湿透而沉重的身外物，回到原来的孑然一身，她需要抚慰，需要一双有力的手臂把她圈在当中，保护她。愫细是在雷雨之夜那个受惊躲在妹妹摇篮里的小女孩。

四

使愫细惊喜的，是洪俊兴的无限柔情，他覆压在她身上的重量，使她一下子觉得生命充实，他的唇吮吸着她的，一寸寸吸进去，吸进她荒芜已久的内里。许久以来，愫细第一次放松全身，让男人的温柔包裹着她、淹没她。

"这么好的女人，"他的手游行在她的肌肤上，"这么美好的女人，"洪俊兴微喟了，"丈夫怎么舍得和你分开？"

"狄克和我一起回来，他来香港找中国，失望了，连带地对我这中国女人失望，只有回到他同种的人那儿，濡沫相吸去了。"

一句话概括了两年的婚姻，愫细自己都不能相信，自从那次天后庙道租公寓哭过之后，愫细已经许久没流泪了，此时躺在另一个男人的臂弯里，提及狄克，居然又泪流满面。

许久，愫细才轻轻地说："也许我也一样呢？绕了大半个圈子，回来找自己的人，早知如此，犯不着出去兜那么大的圈。"

"那，和我，有不同吗？"

"嗯，很不一样。跟你一起，好像在看一张老掉牙，可是又很温馨的粤语片——"

"听你胡说，"捏了一把被自己舔干泪水的脸颊。"那，和他呢？"忍了半天，还是忍不住问了。

愫细努力想了一会，找不出恰当的形容，随口胡诌："狄克吗？像纽约的警匪片。"

洪俊兴翻过身，用力把愫细压在下面。"顽皮。"他说。

遗憾的是这种甜蜜并没能维持多久，先天的不足，使这朵柔情之花，在开足之前，很快就夭折了。愫细捧着头，坐在办公桌前，她只是觉得很怅惘。

最近他们把夜晚消磨在愫细的床上，在黑暗中索求彼此的身体，愫细享受着令她疼心的柔情，她让他在耳边絮絮诉说他对妻子的种种不满，由着洪俊兴把她引入他的家族。他的弟妹、妻子的亲戚，全是平凡的小人物，他们是在北角市场、湾仔的街上迎面走来的一群面目模糊的碌碌小民。他的同胞手足缺少了他的运气和本事，只好一辈子困在墙壁剥落、没有电梯上下的旧写字楼，一脸疲倦地守住升迁无望的职位，他们早被生活折磨得锐气尽失，他们没有梦想，有的只是等待每个月发薪，全家到茶楼吃一顿好饭。

而愫细情夫的妻子，是拖带着子女到街市后的小摊子买 T 恤衫、内裤，和小贩为一元五角争得面红耳赤的那种，她没有忘记丈夫发迹以前的苦日子。

愫细来自重视教育的家庭，高中毕业就被送到美国读书，她在校园和狄克认识，一直在呵护中活着，实际生活中的千疮百孔与愫细绝缘。当然她也有过失意心碎的时候，然而那只属于情感上的创伤。这点伤害对仰人布食的劳苦大众是一种奢侈的浪费、自我烦恼的玩意儿。

回香港后，狄克和她凭着他们的文凭和能力，在中环摆满盆景的美丽写字楼，一点都不费心地找到了属于他们的位置，愫细照样坦然无愧地接受。

在社交方面，狄克被此地的外国人"他乡遇故知"地拉入他们的圈子，这些在本国永远碰不到一块儿的人们，只因同一个时间、空间，万分不情愿地住到这黄种人的小岛上，只好物以类聚，一回生三回熟，交往得十分熟络。愫细由狄克带着，流连于山顶、碴丁山开不完的宴会，她很习惯俯瞰海港美丽的夜景，细细品尝口中的鱼子酱，倾听女主人抱怨女佣、司机、香港的天气和交通。

"说，我是不是你生命中拥有过的最美好的？"

说这话时，愫细骑在洪俊兴的身上，叉着腰向洪俊兴威吓挑衅，可怜这观塘印刷厂的老板被压得出不得声，除了拼命点头，别无他法。

是他生命中最美好的，又能证明什么？愫细翻下身躺回去，一下子兴致索然。她不必和洪俊兴比，她在每方面都胜于他。这是任谁也无法驳倒的，愫细找了个处处比自己差劲的男人。她没有去找，谁叫那个雷电交加的夜晚，洪俊兴是天地之间唯一和她一起的男人？愫细在一时之间的脆弱，把自己给了他，换上另一个时空，这种情形永不可能发生。然而，就为了那个异象的夜晚，她就该永世不得超生？喔，不，在情热退却之后，愫细逐渐清醒，她甩甩头发，后悔极了。

这个处处比自己差的人，她居然也无法全部拥有他，不管多晚，他总是起身穿戴，回到他所抱怨的妻子身边，去做他尽责任的丈夫。这男人只是在自己身上找寻从妻子那儿得不到的安慰。愫细突然抓起他睡过的枕头，使劲全力朝他摔过去。

"洪俊兴，你这差劲的家伙，你到底把我当成什么？"愫细大叫，满心屈辱。

被打中的人在错愕之中回过头，下意识地扭亮床旁的台灯，床上的人似乎受了亮光的刺激，忽地跳下来，抓起被自己打落的衣物，把洪俊兴使劲推到门外。早就不该让他进这个门来，现在推他出去，或许还来得及。她用了全身的力量挡住门，外边的人也不敢强着要进来，只是俯着门低声哀求，隔了一道门，给了他说心底话的勇气，他喃喃诉说他对愫细的情爱，重复着：

"愫细，不管怎样，我爱你，真的，我好爱你——"

他爱她，不用他明说，她也感觉得出，她应该感动吗？喔，不，多少回，数不清有多少回，洪俊兴从她身边回到他妻子的身边，丢下愫细一个人坐在床上怔怔地想，此刻他与妻子在做什么？她对这个从未见过面的女人有着难以忍受的妒意，说穿了自己不过是这个印刷厂老板生命里小小的点缀，他白天驰骋于商场，为了赚更多的钱，夜晚来她这儿找安慰，又回去做他的模范丈夫、父亲。她看出他是个传统的中国男人，不论怎样爱她，也不可能拆散他的家，来和她生活在一起。

就是他会，她肯吗？和这个人厮守一辈子？愫细不敢想象。

"不要再说了，你回去吧！"

半晌，她才疲倦地说，又僵持了好一会，才听到外边的人一阵窸窸窣窣的穿衣声。

"你好好休息，我再打电话给你。"

"不用了，你走，我不会再理你了。"

语气中有无可挽回的坚定。门外的人很执着："别孩子气，我明天找你。"

又过了半晌，他才熟门熟路地出去了。

五

愫细把洪俊兴挡在门外。她并无悔意，尽管她有大把时间要打发。可是这时候愫细开始忙艺术节的海报——为了避嫌，她和另一间印刷厂签了合同——愫细大权在握，每天坐在会议室和同事们讨论设计构想，往往超过下班时间而不自觉，愫细沉醉在创作的乐趣里，每天弄得精疲力竭，眼睛却闪着光。洪俊兴的影子远微了，愫细居然能够不断抗拒他不断打来的电话，连她都觉得吃惊。

到了五月底，初步的设计告了一段落，突然之间松懈下来，她重又被寂寞所噬咬。这天她在公司里的小厨房喝咖啡，广告部门的海伦捧着一杯好立克，向她道喜。

"好棒喔，愫细，看不出你野心还大得很呢！"

愫细听出她语气中挖苦的味道。到这家设计公司上班不久，愫细就发现近几年来，香港特殊的商业环境培养出一些能干到极点的女人，她们分散在洋行、律师楼、银行担任高级要职，个个野心勃勃，一心想往上爬，眼前的海伦就是其中的一个。

这群女将把身边的男人一个个吓跑，错过了结婚的年龄，既然无家可持，就把薪水花在名牌上，每天打扮得体大方，披甲上阵，在写字楼大展雌威，与男人争天下，拿出本事证明女人不是次一等的人类。她们下班之后，成群到中环英国人开的酒吧喝酒，嘲笑男人。

以前海伦曾经把愫细拉入这个圈子，那是在她和狄克分居之后，这批女将们的气焰，愫细不敢恭维，和她们喝了几次酒，后来洪俊兴出现了，她自然退出不去物以类聚。

今天愫细可以早回去，可是家里有什么等待着她？她害怕把锁匙转开门，那一屋子黑暗迎着她的感觉——

"下班后，还是老地方？"

"怎么，又想归队了？"海伦把愫细的手重重一握，"总算你又觉悟了，愫细。"

那天下午女将们欢迎愫细重新归队，占了大张台子，闹得更凶。愫细冷眼旁观，这批视男人为草芥的女人，再嚣张跋扈，总也得回去面对她们自己。愫细无从想象，她们回到家，把身上的武装解除，松懈下来之后如何自处？也许她们根本不敢松弛自己，即使哭泣，也一定不让自己哭出声。

"喂，愫细，"海伦碰碰她，"听说了吧，南茜快生了。"

南茜是营业部的女会计，年纪大了，匆忙中抓了个比她小好几岁的设计组实习生结婚，有好一阵子成了写字楼的谈话资料，海伦的评语最为刻薄。

"说是奉儿女之命结婚，躲在沙田夫家，才半年，居然要生了。"

世人认为女人生小孩天经地义，女将们的反应却是一脸鄙夷，她们究竟是不是女人？愫细不禁要问。

那一双双被酒精染红的眼睛，泄露了她们内心的秘密，都在呼喊着空虚，其实她们只在嘴巴上逞强，心里何尝不羡慕。

家还是要回去的，酒吧的"快乐时光"过了，大家才意兴阑珊地散去。愫细喝多了酒，满心不得意，她靠在门墙上，好一会才鼓足勇气开门，衣服也懒得脱，躺在床上。似睡非睡中，似乎电话铃响了，她疑心是自己的错觉，洪俊兴的电话近来显著地稀少。她拿起电话机，是他，在问她吃过饭没。这个实际的人永远问些诸如此类实际的问题，她回说"没有"，像个委屈的小女孩。

"一个人住，也不知道当心身体。"愫细撑不住，哭了起来，洪俊兴在另一边说："等等我，我即刻过来。"就挂断电话。

不到二十分钟，这个被愫细挡在门外的男人又回来了，他径自打开小厨房的灯，把带来的食物放在盘子里，一手抓了一把叉子出来。

"找不到筷子，你真是外国人，家中连一支筷子都没有。"

愫细被逗笑了，新的泪水又涌了出来，她在洪俊兴的监视下，吃了多时以来最甜美的晚餐。

"你瘦了。"他为她撤去盘子，无限爱怜地捏着她的腰，愫细顺势把头靠在他的肩上。

"我好累。"她说。

这一晚，愫细蛮暴的热情颇使对方招架不住，她拼命向他挤进去，最好挤回母体去，只有在那儿才有真正的安全。

第二天愫细回到写字楼，她坐在堆积如山的文件、稿样之中，不禁自问：这就是我要的？不可能吧。愫细是来游戏人间的，她有这资本，像海伦那一群人，独自一个人撑下去，该有多累，她自认不属于真正有野心的一类，也许这就是她早早嫁给狄克的原因。一次婚姻上的失败并没有改变她，她也庆幸自己没变成披甲上阵的女强人。

六

夏天来了，洪俊兴脱下灰扑扑的西装，换上愫细帮他选的意大利麻纱衬衫。愫细又做顾问，要他新配一副细框花边眼镜，使他看上去年轻了好几岁，在顾盼之间，居然也有几分潇洒。愫细甚是得意，她把洪俊兴从观塘带到中环来，他们已经好久不去中国饭馆茶楼了——愫细嫌那些地方太吵。现在他们的足迹流连在一家家点着蜡烛、情调很好的西餐厅，由愫细极力推荐，洪俊兴尝了平生第一次的法国蜗牛、澳洲鲜蚝。

刚开始时，洪俊兴对中环外国人群集的酒店酒吧不尽习惯，显得局促不安，去多了，那种格格不入的感觉消失了，他现在能够手握酒杯，自在地听着吉他手弹唱美国乡村音乐，还真的能欣赏其中的某些曲子，他也学着喜欢钢琴酒吧的情调，几杯威士忌苏打下肚之后，这个木讷的老实人变得活泼了，连他在床上的姿势也花妙多样起来，愫细揶揄他，说这是他的第二春、临老最后的激情。

洪俊兴听了，一点也不以为忤，呵呵大笑。"还不是受了你的影响，"他说，"现成放着一个这么好的导师。"他提议天气转凉的时候，愫细向公司请假，由她做向导，一起到美国玩，迪斯尼乐园、赌城拉斯维加斯、纽约格林尼治村的嬉皮区，他全要去大饱眼福。

"要开始享受生命了，以前太委屈自己了。"

愫细望着改变了的洪俊兴，暗叹人的可塑性果真有那么大，才几个月工夫，洪俊兴任由她揉、捏，被塑造成一个和先前大不相同的人，现在愫细带着他出入一些她从前和狄克去惯的场合，洪俊兴举止虽然不似狄克得体，但也差强人意，不致令愫细觉得羞耻脸红。

然而洪俊兴的改变只止于外表的修饰、几个不会太突兀粗俗的动作，他还是如假包换的洪俊兴，横在两人之间的悬殊矛盾依然存在，他不能给她完整的爱情，他的妻子、家族是她最大的劲敌，即使这段恋情是愫细所情愿的，她也很不甘心。

"人世间，何必太过计较，他有他的限度，你舍不得他的温柔，留住他好了，留这么一个人在身边解闷，不也很好？"

在需要洪俊兴的柔情慰藉时，愫细找到了如是的理由。可惜每一次她在情欲之中慢慢苏醒之后，她为自己可怕的清醒所苦恼，愫细会一下子变得容易被激怒，洪俊兴一句无心的话可以轻易惹恼她，她的高他一等的优越感会在这时夸张地显现出来，她会不耐烦地打断在恋爱中而突然话多的洪俊兴，讥笑他没有逻辑观念、缺乏学院训练所说的话永远愚蠢可笑。凭着愫细起伏的情绪，洪俊兴可以在一分钟之内从美妙的情人降至粗蠢的小老板。

"愫细，你这脾气真怪，你知道自己像什么？像一只寒暑表，"开始几次，他还很有兴致地调侃，"一下子可以从沸点降至冰点，快别孩子气了。"

愫细不时地向他挑衅，她跟洪俊兴永远吵不起来，他总是忍从的、委曲求全的、一副愿意承担一切后果的姿态，愫细恨他，连吵不起来也是他的错。也不知哪儿来的力气，她打他、踢他，用最恶毒不堪的话侮辱他，侮辱他的妻子、他的家族。

"你到底要我怎样，"他一边挡住她的拳打脚踢，一边哀求着，"你说好了，要我怎样？——"洪俊兴不懂得她，她也不懂得自己，这也是他的错。每次吵架，明明是她无理取闹，洪俊兴还是打电话来赔不是，要求言归于好，愫细愈发得寸进尺。

和洪俊兴这次不相称的恋情，使愫细发现她个性中的另一面，以前没有机会发作，一直潜伏在里面。愫细再怎样也想不到自己可以不

可理喻到这种地步，她居然会对自己有过关系的男人残忍凶狠到这个
地步，她怀疑自己有暴力的倾向，最难以理解的是愫细对洪俊兴的妻
子——一个她从未谋面的无辜的女人有着难以消灭的恨意，她轻贱这
女人，觉得她根本不配存活在这世界上。

这两个月她任这些不可爱的个性极力膨胀，刚开始几次，愫细着
实被自己的行为吓住了，她愈来愈不喜欢现在的自己。反复思索之后，
愫细得到了结论：这段恋情一开始就是一个错误，根本不该让它发生，
虽然不是她主动去吸引洪俊兴，可是令他介入这么深她也有责任。最
明智的决定是结束这段关系，让洪俊兴走出她的生活。

把这个决心跟他说了，对方只是笑她太孩子气，电话来得更勤，
频频约她见面。很简单，他怕失去她。愫细到此不得不承认对方把自
己的吵吵闹闹、若即若离当作是恋爱中的情趣。

"你真的和别的女人很不同，"在无可避免地又和他上床时，他
抚弄着她，说，"没有一个男人会对你生厌的，你这个小泼辣货。"

愫细抗拒不了他肉体的诱惑。感情的事容易办，两人分开，一年
半载就可以把洪俊兴从心中移开去，不过要断绝这种肉欲的吸引，只
怕难极了。无数次她发过誓，不让他接近，可是往往守到最后一刻，
她拼得全身骨头酸楚透了，然后，洪俊兴把手向她伸过来，她的自持
一下子崩溃，又情不自禁地向他投怀送抱了。

"何必这样苦苦自己，愫细，你要我，为什么不干脆承认？"

愫细在他怀中仰着脸，心里明知不可能，可是又情不自禁地浮上
一种极渺茫的希望，她一顿一顿地说："也许有一天，我终于屈服了，
我们真的可以在一起，也许有一天——"

洪俊兴忙着抚爱她，没听懂她话里的含义，愫细忍不住又说了
一次。

"在一起，我们不是在一起吗？"

"不是这样，是真的在一起，我的意思是——"

然后洪俊兴告诉她，这是不可能的，打碎他经营二十多年来、一手建起的家需要太大的勇气，他太软弱，恐怕要让愫细失望。

这一说，愫细深深地被伤害了，她一把推开他，跳下床，衣服也没穿，在房间里疾走，像一头被困住的兽。

"好，洪俊兴，你当我是不花钱的情妇，没那么便宜——"

她咬牙切齿，声音都哑了。这个可恶的男人，他本来不配拥有她，既然给了他，他理应做更大的牺牲，凭什么他这样大刺刺地拒绝了她？

凭什么，他到底凭什么？愫细的心在紧抽，热泪像珠子成串滚下，再怎样她也料不到自己会在这段不相配的恋情中扮演如此凄惨的角色，她竟失败得如此彻底。洪俊兴如果还有点人性，他可以不必这样斩钉截铁一口回绝她，令愫细颜面尽失，她可还得继续做人，对自己交代呀！

到头来，还是海伦她们那一群女将聪明，她们早就退出爱情的圈子，不再玩这种伤神的游戏了。男人是世间最不牢靠的东西，情爱嘛，激情过后，迟早会过去的，这是女将们在身经百战之后所得到的结论。

"男人嘛，倒还留有两个用处，"海伦她们认为，"一个是无聊时拿他来解闷，另一个是吃定他。"

对，吃定他，怎么愫细从来就没有想过？

七

现在愫细穿着最近流行的下摆很宽的绲边细花绸旗袍，她的丹凤眼直直插入发鬓，眼皮涂了时兴的腻红色，她坐在希尔顿的龙船酒吧，她是外国观光客眼中的中国佳丽。洪俊兴一再催促她拿假期一起去旅行，愫细把玩着胸前垂的翡翠鸡心——洪俊兴送给她的。

"干吗到处瞎跑，大热天，累死了，香港不是很好？什么都有。"

"看你倒很习惯了，才回来不到两年吧？"口气多少有点试探，"尤其是最近，你好像很开心，是吗？愫细。"

"本来嘛，香港是我的家，回来时间一长，又变回这里的人了。"然后她兴致勃勃地说，"昨天下午到置地广场转了一圈，又新开了好几家精品店，说良心话，纽约第五街的名牌全部加起来，也许还比不过这儿的。今年的秋装，裙子早就缩到膝盖了，时装真是千变万化。"

洪俊兴虽然不懂得为什么大热天就在谈秋装，嘴里还是说："明天中午吃过饭，我陪你去逛逛。"他很高兴愫细总算回心转意，让他为她买服饰了，记得刚认识时，愫细才回来不久，带回来满脑子男女平等的思想。他也提议送她衣饰，愫细却回过头，狠狠瞪了他一眼，说这是什么时代了，还兴这一套落伍的玩意儿。

最近愫细有了明显的改变，这点钱他花得起也乐意花，有能力装扮自己的情妇，是他这类男人生命当中最骄傲的大事之一，何况这样一来好像把两人之间的悬殊做了一种奇妙的平衡。愫细也没令他失望，今天她这一身穿戴全是他为她置的，愫细花枝招展的模样使洪俊兴笑得合不拢嘴。

从希尔顿出来，他们过海到诺曼底吃法国菜，愫细微笑地注视洪俊兴在和盆中的蜗牛搏斗，他奋力嵌住其中一只，费了好大劲才挖出蜗牛的内脏，望着它，迟疑了一下，才送到嘴里，愫细捏着冷冷的鸡心，安心地往椅背靠去。一对打扮得体的外国夫妇推门进来，男的还优雅地为女士拉开椅，服侍她坐下。隔桌在庆祝生日，侍者推出一只点蜡烛的蛋糕。香港每个晚上都有节庆的气氛，到处是歌舞升平，香港人在不安定之中有着令人诧异的笃定。香港式的享受原来也可以这么迷人的，以前愫细太亏待自己了，还好她有的是时间，只要她想得到的地方，洪俊兴没有理由不带她去。她愿意把这种生活方式维持下去，在雅致的西餐厅、中环的精品店和床上之间消磨岁月，愫细认了，还有什么好计较的？她在想象如果明天穿那条草绿的半裤，配上琵雅卡丹的轻松恤衫上班，一定会使男同事大吹口哨。她想着，笑了，笑得一无缺憾。

然而，这一晚的性并没能令愫细满意，经过一再盘问，对方终于不得不承认在昨天晚上才和妻子好过，愫细怒不可遏，抢起拳头就打，洪俊兴朝床里边滚过去，一边躲一边叫："喂，求求你，多少你也得讲点理，我还不是听你的话做的，是你说的——"

这是事实，愫细霸道到不准他和妻子做爱，说他这样做，会把自己拉到他老婆的层次，降低愫细的身份，如果洪俊兴的妻子把心放在孩子上，不理他，愫细看他涎着脸到她床前，她又有话说了，说她只被用来当泄欲的工具，春风一度，就一走了之。洪俊兴常打电话来，她说是在骚扰她，不让她安心工作，不找她，又抱怨占尽了便宜，当然可以把她搁在一旁。

"愫细，没见过像你这样专制的人，这样任你骂、任你骂，把我的家人都糟蹋尽了，我开口说几句话，你都不许，你到底想怎样？"

她到底想怎样？她不知道，可是她知道这样下去，她有一天会发疯。愫细抱着头，感觉到她的脑子在四分五裂，她害怕了。

洪俊兴突然想到了什么，跑过去在他脱在椅子上的裤子里去掏，掏出一个红绒的小盒子，巴巴地送到愫细面前，看她动也不动，自己把它打开，一副红宝石的耳环，旁边还镶了一圈碎钻，在不亮的房间里闪着冷冷的光。"喏，刚才忘了先给你，你要的耳环，赔你。"

他们亲热的时候，他把她珊瑚耳环弄掉一只，愫细老要他赔，现在它就在眼前，比先前那对价值高无数倍。

愫细怔怔地望着这对耳环，"刚才忘了先给你"，洪俊兴说的，先给了就不会吵了吗？她就是这种人吗？她在待价而沽，任由洪俊兴用金山银山把她堆砌起来，条件是她屈就，这和买卖有什么不同？愫细很困惑，那个不久前和狄克在榆树下定情，手指套了细树枝圈起的戒指，就以为拥有了世界的快乐女孩，和她会是同一个人？愫细皱眉寻思，那个从前的她，现在想起来，却有隔世之遥，是什么使她改变，变到不认识的地步？

洪俊兴讲了些什么，愫细一句也没听进去，她本能地推开伸向她的手，她推开那男人手上捏的丝绒盒子，愫细知道自己必须立刻走出这房间，再待上一秒钟，她将会完全疯掉。愫细随手抓过一件袍子披上，趿上鞋，开门出去，对洪俊兴看也没看一眼，仿佛自始至终，这个人从来没存在过。

愫细在大厦后的海边来回走了一夜，天色微明时，她再也支持不住了，两腿一软，跪到沙滩上，接着她开始呕吐，用尽平生之力大呕，呕到几乎把五脏六腑牵了出来。

——原载一九八一年《联合报》

【导读】

施叔青，彰化鹿港人，一九四五年生，与同胞姊妹施淑、李昂同为台湾二十世纪六十年代以来的重要女性作家。她的小说大多以香港为背景，通过对香港上层社会物质世界的描绘，写精致生活里精神与爱情的空无。《愫细怨》是其系列香港故事中的一篇，也是她延续张爱玲香港观点的写作实践。其后于九十年代陆续完成的长篇《维多利亚俱乐部》和《香港三部曲》则总结了她的香港经验，从后设的文化思考开展她对香港殖民文化及历史的思考和批判。其笔下精致华丽、闪耀着死亡光彩的古董世界，为她的小说和香港营造了张爱玲异色混杂之外，更为冷酷也更具阶层意识的森冷色调。

香港，张爱玲笔下那个不中不西、不古不今、被洋人想象的中国和中国人崇拜的西方拼凑混合的怪异殖民土地，施叔青用它来描画女性生命与情爱的流离。

从美国到中国香港、从中国香港到美国，进出西方、来去想象的中国（香港），愫细所意识的乡土、意愿的乡土与置身的乡土从来就不是同一个地方。她跟随美国丈夫的时候，丈夫要的是她的"中国"，但当她与他来到香港，中国却成了一个与她一样被她的丈夫和她自己抛弃的异乡。她居处于名为"中国"的香港，却依附于高高在上的外国人生存。委身于内地移民洪俊兴之后，她又鄙视他所处的阶层和根性。然而当凭借经济能力跻身上层社会的洪俊兴以丰厚的财宝取悦她时，她又厌恶将自身的爱情作为虚伪的阶层装饰。

愫细的怨不仅在于她不断地被男性主导的女性位置，一如香港这个被物质统驭的地方，女性即便拥有能力、事业与财富，仍无法免除不断在金钱权力里异化的情爱流离。那个曾经因树枝圈成的戒指而感动莫名的女子，转眼已成了被金钱华服雕琢的女人。当她以一袭表征着西方优越品位的装扮，去取悦那个她所鄙视的、正努力晋身上流社会的洪俊兴时，愫细已经彻彻底底地将自身变成一个展示待沽的物品——即使如此华美贵重，也仍然是一个可以被交易、被收藏、被舍弃、被取代的东西。

肇因于男性支配位置下这无止境的文化流离、情感流离，正是施叔青写香港，也写女人命运的基调。

——许琇祯撰文

第二章

父辈的黄昏

约克夏的黄昏

钟铁民

从"蓄积愤怒"到"品味生活"。

"冷冻猪肉试销欧洲成功。台糖公司表示，第一批顺利运达荷兰鹿特丹自由港，该地超级市场肉商对这批冷冻猪肉的品质、包装、规格等，都非常满意，认为台湾冷冻猪肉外销欧洲颇有前途，可以为台湾养猪户带来新的希望……"

隔壁里长伯家客厅里电视机每天报告新闻，往往正好是我辈进晚饭的时候。由于我辈吃食时咀嚼的声音相当响亮，所以新闻内容一向听不分明。其实里长伯的电视声音经常开得很大，只是我平常对电视节目很挑剔，除非是张丽明唱歌那种娇娇的声音或是什么的，否则我宁可把脚伸得直直，让自己舒服地入梦。这段新闻之所以能在我全心品尝晚餐的滋味的当儿，突然刺激我的神经，引起我的注意，当然是因为它谈到了猪肉外销的消息，这件事于我关系重大，甚至可能决定我们事业的存续。新闻就这么多，接下去是波兰政官镇压工联的消息，与我无涉，于是我又专心大嚼进食。感谢里长伯给了我们些许生活上的乐趣，尤其在这段惨淡生活中间，日子相当乏味。我知道，待会儿晚餐过后，又有哭哭闹闹颇对我辈胃口的连续剧故事可以排忧解闷了。

　　说起里长伯这个人，我私下以为他还相当古道热肠，只是有点"沙鼻"[1]爱人家奉承，本人也有点爱"膨风"[2]。此外，村子里只要有人找他盖章或出证明什么的，他从未拒绝过，而且还常常指导那些戴笠子的人怎么去钻漏缝，领取些许灾害或建设补助费，或是逃漏些许田赋水租什么的，所以逢年过节，也时常收到一些阉鸡香肠啦之类的礼物。像他这样精明又能经常惠而不费地服务村人，连任三次可就不算什么稀奇的事情了。至于我们有幸能被他老人家关心到，最主要的原因是我们的屋舍正接着他家客厅的后壁，这也是我能经常欣赏到他家电视节目的道理了。不过，比较遗憾的是里长伯对我们紧邻他们客厅的事啧有怨言。此外，临街路屋檐底下他家"里长办事处"的小小招牌，又总被我们这边"第一强"的大招牌挡着，而"第一强"三个大字底下一只通红的大肥猪活神活现，嘴巴正对着他招牌上的"里长"两个字。里长伯出入经过，只要抬头看到，必定皱眉怒目，咬牙切齿，这是我出勤时亲眼所见，绝非造谣。

　　其实对里长伯提出的意见，我们头家[3]倒也从善如流。原来我们这边招牌上写的是"台湾第一强"五个字的，挂了半年左右，使得每一个经过门前的人都忍不住大笑，收到广告效果有多大就不必说了。那时节我刚出道，每次出入看到这面招牌，便深感骄傲。后来里长伯终于忍不住找头家理论，甚至还劳动了分驻所年轻的警察先生也出面，三方面经过多次商议，招牌上就只留下目前"第一强"三个字了，旁边"胎胎十二，只只顺利"的小字不变。

　　我们这种行业，自古便常遭人贱视，直到今天，我还偶尔听到别人说"媒人钱，猪哥米，吃了没好死"之类的话。当然这些话都是背着我的头家说的，人家不把我当人看，当着我的面，什么话都说得出来，有时真的很伤感情。说实在的，不是我们自己吹牛，我们这位头家公道正直，说他会"没好死"我就不服气。

虽然说我跟头家只有几年时间，但由各方面听来的资料综合起来，对这个人也有相当的了解。头家姓古，只有小学的学历，因为没有念初中，所以婚结得特别早，二十三岁当兵服役的时候已经有了一个儿子，三年服役回来又添了一个女儿，以后来年一个，生了两男两女才结扎不生。头家祖产水田他分得二分多，勉强可以糊口。只是孩子越大生活负担越重，农业收益既低，要负担孩子学费和现代物质生活，自然要另谋生计了。

我不知道这头家为什么会选上这一种行业的。孩子拖累着要想进加工区去做工，确有行不通的理由，农村又没有工厂可以做工，有人买铁牛车或拼装车兼营搬运工作，也有人养肥猪养鱼养鸡。头家先代并没有人做过这种行业，所以当他决定要投资挂牌时，整个家族除了头家一个人外，全都极力反对。头家父母早已不在了，据我的前辈转述，他那位嫁给有钱人家的大姊吵得最厉害，几乎要与这位不长进的兄弟到了要断绝姊弟情义的地步。据说争吵的声音之高，惊动了半条街。那种盛况我很遗憾没有躬逢，不过，对目前这块招牌，头家那位姊姊确实很当作是家门的羞耻。我听过她一再地劝告头家把它给取下来。

"我们家虽然穷，但是世世代代也清清白白的。你要牵猪哥我不能反对，可是这种事也值得挂招牌来宣扬的吗？名扬四海很光荣吗？也不怕人见笑。"

"农会有畜牧部，专门替人家人工授精，牛和猪都照样做，怎么没有人笑？"头家反问。

"人家兽医，你能跟人家比？人工授精至少不必牵猪哥到处去丢人，比你高尚多了。"

"人工授精的工作就比我高尚了？你有没有去看过人家怎么做

的？哦！他们做的就高雅啦？"

这样吵过几次，头家始终还是挂着招牌。我跟头家合作时，头家事业正处在黄金时代。虽然开始时有些生疏，不过，以我工作的性质而言，要说不能圆满达成任务，那真有负造物主的苦心了。

似乎我应该说明一下自己的身份，以便世人了解我这奇特的一生。文雅地说，我是一只纯约克夏种公猪，专司传宗接代。谢谢！请莫见笑。

严格说起来，作为一只公猪，我这一生确实风光过一段日子。那时头家业务进展得十分顺利，在他的经营下，我们成员增加了，有几只与我一样，都是坐过大海轮漂洋过海从欧洲英国或瑞典来的，每一只都身价非凡。头家下了这么大的本钱，却也取得了客户信任，附近几个村庄全都是他的地盘，光我一个，最多时一天出勤四次，头家更是整天跑个不停。照料我们日常生活的是头家娘，也是一个身材高壮的女人，据说与头家原是田邻，从小便是青梅竹马的交情。或许是早婚的关系，她十七岁就嫁给头家，十八岁就当妈妈，现在虽然才三十几岁，在外面读书的儿子都比她还要高，所以她人看起来也特别显老，在不修饰不笑时，简直就像是上了年纪的女人一般了。我喜欢看她的笑脸，听她的脚步声。过去，每当她端着塑胶盒，在我的食槽里敲一个鸡蛋给我加餐时，我就立刻明白，又有勤务要出，然后我便站在门边等头家来赶我上车。鸡蛋的滋味实在太美好了，含在口里时那种凉凉的、芳甜的感觉，回味起来都让我全身舒畅，口水直淌。那样风光儿的岁月过了两年多。后来我发觉到吃鸡蛋的次数愈来愈少，甚至连出勤务也不再有鸡蛋可吃了。然后是我们的饲料分量减少，原来一升的减到半升，最后三餐也改成了两餐。于是我必须成天处在饥饿的状态中，整天想着食物，幸好自来水是自动流入水槽的，供应无缺。也不知道是不是营养不良影响了我的视觉，我总觉得这两年来头家娘笑容愈来愈不容易见到，对我们愈来愈不耐烦，似乎看上去，她整整有五十岁那么老了。

近一年来，我出勤的次数不多，两三天难得有一次。原来的伙伴，像隔栏的蓝瑞斯和巴布谷兄弟被出卖到邻村大养猪场去服务了；与我同时进来的盘克夏老兄，老早被送进罐头工厂；如今只剩下我和杜洛克二口，其中我年岁最高，体型最大，头家几次对我摇头，那眼光亲切中含有怜悯、忧伤，看来，我能继续工作的时间也不会太长了。

我真是热爱我的这份工作，不说工作本身的这份乐趣，它更使我感到生活的意义；繁衍族类！生命中还有比这件事更重要更神圣的吗？

我还清楚记得我第一次出勤的情景，当然，那已是多年前的老事了。那户人家姓朱，住在村子外面遥远的山麓底下，是一座独立的家园。开始我听头家称呼他朱哥朱哥的，还以为与我辈同类呢！

朱家在小山坡顶上，有小路蜿蜒通到山脚的产业道路，头家每次都用摩托三轮车改装成的铁笼车把我拖到山底坡前，然后赶着我一同步行上坡去。朱家的房子由刺竹穿凿搭建而成，竹笼壁敷水泥，再用石灰粉得白白的；屋顶盖油蜡纸，虽然简单，却也清清畅畅。猪舍在居屋后面，一边是竹丛，另一边有水沟盘绕通过，我喜欢那儿的环境。

"哎哟，阿朱哥，又盖了新猪栏了啊！"头家惊讶地赞叹着。可不是吗？在刺竹搭建的猪舍后面，耸立了两间砖柱红瓦的新猪舍，比主人的居舍更显得气派呢。

"嘿嘿！没有地方关了，只好再盖两间。"阿朱哥有点不好意思地笑着，好像偷吃被大人捉着的孩子一般。

"养肥猪还是添买母猪呢？"头家笑嘻嘻地问。

"嘿嘿！妇人家说，人家买猪仔回家去养大还要赚钱，反正闲着，猪仔就留下来自己养。"阿朱嫂是个高高瘦瘦的妇人,夫妻就两个人住在这里山寮下,如果不是有一次我们凑巧大年除夕来这里,我还不知道他们一家老老少少有十几口人哩!阿朱哥有两个儿子在高雄加工口区做事,媳妇也都在工厂做工,只有一个女儿在台北读大学,听说在寒假暑假一定回来陪伴老人,平时儿孙全不在身边,好有这许多猪要照料关心,不然岂不寂寞死了?我看阿朱嫂跟她喂的猪喃喃地说着话,好像那是自己的子女一般,看得我又嫉又羡,所以她喂的猪长得快,要说我辈是没有灵性的蠢物,我是绝不赞同的。

"啊呀,古锥仔。你赶这只猪哥来,才这么小,有效吗?"阿朱嫂对我稍显薄弱的身材似乎信心不足,不断地前后打量我。

"你不可小看了这只约克夏啊!我花了一万多块钱托人从台湾岛外购进的呢!今天第一次赶出来,半年多了,应该够熟了。"头家为我辩解。

"嘿嘿,原来还是处男哩!"阿朱哥笑着。

"可要有效才好。"阿朱嫂迟疑了片刻,终究还是承认了我的身价,"看外形还不错,后臀圆圆的,大概肉长得够厚吧!"

"包管胎胎十二,只只顺利。"头家说,"是那只本地种新母猪吗?我们去看看。"

如果以我的审美观点来看,这只本地种母猪实在丑陋不堪,肥额大耳,弯腰垂肚,从侧面看过去,就活像一个大"凹"字。全身乌皮黑毛脏兮兮的,而且满脸皱纹。据说选购这种母猪,面孔愈丑愈好,如果这个条件确实,眼前的这只母猪可以称得上是上上之选了。

"你看这是桃园种的还是美浓种的呢?"阿朱哥站在竹栏杆前,右脚踏在栏杆上,用下颌指着问。

头家打量着,提起母猪耳朵,再拉上尾巴,母猪正是晕陶陶的时节,除了低沉沉的唔唔轻吟外，连一动也不动。

"看样子是桃园种，后臀肉多。"头家说。

"希望能像我那条母猪一样好，每胎都十五六只，猪仔又白又长。"老人企盼地说。

我绕着竹围栏杆来回了两三趟。虽然说对手模样难看，但是空气中似乎有着某一种气息，也可能是母猪身上发出来的气味，让我深感紧张焦躁，全身血液都快沸腾起来了。脑子好像有一股什么力量在驱使着我，让我深深觉得有着重大的任务非得完成不可，这是我过去从未有过的经验。

"来来，猪哥，把这个先吃下去。"阿朱嫂端着一个金属水勺，里面赫然有两个敲开的鸡蛋，连仁带壳，这是从家里出来前，头家娘刚给我吃过的，以前我还不知道有这样美味的东西呢！鸡蛋把我的注意力稍稍从母猪身上引开了，我三口两口便吞下了两个蛋，还舔干了水勺。

"对，好好吃下去，才是好猪哥。"她笑盈盈地说。

我发觉阿朱哥先是一怔，随后像想到什么好笑的事情一样，呵呵地笑得好开心。

"走吧！我们去喝一杯茶，让它休息休息，调养好气力，比较保险。"阿朱哥说。

确实，在爬上这条山坡，走了好长一段路程之后，我有些心气浮躁，腿部酸痛，真想躺下来小睡一场。

"这间猪栏盖得真好，比你住的房子还要舒服呢！"头家指着砖造新猪舍笑着说，"应该盖间楼房来住了吧？"

"呵呵！我小女儿这次回来唠唠叨叨念了好几十遍，猪比人住得好。猪可以卖钱，人卖不出去呀！呵呵。"阿朱哥说，"洋种白猪要冲洗，要讲卫生，大家都在养，要想赚两个钱哪，只好投点资本啊！"

"是啊！将来赚了钱就盖楼屋。"

"算了，我们两个老骨头还住什么楼屋，这些孩子将来没有一个会再回来耕种这一点田地，有本事让他们在外头买去。"阿朱哥说，"我们啊——住惯了穿凿屋，凉爽又通风呢！"

这两个老人真是好主顾，两年间每隔三两个月我们总要爬一次他们屋前的山坡，吃阿朱嫂两个鸡蛋。甚至，他们还指明了要我来服务哩。所以，我真不愿意看到这么好的老人遭到不幸。上一年秋天，我们最后一次见到他们，猪舍除开那头本地母猪外，全都空了。猪价惨跌，把养猪当作副业来做的农家，没有一个不亏大本的。

"这只老本地母猪卖也没人要，你又不能不养它。"阿朱嫂依旧不忘给我两个新鲜的鸡蛋，"我二媳妇要我到高雄去帮她看孩子，她进工厂一个月可以赚几千元，补贴生活也好。养猪亏损了十几万呢！"

这以后便没有再见到这两个老人，也没有听到任何有关他们的消息，不养猪了，阿朱嫂好像忽然老了十多岁，满脸的寂寞无聊。我希望她能到高雄去照顾孙儿，也希望她的儿孙能像我辈儿孙一样带给她希望和欢笑。

像阿朱哥夫妻这样的人我在这短短一生中见得太多了。事实上由我们村庄辐射出去邻近的几个村庄，我所见过的人，无一家一人不是这样勤勉劳苦又节俭的。我四个月大时被带离英国，在那里我从父母叔伯那儿得到的印象中，从没想到有人类会像这里的人这么拼死工作操劳的，我所见到的那些人，比此地的人员是舒服太多了。有时候我与头家出勤回来得太晚，头家马达三轮车都开灯了，我还可以依稀看到路边夜幕中戴着笠子的人影在田野里赶工。他们就是这样的简朴。我听过一头本地种母猪说过，早期在她祖母的时代，人们为了让家中饲养的猪可以更快长大，他们三餐煮饭时，把煮成半烂的米粒糟粕捞起放进蒸笼焖干了吃，把精华的饭汤留给我辈享用。生长在这儿的我辈子孙，真是太有福气了。就是今天，像阿朱哥嫂这样，猪栏盖得坚固通风，而本身却住得简陋的情形，还是处处可见的。这儿的气候温暖，物产又丰富，差不多年年都风调雨顺，像这些人这样勤苦工作，要是不能富足，那真是没有天理的事啊！

养猪作为家庭副业，在这个地区已经是天经地义的事情，只要你不是太懒，不管有钱人家或是穷人家，没有不喂几只猪的。从前的猪吃番薯藤加米糠、饭汤，如果不算工钱可以说是全赚的，而人工又是利用早晚和午休时间，不碍正事。庄尾友得伯母每次都要跟头家谈到她的运气好。

"我就靠两只母猪，供给我两个儿子读大学。"她的神情充满骄傲，"真是奇怪，每次在注册前便有一批小猪仔可以卖，先后十几年，不然，这一点田地，哪有这么大笔的现金给他们注册呢！"

友得伯母两个孩子都是师范大学毕业的，儿子媳妇全都在中学教书，她家新楼房盖得十分气派，可是她不顾子女反对，仍一直养了两只母猪，每次也都是头家载着我来。不过，友得伯母现在虽然有钱，却小气得要命，从来舍不得给我一个鸡蛋或半升饲料，她所养的又总是矮小的本地种母猪，我最不喜爱。而且，完工太早她还要闹半天，跟头家争论个不休，非要他再补一次，若人人像她，我可惨了。

当然，像友得伯母那样养猪的时代已经过去。从饲养喂料改为合成饲料后，成本大大增高，究竟有多少赚头呢？有一次我听到头家与邻庄老农谈过。

"扣掉猪仔本钱和饲料医药，每只赚五百元便很好了。辛苦喂养到四五个月大，每个月工钱只有一百块钱。"

从前喂养番薯藤时，每户人家养个三四只猪很平常，改喂合成饲料后，要想有工钱只有多养多喂，要多喂养就只有再添盖猪栏做大投资了。于是家家户户几乎全都有了一两间新起的红砖猪栏，他们不嫌钱赚得少，只要劳力可以换取金钱，不管如何的微不足道，他们都认为值得，想想这些人们，也太傻了。

我辈子孙昌盛，固然是我辈运气，为整个农村带来欢乐与希望更是我们的骄傲。猪仔生下来不满一个月就有买主抢着购买，母猪的口数明显地日日在增加，头家最是神采飞扬了。于是蓝瑞斯、巴布谷、杜洛克，几种大家喜爱的品种，头家都不惜重金进口，四邻八庄可以说没有不知道头家大名的。"第一强"的招牌岂是随便挂得的？包管胎胎十二，只只顺利。头家号称品种比改良场还要齐全，真的，连厚皮大耳、笨拙丑陋的本地种公猪都可随时为客户提供服务。

那时可说是我们事业的黄金时代，我可也做过好汉了，一天出勤四次根本不算一回事，头家更是从早到晚马不停蹄。想想那些光辉的日子，我常自豪一生不为虚度，得意起来连肚子也会忘掉饥饿呢！

好景突然结束，事前连一点预兆都没有。我浑浑噩噩的，只觉好像清闲许多，直到鲜鸡蛋供给断绝之后才发觉事态严重。为什么忽然之间所有的母猪不再"走生"了呢？原来是小猪仔卖不出去，主人家不想让母猪再生育。这对头家和我而言，真是大灾祸啊！

看来，我们的事业即将结束，再也无法挽救了。那天，头家载着我从一个偏僻的山区回来，在庄口碰到阿文哥——以前的一位重要客户。头家停下来跟他聊天，两个都忧思百结，如丧考妣。

"很难再做下去了。连饲料钱都赚不回来。"头家说，"你还有多少母猪呢？"

阿文哥专养母猪，很风光了一阵子，我们原来每个月都要到他那儿去一两次，他在乡公所做事，家里还耕田养猪，是很有见识的人，头家一向跟他很谈得来。他戴了顶旧鸭嘴帽，浑身泥浆，大概耙田刚回来。

"没办法，我出光了，目前一只都不剩。"他苦笑着说，"我还算脱手得快的呢！庄背刘喜志哥你知道吧！差一点被大猪咬死了。"

"啊——没有喂饱咬了他吗？"头家惊讶得大叫。

"嘻嘻，不是啦！是差一点破产了。"

"唉！你看，没有一点转机吗？"头家问，"落价也有涨价的时候呀！"

"外销突然停掉了，光靠台湾市场，目前所存的毛猪口数还可以供应一年。"阿文哥说，"差不多小养猪户都出光了。你要坚持下去吗？"

"我不相信每个家庭都肯放弃这个副业，不养猪他们还能做什么呢？"头家沉重地说，"我要不把家产全部投资下去就好了！还可以缩脚得快。"

"情势总会好转的，以前不是也这样起起落落吗？政府也总会想出办法辅助农民的，谁不知道这些戴笠帽的没有一点竞争能力，不保护他们行吗？"阿文哥安慰头家，这话也令我大感安心，不景气总会有过去的时候，我辈子孙岂能灭绝，人类总得喂养我们的，但愿头家坚持下去，只要前途有望，一天吃两餐也可以忍受。

"猪价总要再回升的。"头家肯定地说。

猪价在低荡了一年多以后，突然又高扬起来，外销又稍稍打开了市场。这对头家和我应该都是好机会，但是想不到，情势跟以前完全不同了。

"贫穷莫断猪，富贵莫断书"，这是从前常常由一些老农口中听到的谚语。无非就在鼓励穷苦的农人，不要懒惰，养猪可以致富。叮惜这种理论再也无法说服小农户们，上次的经验带给了他们太多的痛苦，愈辛苦愈养得多的人亏得愈惨，他们可再也不肯鲁莽冒险了。想想也是啊，养得满栏肥猪，卖又卖不出去，宰也不能宰，谁敢动刀便是犯法，于是低声下气求猪贩子来购买，怎能避免被奸商痛宰呢？

"干他娘，卖一次猪就好像被割一层肉。"有一次我听见一个客户与头家谈天的时候愤愤地骂着，"我们还不够瘦吗？"

贫穷人家不再养猪了，现在养猪的完全是有钱人家，他们把养猪当作事业，他们有足够的资本可以渡过低价时的危机，他们直接进口饲料原料，他们直接出口外销。猪贩子拿他们没有办法，甚至他们联合起来可以控制整个市场，养猪而到了这种地步，真可以抬头挺胸了。业余的农户凭什么去争享这一杯羹呢？

头家"第一强"的招牌不意也砸在这种情势下，真是异数。小养猪户不再养猪，大养猪户又不需要我们，他们各自有自己的种猪，头家要不关门看来也不行了。所幸一些中小型养猪场，在自己的种猪不敷用时，仍然不忘我们"第一强"。加上乡下人惯吃黑猪肉，很多人专门养黑猪供应本地市场，而黑猪又是大养猪场所不愿意饲养的，这仍然归属一些捡舍剩余利益的小农户来做副业，虽然盈余不多，好在他们也易于满足。于是我们的事业继续又拖了一年，只是成员大减，而且对头家来说，这行业也由正业转成了副业。

盘克夏老兄在本地区的生命舞台是永远退出了。自日本侵占台湾时期他的族类被引进之后，与本地桃园种和美浓种母猪所生杂交第一代号称改良猪，在这片土地上纵横半个世纪，在我族约克夏到来之前，提供本地区大部分肉类。此后，在我族约克夏与蓝瑞斯母猪杂交第一代 LY 竞争下，盘克夏不得不引退。现在，汉布夏、大约克夏又要取代我族生存的空间。甚至连大肚红毛的杜洛克老兄也来挤轧。目前农村所零星饲养的黑猪，便是杜洛克老兄与本地种母猪合作所生结晶，也都满足了农村需要。想想我族子孙在本地区繁衍的盛况，悲哀中不免又感到骄傲自豪。虽然最后难免挨受屠杀之苦，但生命能得延续不是仍然很值得吗？

头家为什么还养着我，与其说我还有什么利用价值，我想毋宁是基于感情的因素。我在头家事业开始发达时与他合作，好长一段相处的日子，也为他赚了不少钞票。不过，这种关系也已经如黄昏太阳一样，饲料听说又要涨价了。

外销市场打开，冷冻猪肉出口，是不是对头家有起死回生的作用呢？我不敢想象。头家娘这几天给我的饲料特别多，是不是希望我多长几斤肉？头家看着我摇头，那眼神代表了什么意思？算了，想多了心乱，作为一只公猪，我想这一生也交代得过去了。还是听听里长伯家的电视愉快。是谁在鬼哭神嚎地拉长了嗓子唱歌？是蒋广照还是柳闻症？似乎还是张丽明的声音甜美！这个女人为什么还不出来？

注：

1. 沙鼻：闽南语，得意骄傲的样子。

2. 膨风：闽南语，吹牛。

3. 头家：方言，老板。

【导读】

钟铁民，美浓客籍作家、钟理和长子，一九四一年生于沈阳；佝偻的形体与其长短篇书写，从另类"文学史"来看，可以说是前辈小说家钟理和贫病苦文学生命的延伸或者升华。一九六一年在晚报上发表第一篇短文《时田》，处女短篇《四眼与我》随后刊在林海音主编之《联合报》副刊，从此笔耕不辍，计出版《石罅中的小花》《雨后》《余忠雄的春天》《约克夏的黄昏》等长短篇，更早于战后第二代作者群开发教育、农民题材，成为二十世纪六十年代乡土文学作家代表之一。

从赖和《一杆"称仔"》到吕赫若《牛车》，看到的是资本主义变迁背后隐显不同的政治压力，以及浮出台面的被殖民反拨；钟铁民的《约克夏的黄昏》则更典型再现"纯"资本逻辑、价格意理决定的一幅生活绘采样。

随着"幽默"叙述声口的铺陈，攸关台湾某个断代的社会背景、声光"色"彩跃然纸上：那是一个经济转型过渡、起飞，娱乐电视风格刚刚形成、为庶民生活装扮添色的时代，叙述者是一头"纯种约克夏种猪"（以下简称"约克夏"），第一人称观点当然有所限制，"人家不把我当人看，当着我的面，什么话都说得出来"，于是街谈巷议、约克夏个"人"闻见经验成了作者反映没落行业"牵猪哥"于讲求所得效益社会的焦点。约克夏第一次"出任务"以来种种"情色"见闻、老东家"台湾第一强（肥猪）"招牌底下盛极而衰的风光史，自然攸关"我"另类送往迎来生涯的命运。

叙述声音是幽默的，诸如头家与隔邻里长伯两户招牌的叠置——"台湾第一强（肥猪）里长办公室"，当然不便做过度解读，却有提点时代背景的"笑"果；同样，文前、文后里长家电视机泄漏出来波兰镇压团结工联的新闻，蒋广照、柳闻症，尤其"女"歌星张丽明娇滴滴的歌声，除了为小说提供背景线索，都成功架设起幽默叙述框架，反转约克夏种猪面对猪价暴跌市况，势必"功成身退"的小说悲情论述。

——施俊洲撰文

金水婶

王　拓

> 刻苦、坚持、做人、经商、生活、持家、
> 教育孩子，是被时代流失的人性本质。

一

一到了下午，太阳就显得格外炎热，白炽白炽的，一点都不像已经过了中秋的天气。渔季已经过去了，海上空荡荡的，所有的船只都拉到岸上，横七竖八地搁在沙滩准备整修了。路上静悄悄的，只有几只土狗在跑来跑去，互相追逐着。

突然，一个女人尖锐的声音从那个大路转弯的地方传了过来：

"卖杂货哦——杂货啦！"

正在沙滩上油漆船只的水旺一抬头，便看见金水婶微弯着背，低了头挑着她的杂货担，以细碎的脚步摇摇摆摆从大路那边晃了过来。隔着一片沙滩，他就对她大声说：

"金水婶，真勤劳哦你！"

金水婶将杂货担从肩上卸下来，双手扶着扁担站在路中央，也大声说：

"水旺，日头赤炎炎你怎么不穿衣服？要不要买件内衣啊？"

"热得全身都是汗，穿衣服做什么？讨麻烦的！"水旺说。

"旺嫂在不在家啊？前天她还问我买香皂哩。"

"我不知道，你去家里看看吧！"

"好啦，我先在就近的地方转一转，等下再去你家。"金水婶说，"你不要买点什么吗？毛巾、内衣或是牙膏、牙刷？"

"免啦，家里统统有。"水旺说着，又继续油漆，还唠唠叨叨，"伊娘，买什么香皂？浪费钱！能洗就好了，什么皂还不是都一样！"

金水婶也不停留，立刻挑了担子沿路高声叫：

"卖——杂货啦——杂货哦！"

"卖——杂货啦！"

在八斗子这个偏僻的小渔村，有两个名字只要一被提起，就没有一个人会不认识。一个是度天宫的圣母妈祖，一个就是卖杂货的金水婶了。金水婶在八斗子之所以会这般出名，一来是因为她整年从年头到年尾，每天挑了杂货担在八斗子的每一户人家走动，兜售化妆品、家庭的日常用品以及小孩子们的糖果饼干。而且她也由于这种职业上的方便，自然对八斗子每一个家庭的大小事情，诸如土生叔的媳妇生了双胞胎啦，阿木婶家的母猪又生了一窝小猪啦，或者龙嫂的婆媳间又吵架啦等事情，都了解得一清二楚，所以她的地位无形中也就显得极端重要了。二来不但是因为她的肚皮争气，前后生了六个儿子，而且还因为她的儿子们的上进，个个都读到大学，而使她成了八斗子大多数做父母的人尊敬和羡慕的对象。她的大儿子叫阿盛，已经当了银行经理；二儿子叫阿统，在税务处做专员；第三个儿子叫阿义，在远洋渔船上当船长；第四个儿子则在商船上工作，已经当大副，据说不久就可以考得船长的执照了。第五和第六的儿子都还在读书，一个已经大学二年级，一个今年就要高中毕业了。四个较大的儿子都已经在基隆市建立了他们的小家庭，两个小的也都住在学校的宿舍里。金水婶的家道原本极为艰苦，她的丈夫又是一个没有责任的好吃懒做的人，而她竟能使每一个儿子都读书。所以，一提起金水婶来，八斗子的人无不竖起大拇指，打从心底称赞她。

她是一个瘦小的女人，外形与她生儿育女的成就简直不成比例。她今年已经五十几岁了，皱纹层叠的前额与松弛的双颊显得很干枯，头发经常从前额挽向后脑，梳成一个圆形的髻，梳得水光滑亮的，露出高广的额头。鼻子高高的，略呈鹰钩。肩胛扁窄瘦削，从腰以下却圆墩墩的。经常穿一身灰黑的粗布衫裙和布鞋，都浆洗得泛出白色来。

今天，她仍然像平日一样，早上在家里把家事忙完了，吃过午饭，就挑了杂货担出来到处兜售。

她要走完那个弯曲的小巷，再向左拐过去，才看得见水旺家门前那株高大的榕树。还没有走到小巷的尽头，她就听见小孩的声音在叫："金水婶！金水婶！"

"来啰！来啰！"

她摇摇摆摆地加快了脚步，刚拐了弯，就看见旺嫂那个七八岁大的孩子冲着她跑过来。

"金水婶，快一点啦！"他拉着金水婶的杂货担就往他家里拖。"我阿母已经等你很久了。"他说。

"你不要这样拉我呀，夭寿孩子，我会被你拉跌倒。"

"那你快一点嘛！"

"好啦好啦，你想要买糖吃是不是？急成这样！"

孩子笑着，仍然拉着金水婶颠颠晃晃地往前跑。

"叫你不要这样拉，夭寿！怎么讲不听？"

金水婶忍不住也笑了起来，远远看见站在大树下的旺嫂，就大声说："旺嫂，你看你这个儿子，想买糖吃急成这样。"

"哎哟金水婶，你怎么这样会摸？听见你的声音老半天了，怎么现在才来。"旺嫂说。

金水婶走到大树下，放下担子喘着气。

"是这样啦，"她说，"刚刚先到春梅家，又到龙嫂家，她们买了一些针线和扣子就拣了大半天，又说了一阵子的闲话。"说着，她又对坐在大树下的别的女人打着招呼，"你们都在这里讲话啊？"

"这里坐啦，金水婶！挑这么重的担子你怎么不累，还不先休息一下。"

金水婶拉过一把椅子，坐下去，捶着双腿说："怎么不累？跑了整半天，两只脚酸得要断掉。"

"你这个人就是这样，好命得像什么，还这样爱拖磨。"

"鬼啦，好命在哪里？一辈子做牛做马，拖磨得要死。"金水婶掏出毛巾来擦着脸说。

"你怎么不好命？儿子六七个，做经理的做经理，当船长的当船长，不像我们讨海人，要风平浪平才有钱赚，你怎么不好命？"

"金水婶，如果我是你，每个月坐在家里等儿子拿钱回来孝敬就油腻腻了，何必还要这样操劳？"

"是啊，你少年时代虽然吃了许多苦，但是现在总算也给你熬出头来了。"

"鬼啦，哪里有，只是名声好听而已啦。"

金水婶听大家这么称赞她，嘴巴虽然讲得客气，瘦削的脸上却忍不住笑得眼睛鼻子都皱成一团了。

"金水婶，说真的，你那些儿子难道没有每个月多少拿一点钱回来给你？"

"鬼啦！哪里有？他们少年人不懂得节俭,爱住得爽、穿美、吃好,看到中意的东西再贵再多钱都敢买,用钱像用水一样,一到月底没钱就叫艰叫苦,哪里还有钱给我？"她仍然笑着说,"现在阿盛阿和两兄弟跟人合股做生意,连生意本也都是我替他们去四处借,去标会[1]！"

"现在做生意最好啦,你还愁没钱？"

女人们一讲起话来似乎就没有个完,而旺嫂那个孩子此时却已经很无耐性地在他母亲的身上嗯嗯哼哼地揉来磨去了。

"嗯——母,你说要买芝麻饼,快一点嘛！嗯——"

"你是在嗯什么？人家大人在讲话,你这样嗯嗯哼哼的没规没矩,现世成这样,像是三百年没有给你吃过。"

"是你自己说要买的,哼——讲话都骗人,嗯——阿母！快一点嘛！"

"你是在嗯什么呀？想吃芝麻饼？"金水婶转过脸来笑着对孩子说,"我就知道你要吃芝麻饼。这么大了还嗯嗯哼哼的。旺嫂,他还在吃奶啊！怎么在你身上这样擦来磨去的？"

"就是这样子嘛,哪里像个人？"旺嫂举起手来在孩子屁股上打了一巴掌,"这样大了也不怕人家笑,现世成这样。"

"是——是你自己说要买的。"孩子很委屈地站在一边,声音都哽咽了起来。

"唉咦？怎么这样就哭了？这么大的人还哭？会给人家笑哦！来来来,不要哭不要哭！"

金水婶从担子里揭开一个铁盒子,拿出几块芝麻饼递到孩子手上。

"拿去拿去,不要哭啦！"她说。

孩子这下突然又变得怯怯的,竟不肯去接,只拿眼睛望着他母亲。

"拿去啊,怎么？却客气起来了？是我要请你的,不要怕,赶快拿去吃。"金水婶拉起他的手，把饼干塞进他的手掌里。

他看了一下摊在手掌里的饼干，又拿眼睛怯怯地望着他母亲，嘴里还不断地"嗯——""哼——"着。

"旺嫂，你看你这个孩子怎么这样古怪？真要给他，他却不要哩。"金水婶说，"赶快拿去，不要紧，是我要请你的，你阿母不会骂你。"

旺嫂斜着眼睛瞄了孩子一眼，没好气地斥喝：

"还不赶快拿去死，站在那里嗯什么？没有看过你这种孩子，现世到这样！好像三百年不曾给你吃过饼干。"

孩子一听母亲这么说，立刻握紧了手掌，低着头走开了，仍然显得委委屈屈、一副不甘愿的样子。

金水婶看了孩子的背影，笑着对旺嫂说："好啦，这么小的孩子，不必理他啦。你们需要买点什么吗？香皂毛巾牙刷牙膏，还是香水香粉胭脂口红，样样都有。"

"对啦！上次我问你的香皂有没有？"旺嫂说。

"怎么没有？我特别替你带来这种玛丽的。"金水婶拿出一块香皂送到旺嫂面前说，"你闻闻看，香得——"

"金水婶，跟你买一瓶香水啦，有没有？"

"有！怎么会没有？这种巴黎牌香水最出名，香喷喷的。"金水婶拿出一个小瓶子来放在自己鼻尖嗅了嗅，"十五块钱就好啦，到基隆街上没有二十块钱保证你买不到，我做生意最公道啦！"她说。

"你有洗脸的毛巾没有？"

"洗脸的毛巾，有！这种三朵花的最好，又厚又好洗。"

大家七挑八选，金水婶一下拿这个一下拿那个，忙得团团转。

"金水婶，我刚给十块，你还没找我。"

"好啦，我马上找给你。"她在腰间掏摸了半天，终于掏出一团皱皱的零票。"十块找你三块，六块找你五角。阿桂，我还要找你多少钱！一块半。喂，旺嫂，你要不要替水旺买一件内衣吗？日头赤炎炎也没内衣穿。"

"是他自己不穿，家里内衣还有三四件。"旺嫂拿了那块香皂嗅了又嗅，"金水婶，这种香皂耐洗吗？"她说。

"怎么不耐洗？硬锵锵的，一块可以洗一两个月。"

"那就买一块吧。你说五块半是不是？"旺嫂一手拿着香皂，一手在腰间努力掏了半天。"咦？我的钱包放到哪里去了？夭寿！金水婶，五块半下次来再给你好不好？"她说，"连同上一次牙刷牙膏的钱，刚好是二十块对不对？"

"好啦，你先拿去洗，不要紧。"金水婶说，"上次你不是也拿了两块钱饼干和糖果吗？"

"那两块钱我是现钱给你的，你怎么忘了？"

"有吗？——好啦，两块钱而已，随便啦！"

金水婶又拿出一个玻璃纸袋来对一个年轻的女人说："月里，这种内裤要不要买一条？现在最流行的。"

"多少钱？"月里接过纸袋仔细地捏弄端详了半天，"十五块？吓死人！怎么这样贵？薄稀稀，洗不到三次就破了。不好！"

"很漂亮哩，像你这样年轻漂亮的女人穿这种内裤最好啦，很多人穿哦！"金水婶把内裤拿出来抖开了递给月里，"你看，这么漂亮，又软又好穿。"她说。

"哎哟，吓死人！金水婶，你也要积点德，这么一点布是要怎么穿？"旺嫂凑过脸来，把内裤拿到手上扬起来，还尖声怪调地笑着说，"薄稀稀，遮都遮不住，这是要怎么穿？"

"怎么遮不住？都市里的女人都是穿这种，又好洗又快干，色泽也漂亮。"金水婶从旺嫂手上把内裤抢回来，面向年轻的月里说，"这是专门卖给二十几岁的年轻女人穿的，买一件回去试试看吧，又漂亮又好穿！"

"我以前穿过，真的很好穿呢！"月里对旺嫂说，又从金水婶手中把内裤接过来捏捏弄弄了一番，"以前都没有这么贵，减两块钱啦，好不好？"

"十三块我就没赚钱啦，"金水婶说。想了一下，又像做了重大的决定，"哎呀！好啦，第一次卖这种内裤，随便卖你一件啦。"

"我身边只剩下五块钱，"月里说，"你下次来再给你好不好？"

"好啦，不要紧，你记住就好。"

"我看，你还是记账吧，万一忘记了——"

"不必啦，我会记得。杂货卖了十几年了，我从来也没记过账。什么人欠我多少钱，什么时候还给我，我都清清楚楚。"金水婶说，"这样，连你上次拿的一支口红、一盒胭脂，总共欠我三十八块对不对？"

"什么？不对啦，口红和胭脂的钱，我上次就给你了，"月里说，"金水婶，你不要这样跟我翻来翻去好不好？"

"哪里有？你上次明明就说下次才要给我。"

"唉——呀！你这个人怎么这样子？"月里尖着声音说，"那一天你坐在我家大厅，我还特地到房间去拿钱给你，三十块钱你还找我五块，你怎么忘记了呢？"

"哪里有？你明明就没给我，我年纪一大把，怎么会骗你这二十五块？"金水婶皱着眉头，瘦削的脸上满是狐疑的神色望着月里。

"你要这样翻来翻去，我不敢跟你买东西了，"月里把内裤丢还给金水婶，愤愤地说，"我明明拿了三十块给你还找我五块，你还说没有！我七少年八少年怎么会骗你二十五块？我难道不怕给雷公殛死？"

"不然，会是我记错了吗？我卖了这么久的杂货，从来也没有跟人家这样翻过，"金水婶把内裤递给月里，"你不要生气啦。我再回去算算看，"她皱着眉头，布满了烦恼的神色，"真的会是我记错了吗？"她说。

"我不会骗你啦，骗你二十五块我又不会富有。我难道不怕神明责备？七少年八少年骗你老人家！"

"让我回去再仔细想想看，年纪一大记性就坏了。"金水婶对其他人说，"你们还要不要买一点什么别的？"

"金水婶，我们钱都已经给你了哦！"

"对啦，对啦，我不会跟你们翻啦。卖杂货卖这么久，我从来也没跟你们翻过！做生意是大家欢喜甘愿的，要公道才好！骗那几块钱，吃了良心也不安！"

金水婶边说边把盒子箱子布包，一沓沓整整齐齐地收进杂货担里。

"你们不再买，我就要走了！"她说。

太阳已经偏西了，榕树的影子被拉得长长的，贴盖在屋顶上。金水婶挑起担子，微驼着背，迈开细碎的脚步摇摇晃晃地走了。她那嘶哑的叫卖声已渐渐远了，只能隐隐约约听到：

"卖杂货啦！""杂——货……"

"唉！艰苦一辈子，现在终于给她等到出头天了。儿子六七个，做经理的做经理，当船长的当船长，个个都成才，还怕老来不好命吗？天公祖的眼睛光闪闪，好人才会有好报……"

人们这样议论着。

二

一入了冬，八斗子的天气就变得昏黑阴惨了起来，海浪"哗——啊——""嘿——啊——"地啸叫，掀起小山般的浪头，混混浊浊的。湿冷的腥咸在强劲海风的吹袭下，毫不留情地钻进每一个空隙里，弥漫了整个大地。雨接连地下个不停，日里夜里都是湿漉漉黏答答的，人像是活在一团潮湿腐败的破布堆里，寒冷、阴湿、愁惨。

人们已经很久没有看到金水婶出来卖杂货了。孩子们都躲在家里盼望着金水婶那个杂货担里的芝麻饼和棒棒糖，稍微听到一点类似"杂货哦！""杂货哦！"的声音，就立刻冒着冷风打开门户，张大了喉咙叫："金水婶，跟你买啦！""在这里啦，金水婶！"结果却只听到吹过树梢的海风在"喳——忽——""喳——忽——"地响。

"金水婶怎么这么久都不来了？"

连旺嫂都等得焦虑起来。只要有脚步声从门外经过，她就把眼睛凑到门缝向外张望。

"这种天气，鬼敢出门？风雨哗哗叫。"水旺说。

"以往这种天气她都来，怎么这阵子十几天了——"

"你这么想她做什么？这种风雨，人家金水婶又没起狂发疯，还出来受风受雨！"

"你知道什么？她入了我两个会，会钱都已经过两天了，"旺嫂说，"我要去她家看看。"

"阿母，我要跟你去！"

"夭寿，阿母要去收会钱，你跟去做什么？风雨哗哗叫。"

她找了一顶斗笠，拉开门闩，一阵强劲的冷风"忽哇！"从门缝灌进来。"好冷！"她全身颤了一下，把门拉开一个大缝，随即迅速一闪，在她儿子还没有追上来就把门拉上了。

"水旺，来把门拴起来啊，"她大声叫，又隔着门板安慰她又哭又闹的儿子，"阿郎不要吵，阿母回来带糖给你吃。"

她戴上斗笠，低着头，在凛冽的风雨中快步走向金水婶的家。

金水婶家的房间里，为了省钱，连一盏灯都舍不得装，只有屋顶上开着一个小小的天窗。天光灰暗地从天窗漏进来，正好照在床尾那只大尿桶的周围。房间里散发出一阵阵微微的霉湿与尿臭混合的味道。金水婶拥着棉被，弓起膝盖，靠坐在床尾，膝盖的棉被上平稳地放着一只脸盆，水一滴滴从屋顶上落下来，发出清脆的"滴！答！""滴答！"的声音。金水平躺在床头。两个人似乎都已经睡着了。屋里静悄悄的，只听见滴答的水声和重浊的呼吸。

金水婶在恍恍惚惚中，突然像遭到电击般，迅快地伸出双手抓住膝盖上的脸盆。接着又听见她长长地吁了一口气。

"夭寿，差一点弄翻了。"她嘀咕着。

"几点了？"

"我不知道。"金水婶说。隔了一会儿，又听见她说，"唉！每一次下雨，屋顶总是漏得滴滴答答的。等天晴了，你也得拨个时间去检修检修。"

"哎——呀！这个时候，我心里烦得都要胀破了，你还在讲这些？"金水很不耐烦地说。

"单单在那里忧烦有什么用？"

"不然，你又有什么办法？你娘！你还不是讲着好听！"

"唉！怎么知道事情会变成这样，"金水婶说，"都是那个夭寿人，什么死人牧师，信教死了没人嚎的人，才会那么坏心肠。"

"好啦好啦，你有完没完？我头痛都要胀破了，你还在那里哇啦啦哇唠叨个没完。"

金水婶沉重地叹了一口气，一种深刻的烦忧和焦虑在寂静中怪异地、痛苦地啃啮着他们的心思。隐隐约约听得见屋外的风声和沙滩上海浪叫啸混合的声浪。

突然，一阵急促的敲门声打破了屋里的寂静。

"金水婶，开门哦！金水婶！"

"是谁在叫门啦？"金水烦躁地说，"你坐在那里干什么？还不赶快去看看。"

"这个时候不会有贵人来啦，你何需这般慌狂？"

金水婶爬下床来，先把那半盆水倒进尿桶，再把面盆摆在原来的位置才走出房来。

"谁啊？"

"我啦，金水婶，快替我开门啦。"

金水婶一拨起门闩，旺嫂就连同冷风一齐冲进屋子里。

"旺嫂，这种风雨你也来？——"金水婶说。突然又察觉自己谈这些话很不对，于是就沉默了。

旺嫂摘下斗笠往地下甩了甩，抬头一看金水婶，突然吃了一惊。

"哎哟，金水婶，你生病啦？"

"没啦！"

"几天没看到你，怎么就瘦成这样？吓死人！"旺嫂说，"我就知道你大概是生病了，不然，像你这般勤快的人，怎么会在家里坐得住。有去看医生没有？"

"没啦！又没有什么大病痛。"

"金水婶，你千万不要这般铁齿铜牙床，你看你瘦得两个眼睛都凹下去，连青筋都浮起来了，两边面颊也只剩下一层皮，你还说没有什么病痛！"

"这几天都睡不着。"金水婶摸摸自己的脸颊说。

"你要赶紧去给医生看。"

"旺嫂，会钱——"

"我就是来向你收会钱的。这几天，我一直在家里等你，你都没来。这种大风大雨，我只好自己来。"

"会钱——你再给我宽限两天好不好？"金水婶吞吞吐吐地说，"这几天，我手头有点紧。"

旺嫂瞪大了眼睛，似乎很感意外地看着金水婶，显得很为难的样子说："照我们的约定，会标了以后第三天就要把会钱缴齐。以前你标到，我也是在两三天内把会款交给你，现在已经过两天了。人家阿木嫂要娶媳妇急着用钱，我要怎么跟她讲？"

"再过两天，我一定亲手送到你家去，这几天，实在手头有点紧。"

"你的会钱不是都由你那些儿子拿回来给你吗？"

"这几天，风雨这么大，我也不能去基隆，等天晴了——"

"你不能先从别的地方拨来给吗？三五百块而已。"

"如果有地方先拨我早就拨给你了，我跟人入会你一向也知道，几十年了，如果不是真的没办法，我也不好意思叫你多给我宽限两天。"

旺嫂看看金水婶，犹疑了半天，才很为难地说："好啦，我去告诉阿木嫂再给你宽限两天。两天内你要真的拿出来哦。收会钱从来没有人这样。"

"会啦会啦，你放心！几十年了，你知道我不是那种人。"金水婶说。

旺嫂一走，金水婶立刻长长吁了口气，显得很疲倦。金水躺在床上，隔了一段很长的时间，才听见他说：

"唉！两天内要去哪里筹这些钱？又不是只要三五百块就可以了。阿树的一万块，南山的一万五，利钱也已经过期三四天了。——唉！剥皮给人都不够。"

金水婶默默地坐在床尾，想起那天早晨为了拿那几万块生意本去给她大儿子，赶火车跑得气喘成那样，没想到，结果竟是白白送去给人家吃掉了。她心里忍不住就感到一阵阵地抽痛和心酸，眼泪忍不住簌簌流了一脸。

"当初我就向他们说了，要想得妥当一点，要探听得清楚一点，他们的心就全都那样活跳跳，没有一个要听我的话。说什么绝对妥当啦，人家做牧师传道理的人怎么会骗我们？而且起先投资了三万块，不到一个月本钱就差不多分回来了，怎么会不妥当？——干！傻到这样，好像被人家骗小孩一般。"

金水一想起这件事情的前因后果，心里比金水婶还难过。他是一个安于现实的人，一生没有赚过什么钱，所以对钱一向也很谨慎小心。对于家里吃的用的，有一点钱时他就掌家，没钱时他就一丢不管了。而他这一生，没钱的时候远远多于有钱的时候。他从来不敢想要做什么大生意赚大钱，只要有饭吃就好了。他这样也过得很满足，反正没有什么责任需要他负，孩子的事，家里的事，全都由金水婶照管着。这样，他还可以常常挑剔一下这个那个，"你这个家是怎么管的？""这些孩子你是怎么教的？干——"心情不好就打打老婆孩子出气，反正错的事都与他无关。

这一次，由于他的儿子都那么一致坚信，会赚钱啦会赚钱啦。他也见过那个人，老老实实客客气气的，事前绝想不到他会是个骗子。而且，他年纪大了，儿子也娶妻成家了，在社会上还满可以和人比上下的，所以他也变得有点怕自己的儿子了，再不像以前那样，动不动就对这些儿子干公干母、脚来手来的。儿子的意见他也唯唯听着，有儿子在旁边，他也变得比较不敢对老婆粗言粗语。他也从来不去儿子办公的地方，怕自己乡下人没见过世面，出丑。有事就到儿子家，对媳妇也是客客气气，再加上儿子们每个月经常一百五十地给他花用，所以在他的心目中，儿子们都变得高高在上了。因此，这一次，当儿子们都坚信一定会赚钱时，他也便毫不迟疑地把几年来儿子们给他的一百五十积存起来的万把块全都拿出来，并且还向人借了一些，也算是入了股。结果，没想到却统统被吃了。这一来，他立刻感到心头上一种从未有过的十分的压力，使他忧烦得每晚都失眠了。

"也不知道你们是怎么看的，像是吃了他的符水一样，被人骗得死死的。现在，给人家剥皮——"

"哎咿呀！到这个时候你还在讲这些做什么？起先怎么会知道他是这种人？也是阿盛认识的朋友，他都全心活跳跳，一直说妥当妥当，谁会知道他是这种人？你如果这么仙，能未卜先知，早就富有啦！怎么现在还是这么穷？"

"不然这些钱是要叫我们怎么还？剥皮给人家也还不完。"

金水姊用衣袖抹抹鼻涕，抽抽搭搭地说："我想来想去，只有去跳海死了，什么事情都不知道，别人要笑要骂由在人。"

"好啦！好啦！你们女人就是这样，事情来了不去想办法，就单会跳海，只会哭！你娘哩，你以为死了你就逃得掉？"

屋外的风声已经稍稍减弱了，但是海浪仍然"轰哗！""轰哗！"从沙滩那边传过来。屋里静默得只听到清脆的"滴答！""滴答！"的声音和偶尔响起的一两声叹息。时间已经过午了，他们仍然窝在床上，一点办法都想不出来。隔了很久，才听见金水说：

"不然，只好再去向素兰借一些。兄妹之间，我以前也很顾着她。"

"不行了，人家素兰姑现在也是艰苦巴巴的，姑丈才死不多久，孩子又一堆；以前我们向她借的也还没还，你怎么开得了口？"金水婶犹疑了一下说，"倒不如去向鸳鸯借，她们现在做五金生意也很赚钱。"

"这个，你不要傻想啦！鸳鸯的做人你又不是不知道。以前信田还在的时候，我还不时去看看他们，好歹我跟信田的兄弟情是厚的，但是这个弟妇，——伊娘哩，那么会计较，连我在她家吃了几碗饭她都算得清清楚楚。以前为了这，信田还打过她三次。我会做乞丐都不向她伸手。"

"不然，"金水婶想了半天，终于说，"只好再去向那些孩子们开口。"

金水沉默了片刻，突然愤愤地："不向他们开口要向谁开口？俗语说，父母债子孙还！伊娘！讲来讲去，如果不是他们，我们也不会去认识那个牧师。"

"只是，他们平时就已经在叫艰叫苦了，现在，唉！——前几天也才向他们伸过手，现在又要……"

"你要这么会替他们想，那你就自己去还呀！你娘，这些钱是给他们拿去做生意本，又不是我们拿去虚花掉，他们不还要叫谁还？养他们养到这么大，还给他们读书，连这种人情义理都不懂？"

"但是前两三回，你说他们脸色难看得那样——"

金水一听这么说，立刻感到很心虚。沉默了一会儿，才叹息着说：

"唉！儿子六七个，都只是好听的，还输给人家没子没孙的人。"他摇摇头，显得很灰心。"时代很不同，社会已经完全变样了。养儿子？唉！白养的！"他说。

最近几次，他到儿子家去，发觉几个媳妇都不再像平时那么客客气气，甚至躲在房间里半天不出来，让他自己坐在客厅里，冷冷落落的，愈坐愈不是滋味。他满胸腔的怒火又不便当着媳妇的面发作。熬到儿子回来见了面，也不像往时那么恭敬有礼。只见儿子媳妇在房间里叽叽喳喳，也不知说了什么。过了半天，儿子才出来，拿了几张钞票递给他，说：

"阿爸，这些钱给你零用啦。我们现在手头也很紧，再多实在也没办法了。"

这下子，他再也忍不住那满腔的怒火，霍地从沙发上跳起来，指着儿子的脸破口就骂：

"干你娘，你们以为我是做乞丐来向你们讨饭吃的？养你们养到这么大，我欠人的钱不叫你们还要叫谁还？再说这些钱也是为你们才丢的，你敢用这种态度对待我？忤逆！你娘！养你们大了，都变成太太的儿子了，不是父母的了。我——干你祖公太妈哩！我有办法生你养你就能杀你！你娘，我今天就活活打死你——"

"你不要这样，阿爸！你不要这样！"儿子说。

"你怎么可以打人？你这个人怎么这样？——"媳妇说。

儿子抓住他的手，媳妇拉着他的臂膀，把他的衣服都扯破了。

毕竟年纪大了，已经不如儿子那么身强力壮。他心虚得很。

"好，好！你们敢对我这样捏手捏脚。忤逆！不孝！好！你娘，算我没眼睛才会养了你这种不孝子！从今以后你也不要认我这个老父，我也看破了！干你娘！筛你娘！雷公点心，好！——"

就这样，他出了儿子的家门，沿路气愤难消。而且，前后几次，几个儿子都是这样。这不禁使他感到一种老来的凄凉和悲伤。现在，还要向他们开口要钱，像乞丐一样，他觉得很没有面子，很心虚。被儿子这样忤逆，他——他突然又无比地愤怒起来。

"好，他们既然这般不孝，我也不必念什么父子亲情，"他霍地从床上跳起来，好像这些儿子就站在他面前一样，狂暴地吼叫，"我一刀一个，像切菜一样，你老母哩！生你们养你们，我就能杀了你们！"

"夭寿！你是要死了还是怎么的？这般发癫起狂，活活要吓死人！"金水婶慌忙跪起来，拼命拉住金水的臂膀，也顾不得打翻了脸盆里的水弄得被窝湿淋淋的。

"你娘！都是你会教示才养出这种儿子，还给他们读书，读个屁！你娘哩！"

"好啦好啦！像你这种雷公性，鬼看到了都怕。孩子年纪轻，你应该好好跟他讲，动不动就要这样干公干母、起脚动手的，鬼忍受得了？我是苦命一辈子才被你欺负，儿子媳妇都是读书人，怎么能忍受你这样？"

"你那么会教示，那么会疼惜他们，那你就去向他们拿钱呀，你娘！当初何必叫我去向他们开口伸手？儿子是你生的、养的、摇大的，你去叫他们替你还债缴会钱啊！怎么还在这里摇头吐大气？你娘！"

"儿子也不是没有体贴我们，阿盛跟阿和的钱也被那个人倒了；阿义平时就没有什么钱，阿统带了那个气喘病，平时吃药打针也用了许多钱，这些你也不是不知道。现在欠人家这么多钱，他们就是有心要给我们也是很困难。"

"你这么会替他们想，他们怎么一丝都不替你想？他们是出社会见过世面的人，总比我们有地方借。我们除了八斗子以外能到哪里借？旧账未还谁会借给我们？都是二十外三十几岁的人了，如果想过父母，会连这点都想不到？骗鬼！你这么会体贴他们、疼惜他们，明后天人家就来拿会钱收利钱，你去割肉给人家？割皮给人家？你娘！"

金水婶低垂着头，眼泪直往下淌。干瘪瘦削的脸庞在灰暗的房间里显得一片漆黑模糊。

"唉！好啦，"隔了一段好长的时间，才听金水婶长长地吁了一口气，乏力地说，"明天我去跑一趟。几十年了，节肠耐肚、艰苦巴巴才养了他们这么大，我不信他们真的会遗弃我们两个老的不管。"

房间里寂静得很可怕，只听见金水重浊的呼吸和屋顶的雨漏滴在被窝上"扑！突！""扑！突！"的声音。

三

一大早，八斗子的天气仍然是又风又雨，海浪像一片灰色的钢板掀起来又盖下去，混浊冰冷，发出一阵轰轰的巨响。冷风像两面锋利的刀刃刮在脸上，直钻进骨头里。但是，一到了基隆的街市，太阳却又恢恢地露出脸来，照在港口一排排灰暗的屋顶与市街。空气里飞扬着灰蒙蒙的尘埃，使人感到一种大病后昏昏欲睡的倦怠。

金水婶把能够穿的衣服都穿上了，外面罩一件几年前从旧货堆里拣出来的灰黑的破旧大衣，衣领和袖子都毛茸茸的。身体臃肿得像一团黑色的发胀的棉球，只剩下青黄细小的脸庞露在外面，像一颗放得过久的干瘪的橘子，满布皱纹。她以平时挑杂货担时那种惯常的细碎的脚步和半跑的姿势走在大街上。左手挽着一个灰色的布包，右手握着一把黑雨伞。阳光照着她微微伛偻的身体，走着走着，她渐感燠热起来。她用挽在手臂上的布包擦擦脸，解开大衣的扣子，不经意地瞥了一下大衣底下敞露出来的长短参差的衣襟，犹豫了一下，又把大衣重新扣好。她略略把脚步放慢，过不久，又不自觉地继续以那种惯常的细碎的脚步和半跑的姿势走起来。汽车"哗！""哗！"地从前前后后飞驰过去。

她走上一座桥，拐了一个弯，走完一条长直的街道，又拐进一个巷子里，走入一栋公寓的三楼。她爬到楼梯口，喘着气，用手敲门，喊：

"阿秀！阿秀！"

隔了半天没有人应。她用手扭动了门把。门锁了。

"大概出去买菜了！"她自言自语，把大衣脱下来，看看自己衣服下摆那些长短不齐的衣襟，遂大把大把往裤头里塞进去。塞了半天，仍然有一大团堆在腰间，于是又懊恼地统统把它们拉出来。

她感到很疲倦，于是就靠着门边，坐在地上将布包搁在膝盖头。外面有太阳的地方飞扬着灰扑扑的尘埃，里面有一种阴暗的清凉和寂静。听得见街上阵阵汽车的喇叭声和轻微的人声，有点怪异，像来自另一个世界的声音。

她把头伏在布包上，不知不觉就昏昏地睡着了。不知过了多久，她仿佛听见有人在叫：

"阿母！阿母！"

她蓦地一惊，从恍恍惚惚的睡梦中醒来，抬头一望，便看见她的四媳妇提了一篮子的菜站在面前。

"啊，阿秀，你回来了？"

"阿母，地上冷夯夯，你怎么坐在这里睡？"

"这几天晚上都睡不着，坐在这里却睡得这样死。"金水婶说着努力在地上一撑，想站起来，因为衣服穿得太臃肿，终于又坐了下去。

"阿母，这种天气，日头赤炎炎你怎么还穿得这么多？"阿秀拉起金水婶，开了门，说，"你赶紧去沙发上躺一下吧，我去洗米就来。"

"免啦，我又不爱困，"金水婶跟着阿秀走进屋里，在厨房的桌上解开布包，拿出一个纸包来。"这些干鱼脯，今年夏天自己晒的。"

"阿母，你怎么每次来都要这样麻烦？带这带那的，这种干鱼脯这里的菜场也很多，这样带来带去做什么？要吃我们自己会去买。"

"我很久才来一次，也没什么好东西可以带给你们，这些干鱼脯是自己晒的，只要人工，而且也比买的好。"金水婶把纸包打开，拿出一条小鱼，放到嘴里就嚼了起来。"晒得干酥酥的，用油炒一炒，又香又脆。"她说。

"阿母，你去沙发上坐一下，"阿秀说，"拖鞋放在客厅门口。"

金水婶捡起布包走进客厅。突然，脚底一滑，身体撞着电视机，发出哗啷一声碰撞的巨响。她一手抓着电视机的边缘，一脚跪在地上。

"哎哟！真夭寿，地上怎么这样滑？"她说。

"阿母，你要小心一点，电视机上的花瓶是日本带回来的，不要打破了！"阿秀从厨房伸出头来大声说。

金水婶小心翼翼地走到沙发边，坐下去，才长长吁了一口气。

隔了片刻，阿秀走进客厅，端了一杯开水放在金水婶面前。

"阿母，你怎么不穿拖鞋？"阿秀说，"地板昨天才叫人来打过蜡，比较滑，穿袜子容易摔倒。"

"难怪，前两回来都不觉得滑，这次差一点就摔死了！"金水婶说。

接着，阿秀就双手捧着自己的茶杯，只是默默地望着金水婶，脸上维持着一种端庄的微笑，没有说话。金水婶等了一会儿，似乎也觉得找不出什么话来和媳妇说了，遂也只好捧起面前的茶杯，"嘘——嘘——"地吹着，喝了两口，看了媳妇一眼，终于说了一句"好烫！"，像是故意要找个话题来和媳妇讲。但是阿秀似乎并没有听见，仍然只是微笑着，很有礼貌地望着金水婶。

客厅里只听见壁钟在墙上"滴答！滴答！"响，偶尔也听得见街上汽车的喇叭声和汽车急驰而过的"哗——哗——"的声音。屋里有一种怪异的静默。阳光穿过玻璃窗照进屋子里，照在阿秀披着长发的后肩上。金水婶又抬头望了她一眼，脸部背着光，模模糊糊地看不清她的神情。金水婶渐渐感到一种微微的不安和焦急。她努力在脑子里搜寻着话题，很希望能和媳妇由一种亲切的谈话中，把自己的心意说出来。但是——

她不禁在心里怨恨起自己的笨拙来。

这样静默了好久好久，阿秀才终于很客气地开口说："阿母，中午请你就在这里吃饭吧！"

金水婶把杯子放在茶几上，立刻松了一口气，说：

"噢！中午——好啦！"

"中午阿和也会回来吃饭。"

"哦？阿和的船进港了？"

"昨天就进来了。"

"真的？昨天就进港了？夭寿！你怎么不早一点告诉我？"

金水婶立刻觉得全身轻松起来，望着媳妇，整个脸都笑开了。

"阿母，你坐一下，我去煮饭。"

"我去帮你煮！"金水婶霍地站起来，兴冲冲地说。膝盖一不小心碰着茶几，哗啷一声，杯子倒了，流了一桌一地的水。

中午刚吃过饭，阿秀正在厨房里收拾碗筷，客厅的电视机里有一个身段苗条的女人在扭扭捏捏地唱着歌。金水婶坐在沙发上，阳光照得她全身暖洋洋的。对面坐着她的第四个儿子阿和，白衬衫、红领带，西装裤熨得笔挺，从头到脚打扮得整齐白净。金水婶满心欢喜地望着他。

"阿和，你吃饱了没有？我看你怎么只吃了一小碗。"

"有啊，怎么会不吃饱。"阿和眼睛专注地望着电视机说。

金水婶回头望了望厨房的方向，压低了声音叫着儿子："阿和，这个月的会钱和利钱——"

他突然站起来，走过去把电视关掉，客厅里立刻静默了下去。他回到原来的座位，神情肃穆地看着她。

金水婶突然觉得心虚起来。

"都是那个夭寿的什么牧师，才会把我们骗得这般苦惨。那五六万块，他吃了怎么也不怕胀死？不怕给雷公殛死？——"

"骗都被他骗了，骂也没有用。"阿和说，"就算我们傻，花钱买了一次经验。"

"经验？这种经验谁买得起？现在会钱也到期利钱也到期，人家来讨钱讨得急得像鬼要捉去。"

金水婶眼睛望着儿子，只见他用手把茶几上的杯子向左转过来又向右转过去，沉默地，一直没有接腔。金水婶突然觉得很灰心，刚才的欣慰和欢喜都渐渐往下沉了，沉到一个深黑冰冷的潭底。隔了好一会儿，才听见儿子说：

"我们现在手头也很紧，那么多钱——"

阿和说着，突然站起来，走出客厅。

金水婶望着儿子的背影，不禁心酸起来，眼泪忍不住也流了下来。

阳光恹恹地穿过玻璃照进屋子里，尘埃飞扬着，有荒郊古墓的凄凉，壁钟从墙上发出"滴答！""滴答！"的声音，有一种恐怖的寂静。

大约隔了一盏茶的工夫，阿秀跟阿和双双走进客厅。阿和仍然低着头坐在金水婶的对面，阿秀先替金水婶倒了一杯热水，然后在她的旁边坐下去，显得无比关切地望着她。

"阿母，"阿秀开口说，"讲起来都要怪那个夭寿人，心肠那么恶毒，连阿和向朋友借的七八万块也统统被他骗去了。这几天，人家天天来讨钱也是讨得——唉！一次七八万，我们怎么还得起？但是，"

她看看坐在一边沉默着的丈夫，又望着金水婶："你是我们的父母，你的事我们也不能不管。"她将一把十元钞票放在桌子上，说："这是两百块，再多我们实在也没办法了，你先拿回去凑凑数，先给了明后天的会钱或利钱，以后大家再来设法。你的儿子那么多，大哥二哥都买了房子，你才应该去向他们拿。总不能大的二的都不管，却要由我们小的一个人来负责。"

阿秀很流利地说了这许多话，金水婶听在心里，一下子也觉得蛮有道理。但是单单两百块要做什么用？金水婶看看自己的儿子。只见他仍然低着头，一副无限愧疚的样子。后来，他终于也这样说：

"阿母，我们目前的困难你也知道，大哥二哥比较有钱，你应该去向他们拿。而且做大的人更有责任。"

金水婶失望地叹了一口气，很想不要他们那两百块，但是，回头一想，又觉得或许再到别的儿子那里，还可凑出一个数目来。

"好啦，既然你们都这样说，我也——"

金水婶突然觉得心酸起来，话没说完，眼泪已经掉了下来。她挽着布包，用雨伞当拐杖，蹒跚地走下楼梯。儿子和媳妇都在后面殷勤地叫：

"阿母，小心一点走，不要跌倒了。"

"有空时常来啦，阿母，时常来走走看看啦！"

她没有回头看他们，只是在嘴里应着："好啦！好啦！"眼泪却忍不住潸潸地流了一脸。

她木木地走进昏昏欲睡的阳光里，走进空气里飞扬着灰扑扑的尘埃的基隆的市街。不知从何处传来的一阵乞讨的声音："哎哟，好心的阿叔阿婶啊——，可怜我是无依无靠的人哦——！可怜我——哦！"像一首歌，唱着生命的荒凉。

她想前想后，想来想去，愈想心里愈伤心。不论怎么样，她都不相信她的儿子会对她这样。尤其是这个阿和，小时候是一个那么乖巧听话的孩子。

"阿母，你不要哭啦，等我长大，一定赚很多钱给你，你不要再哭啦！"

每次遭到丈夫非理的拳脚踢打，总是这个儿子来安慰她，使她在痛苦中始终对将来、对这些儿子抱着无限的希望，使她在几度想自杀，想逃离家庭的时候有继续活下去的勇气。那一次，也不过是去年的事，阿和当兵回来不久，他们母子在饭后谈起他即将来临的婚事。

"阿母，我现在已经有很好的职业，等我结了婚，我一定要接你来和我们住一起。"他说，"你为我们这些孩子辛苦一辈子，以后，你应该好命，应该过得舒服爽快。我每个月已经赚不少钱，你不必再这么艰苦啦，每天挑杂货出去卖，会给人家笑，儿子这么多——"

这些话使她感动得眼泪都流了下来。她想，为儿子受了一辈子的苦，没有白费。但是，现在——

她左思右想，无论怎么想都想不明白。

一个乖乖的孩子，怎么突然会变得这样？如果不是有人常常在他耳边咦哦示唆，怎么会变成这样？

她这样想着，脑海里立刻闪过阿秀那个静默的微笑的神情，心里不禁就疑疑惑惑起来。

这个女人，平时看她沉静静的，但是，讲起话来却又像是很厉害的样子，如果她在阿和耳边咦哦示唆，少年人耳根软绵绵的，怎么经得起女人教唆？

她沿着运河的河堤一步步蹒跚地走，心里这样一想，就决心不去大儿子家里了。她过了桥，绕过基隆邮局。她要到银行去找她大儿子。

太阳已经隐藏起来了，天空低垂着一大片乌云，沉甸甸地压在一排排高楼灰暗的屋顶。人们慌匆匆地在街上行走，有的甚至急促地跑起步来。大雨似乎又要来了。

金水婶在走廊里来回逡巡了两三趟，在那一排机关办公室的门口怯怯地张望了半天，不知道应该从哪一个门进去才对。她从来没有来银行找过她大儿子，只是有几次和她最小的儿子经过这里时，他曾经告诉她：阿盛就在这里上班。于是她就记住了，但是也记得不真切。每一个门都好像是，又好像不是。她又不认得字，看不懂门口的招牌。

"这位先生，借问一下，合作金库是哪一间？"

"那间啦！"

金水婶半跑着追在那人后面，指着那一家的门说：

"这间是不是？是这间哦？"

"是啦！"

金水婶向里面望了望，把挽在手臂上的布包向肩上挪一挪，挟着雨伞，走进去。迎面有一排半圆形的柜台，柜台上竖着几只牌子。金水婶只认出上面写的数目字。柜台外面朝里站着几个人。她走近柜台，向里面坐着的一排一排的人张望了半天，但是没有看到她的大儿子。

"喂，借问一下——"她向柜台里面的人说。

人们望了她一眼，没有理睬她，又各自忙着自己的事。

她把头伸向柜台里边，对距离最近的一个人说：

"让我借问一下，这位先生——"

他似乎没有听见，连头都没有抬起来，仍然自顾在翻着一些账簿。

金水婶望着那许多人，不禁觉得心虚起来。她犹豫了一下，终于又鼓起勇气，略略提高了声音说：

"让我借问一下啦——"

"什么事？"那人仍然埋着头。

"我要找一个人。"

"你找人要去派出所，我们很忙，没有时间。"那人边低头忙着工作边说。

金水婶怯怯地望了他半天，不知怎么办才好。这时，她发现站在柜台外边的一个年轻人正在望着她，便又鼓起勇气向他问道：

"借问一下，有一个叫王财盛是不是在这里办公？"

"什么人？我不知道。"那人指指柜台里面的人说，"问他们才知道。"

"喂，你们这里有没有一个叫王财盛？"那年轻人大声说，"这个阿婆要找他。"

"你要找王经理？"刚才那个男职员停了工作望着金水婶。

"是啦！"

"你是他的什么人？"

"阿盛是我的大儿子啦。"

"哦，你是王经理的老母，失礼！失礼！"他站起来，很热切地招呼着金水婶，"有啦，王经理在里边。"

他把柜台上的一块木板拉开，现出一个门来。

"你由这里进来，我带你去。"他说。

"真多谢！真多谢！"金水婶跟在那人后面，"你真好心，劳烦你啦！"她说。

那人走到一扇房门前轻轻敲了一下，就进去了。金水婶立刻也跟着走进去。她一眼就看到她的大儿子正坐在一张很大的桌子前面，低着头在写字。

"王经理，老太太要找你。"那人恭敬地说。

金水婶满心欢喜得笑眯了眼睛，望着她的大儿子，刚才那阵紧张的心情都轻松起来。

"阿盛！"她兴奋地叫。

他抬起头来，看见金水婶，神情突然愣了一下，立刻对那人说："好，谢谢你！"

那人微微向他鞠个躬，出去了。金水婶还在后面说："真多谢，你这个人员好心哦！多谢啦！"然后，她就低着头边解开布包边对她的大儿子说：

"阿盛，你们这里的人真好心——"

"什么人叫你来这里找我？"

"这包干鱼脯是我今年夏天晒的——"

"到底是什么人叫你来这里找我的啦？我在这里忙得连吃饭的时间都没有，你拿这些干鱼脯来这里给我做什么？你不会拿到家里去？"

金水婶这才看到儿子满脸不耐烦的急怒的神色。她心里突然一沉，双手捧着那包干鱼脯，怔怔地愣在那里，像做错什么大事，吓得变了脸色。

"你要来也要穿得体面一点，穿得这样黑墨墨破落落的，给人看到教我要把面皮放到哪里去？"他似乎极力在压抑着他激怒的心情，以低哑而急促的言语责备她。

金水婶站在一边，迷惑惶恐地望着儿子，一句话都说不出来。

"你到底有什么天大地大的事情，一定非要到这里来找我不可？到家里去不可以吗？我五点多就下班了，你难道就不能在家里等？"他说。

"那些会钱和利钱，人家每天来讨得鬼要捉去一样，不然，我也不会来银行找你。"她幽幽地说，自己觉得像是在做梦。

"这种事情，在家里告诉我不是一样吗？在这里，我忙得——怎么有时间和你谈这些？"

他草草把布包裹起来，抓起雨伞，塞进她怀里。

"你赶快回去，等我五点下班回到家里再讲。"他说。

他开了门，拉着她往后面的一个小门走。

"由这个后门走出去，直直走完这条巷子出去就是大街。"他说，"以后有事情，到家里告诉阿贞或者等我回来再讲都可以，绝对不要再来这里，我忙得——哪里有时间来陪你？你自己好好走，我要回去办公了。"

金水婶站在那个后门口，望着那条直直的狭小的长巷，心里感到无比的惶恐和茫然。这些经过和她原先的想象太不相同了，她的思想一下子适应不过来。她心里疑疑惑惑的，不懂为什么儿子长大了都会变得这样。她简直不相信这是真的，倒像是在做梦。

灰灰的长巷直直地向远处延伸，两边的大楼阴沉沉地耸立着。巷子里只有大雨哗哗地下着。汽车声、喇叭声、人声，都隔着一排高楼传过来，隐隐约约的，恍如阴阳隔世。

四

金水婶回到八斗子已经是下午六七点钟了。风雨依然哗哗地下个不停。

一走近家门，她就看见从门缝里漏出的亮光，她立刻觉察到一种异乎寻常的气氛。推开门，果然看见大厅里坐的、站的挤满了一屋子的人，有她家的堂亲三叔公、阿传、阿标和他们的女人以及几个后辈的子侄，还有做里长的土生叔、隔壁的旺财婶和一些别的人。她的子佃一看到她，立刻大声说：

"好啦，二姆回来了。"

金水婶讶异地望着一屋子的人，一种大祸临头的预感使她心里扑通扑通跳。只见三叔公站起来走到她面前，用一种缓慢低哑的声调对她说：

"今天下午，金水跟他的结拜兄弟南山和阿树吵架，金水那个雷公性，自己气得头痛，倒在地上滚。"

"哎哟，怎么这般夭寿？做祖父了还和人吵架，不怕人笑才这样。"金水婶立刻向房间走去，"有怎样没有？真夭寿哦这个金水。"

"金水婶，你现在不要进去，刘先生替他打了针，他刚刚才睡去。"土生叔说。

"这个人就是爱这样跟人家翻，自己这几天身体也不清爽，一直在叫头痛，怎么也爱跟人家这样？"

三叔公把几个纸包递给她，说："这些药刘先生开的，醒来先给他吃一包，以后照三餐饭后吃。"

"医生说有要紧没有？"

"没什么啦！"三叔公说，"打针吃药就会好了。"

"没有别的事，我们也应该回去了。"土生叔站起来说。

"再坐啦，土生，你反正闲着，也没有事做。"三叔公说。

"不能啦，已经六七点，要回家吃晚饭了。"

其他人也纷纷站起来，金水婶跟在众人后面，频频道谢地送出大门。

"真多谢！慢慢走啊。"

屋子里只剩下三叔公以及阿传、阿标和他们的女人等一干堂亲。

"真夭寿哦，到底是为了什么事和人家翻得这样？"金水婶说。

"我们也不知道，这种风雨，大家都把大门关得紧紧的，只听到三哥在那里干公干母说：我金水没有那么衰啦，欠钱不还？干——哎哟，我都学不来。"阿传的女人说，"和阿传过来看的时候，金水已经倒在地上哀哀叫了。"

"金水到底欠他们多少钱？怎么会弄得几十年的换帖兄弟变成仇人一样。"

"近万块啦！"

"这一点钱，何不叫你儿子拿回来还？一辈子名声那么好，到老了才给人这样议论，很不值得哦！"三叔公说。

"唉！大家都在叫艰叫苦！"

"平时会钱不都是寄回来了吗？怎么现在才在叫艰叫苦？"

"以前生意还有赚一点，现在，都给人倒掉了。"金水婶幽幽地说。

"哎哟，夭寿哦！二嫂，你怎么不早一点告诉我？这怎么可以？"阿标的女人突然嚷起来，"这样，我借给你的两千块怎么办？你要还给我。"

"会啦，我要还给你啦。做牛做马我都会还——"金水婶的眼泪忍不住汩汩地流了下来。

昏暗的灯光照在她苍老疲倦的脸上，灰白的头发散乱地披在她的鬓颊，背微微佝偻着。大家突然发觉，金水婶这几天好像一下子就老了十几岁。

"你不要在这个时候逼她。跑了一整天，也得先让她休息。"三叔公说，"我们都回家吧！这么晚了，也都该吃饭了。"

"二嫂，你也来我家随便扒一碗饭吧！"阿传的女人说，"自己一个人，这么晚了，煮了也麻烦。"

"免啦，我吃不下。"

金水婶看众人站起来，也跟在后面。三叔公又回头来叮咛她：

"不要紧啦，以前比现在还艰苦的日子都有过。现在孩子都大了，你把心情放宽一点，晚上好好看顾金水。他只是脾性坏，做人倒是很实在。几十年的夫妻——"

"是啦，二嫂，心情放开一点。晚上如果有什么变化就来叫我们。"

众人走了，金水婶正要关门，突然看见阿标的女人匆匆忙忙又跑回来。

"二嫂，你要真的哦，那两千块要真的赶紧还给我，我这几日也急着用钱。"她说。

"会啦，你放心，我一定会还给你。"

"你要真的哦，我是好心借给你，你要赶紧还我。"她转身走了，还哩哩啰啰低声说，"真夭寿，你们的钱怎么会给人倒了？"

屋子里静悄悄的，外面的风雨呼哇呼哇叫。金水婶熄了客厅的灯，走向房间。里面黑乌乌的，天窗已经透不出光来了。金水婶在床头叫："金水，金水……"他显然是睡熟了，一点动静都没有。她摸摸他的头，没有发烧。

"真夭寿你这个人，欠人的钱还敢和人大声小声。"她说。

金水婶摸到床尾，接水的脸盆还在那里扑通扑通响。她把水倒进尿桶，随即上了床。棉被湿润润的。她弓着身体，屈起膝盖来顶住下颚，眼睛睁得大大的，脑子里一片空白。许多事情都像在做梦，使她不能相信。但是，一摸到金水冷冰冰的脚，她却又恍然大悟，这不是梦，是事实。于是，她的眼泪又汩汩地流了下来。

房间里寂静得只听见漏水掉在脸盆里的声音，由"滴答滴答"渐渐变成"扑通扑通"。金水婶任她的眼泪在脸颊上干了。

她突然发觉屋里的寂静有点怪异，但是，仔细一听，又觉得一切都很寻常，仍然只是脸盆里扑通扑通的单调的声音。而正是这份单调，才使她感到微微的不安。她听不到金水平常浊重的呼吸。

"金水！"她轻轻叫着，没有反应。她又轻轻踢着他的脚。

"金水，金水！"

她突然恐惧起来。

"金水，你是怎么了？"

她慌张地爬到床头，推着他。一面把手放在他的鼻下，一面把耳朵贴到他胸上。微微的鼻息和心跳才使她放下心来。

"睡得这样死！"她说。

她替他把棉被拉好，弓着身体傍着他坐在床头，把他一只冰凉的手紧紧握在她温暖的手掌里。三十几年了，就是这个人，命中注定，她要跟定了他。从少年一直到老，一点都没有改变，从来没有给她好日子过，不是打她就是骂她。但是，她还是这样跟他活了三十几年。现在，他就躺在她身边，这么实在。她从来没有发觉，他原来竟跟她这么接近。艰艰苦苦巴望了三十几年，望到儿子长大了，大学毕业了，娶妻成家了，原来都只是一场空梦，他们不是她的。只有这个人，尽管他有许多缺点，使她流了几十年的眼泪，但是，结尾，他终究还是她的，实实在在的。她也是他的。

金水婶的眼泪沿着面颊缓缓地滚下来。

渐渐地，她觉得有些困乏，竟坐着而恍恍惚惚地睡着了。不知道过了多久，她才发觉握在她手中的那只冰冷的手微微动了一下，接着听到他一声低低的呻吟。

"怎样？金水，你觉得怎样？有好一点没有？"

他把头连续扭动了几下，哎哟哎哟地呻吟了起来。

"怎么了金水，你哪里不舒服？"

"我的头啦，我的头，哎哟！"

"抹冰薄荷好不好？我替你抹冰薄荷好不好？"

金水婶慌慌张张地掀起外裳，一只手在身上掏掏摸摸，嘴巴哩哩啰啰地："到底放在哪里？夭寿，真要找就找不到了。金水，你忍耐一下。放在哪里？夭寿！"她摸了半天，才在第三层衣服的口袋找出那截冰薄荷来。

"这样，有好一点没有？"

金水的头扭动得很厉害，房间里又没有灯，使她很难把冰薄荷抹在他额上。

"金水，你安静一点，头不要这样摇来摇去呀！"

"哎哟，我的头啦！哎哟！痛死啦，哎哟，哎哟……"

"金水，金水——"她手上的冰薄荷突然被金水扭动的头碰掉了。她一边双手在金水的枕头边摸寻，一边听着金水越来越大声地哎哟哎哟地呻叫，不禁心慌起来。摸到金水的头，她突然抱紧他，忍不住哭起来：

"金水，你是怎样了？金水、金水……"

金水被抱着的头仍然痛苦地扭动着，嘴里不断呻吟。突然，他奋力推开她，翻滚着，大声号叫：

"哎——哟——！我会死啦！我会死啦……"

金水婶被这么一推，才突然惊醒过来。慌慌张张爬下床，冒着风雨奔到隔壁，用力捶着门板。

"三叔，阿传，快来啊，金水坏啦，赶紧来啊！"

片刻之间，三叔公、阿传、阿标和他们的女人都挤在房间里忙乱成一团。手电筒照着床上扭动挣扎的金水。

"阿传去叫刘先生啦，金水，你忍耐一下。"三叔公说，"你药有没有给他吃？"

"没啦，他一直睡得好好的，突然睡醒就这样唉唉叫。"金水婶说。

"不要紧啦，只是头痛没有发烧，不要紧啦！"

众人束手无策地围在床前，金水婶只是呜呜地哭。过了一阵子，金水终于安静下去了，哀叫的声音也低了，渐渐变成只有单调的哎哟哎哟的声音，最后，终至一点声音都没有了。

他似乎又睡着了。"不要紧啦，这种头痛症，一阵一阵。"

"不要吵，再让他安静睡一下。"三叔公说。他率先走到大厅里，正好迎着去请刘医生的阿传回来。

"刘先生不在家，三更半夜，连他女人都不知他到哪里去了。"阿传气喘吁吁地说。

"不要紧，金水现在很安静了，大概不会怎样。"三叔公说，"三更半夜，你们爱困的就回去困，我在这里守一会。金水说不定还有变化，只有一个女人，到时要怎么应付？唉！儿子养了六七个，没有一个做得了手脚。"

金水婶坐在床头，小心翼翼地替金水拉好棉被，在手电筒的微光下留心看他的神情，他似乎真的平稳了不少。但是，过了一些时候，正当金水婶恍恍惚惚要睡了，忽然听见他轻微地叫了一声"阿兰！"，金水婶立刻像触电一般，醒了。几十年了，他不曾这样叫过她。她慌忙打亮了手电筒看着他。他又仿佛是睡去了，平稳地合着眼睛，额上鼻尖都沁出一粒一粒的汗珠。金水婶用手一摸，冷冰冰地黏着手。

"金水。"

突然，他又缓缓睁开眼睛，像是醒了，在回应她。

"阿兰！"

隔了一会儿，他又叫了一声，怔怔地望着她，像是有话要跟她说，终于又说不出来。

"金水，你要什么？"

只见他嘴唇嚅动了良久，很艰难地，终于说了一句：

"钱！"眼睛一合，似乎又睡去了。

"金水……"

金水婶心里一惊，慌忙去摸他的胸口，跟着把耳朵贴上去，听了半天，突然，"哇！"地大声号哭起来。

三叔公一干人立刻冲进去，手电筒丢在床上，仍然亮着，但看不清屋里的情形，只看到金水婶趴在金水身上哭："金水啊，你怎么这样狠心丢下我一人呀，金水啊……"三叔公把手放在金水的鼻尖，摇摇头，"老了！"他说。接着阿传和阿标的女人以及一干子侄也来了，房里房外挤满了一屋子的人。三叔公冷静地先把年轻一辈的人都叫到大厅，找了两块木板并在地上，用桌罩把大厅的神明遮起来。然后发号施令，叫阿传阿标把金水抬到大厅。阿传和阿标的女人，一人一边搀着金水婶，她已经哭得身体都站不起来了。先是由阿传阿标开始，到一干子侄们，男的女的都已一一给金水上了香烧了纸钱。然后，女人们才一个个蹲在地上，循着八斗子的古例，开始呜呜咽咽地哭起来。这个时候，金水婶更是声嘶力竭地号啕：

"金水啊，你这样丢下我一个要教我怎么办呀？金水啊，你要来带我去呀金水啊……"

哭了一阵，一干女眷才一个一个站起来，擦了眼泪，又上了香，算是已经为死者尽了哀。而金水婶仍然独自怨痛地号啕着，声音都哑了。

"二婶，不要哭啦，不要这样哭啦！"

"好啦，二嫂，哭一下就好了，保重身体要紧，还有很多事情等你来发落。"

众人纷纷劝着她，过了好久，她才渐渐收了泪，站起来。

"三叔，这些事情都全仗你替我做主，我全心乱糟糟。"

"好啦，你回房间躺一下，整天都没休息也不行的，这里的事由我来发落。"

"我怎么睡得下，金水他突然这样老了，丢下我一个……"

金水婶说着，忍不住又呜咽起来。

"你不要再哭啦，大家才刚刚停了，你又要哭。人老都老了，哭也没有用。"三叔公说，"现在大概天都快亮。阿传、阿标，你们在这里替金水守灵，也算你们做一场堂兄弟的情分。其他的人都先回去，所有的事情等明天再发落。"

按照八斗子的古例，妻子是不能替死去的丈夫守灵的。所以，等大家都走了，金水婶又烧了一堆纸钱给金水，才悲悲切切地回到房里。

她裹着棉被把身体弓起来，靠在床头，像一只死去的大龙虾，眼泪汩汩地流个不停，把膝盖上的棉被哭湿了一大摊。这样过了许久，她眼泪也渐渐干了，眼睛睁得大大的，看看四面的情形。房里黑压压，但住了几十年，四面的东西仍然清楚可辨，一切都是原来的样子，一切都没有变化。她突然觉得奇怪，所有这些事情，恍恍惚惚的，都不似真的。她想，不过是在做梦罢了，这些事情都是梦。明天早上醒过来，自己好好地睡在床上，金水一大早赌输了钱回来，一进门又会大声小声，全身活跳跳在干公干母："你娘，做女人也困得这么晚，直到日头晒屁股了还没起来煮早饭，干你母哩！"

远远传来公鸡"呜喔——喔——"的啼声，嗓子有点破裂了、哑了，不像平日那般珠圆玉润。在强风细雨的凛冷的黎明，尾音拉得长长的，听起米竟自有点颤抖、有点凄厉了。

第二天，八斗子的天气竟自晴了，阳光露出脸来，灰扑扑地发了霉似的。空气里有一种昏昏慷慨的倦怠。过了午，金水婶的儿子媳妇和一干孙子们都回来了。

大厅的门半掩着，门上斜斜地贴了一张白纸。屋子里阴暗的地方摆着几碟油灯，正幽昏昏地燃着。在大白天里，显得有点阴森鬼魅。金水婶正蹲在地上烧纸钱，迎着陆续进门来的儿子们，眼泪忍不住又汩汩地掉下来。

"金水，儿子们都回来看你了！"她呜咽着说。

她那最小的儿子一进门，就"哇！"地号哭起来，气氛立刻显得愁惨万分。金水婶双手抱着他：

"可怜，你这么小就没有父亲，以后谁来照顾你、培养你呀？金水，可怜你这个最小的儿子呀，金水……"

金水婶忍不住又放声大哭起来。其他的儿子也都显得面容哀凄，眼眶红红的。上了香，烧了纸钱，照例最亲近的人是要瞻望死者最后的容颜。三叔公把覆在金水脸上的被单掀开，让他的儿子们看最后的一眼。金水的眼睛竟然睁得大大的，像是醒着，在发怒。三叔公说：

"金水，你的儿子们都回来了，你没有解决的后事他们会替你发落，你的眼睛可以闭上了。"

然后用手在金水脸上轻轻抚了一下，金水仿佛是听见了，果然就闭了眼睛，像是真的睡去了。他的儿子们都忍不住掉下眼泪，甚至呜呜咽咽哭出声来。而他的媳妇们也都循着八斗子的古例，全都蹲在地上，有声无词地干号了几声，也算是为死者尽了哀。隔了一会儿，众人终于收了眼泪停止哭泣了，金水婶和她最小的儿子却仍然抱在一起哭作一堆。

"阿雄，不要再哭，你这样大声哭，也害得阿母哭得声音都沙哑了。"

阿盛以长兄的口吻这样既算劝止又是命令地对最小的弟弟说。然后，又充满感情地轻轻抚着金水婶的背。

"阿母，你不要再哭了，保重身体要紧。"

但是哭者似乎并没有听见，仍然一味地号啕。

"阿爸、阿爸、阿爸……"小儿子只是这样不断哀叫。

金水婶则把她一生所经历的辛酸、悲惨、艰苦，统统在号哭中向死去的金水细诉。哭了许久，实在已经哑得哭不出清楚的声音来了，她才渐渐停止，擦干眼泪，回头来哽咽着劝慰她的小儿子。

"三叔公，我阿爸最后有什么交代没有？"

"这要问你们老母才知道。"三叔公说。

"他哪里有什么交代，断气断得那么快，只讲了一句……"金水婶想到金水临死时的情景，忍不住眼泪又汩汩地流了一脸。

在金钱这方面，他是一个守本分的人，一生穷得这样，他也绝少去向人开口伸手。这一次，他亲自四处去借，竟落到这样的下场。而他明知他自己是不能还这些钱了，对这些儿子们他也是已经不存什么希望了。那么，当然就只有她来替他顶这个枷。他心里一定是不安的，觉得对不起她，所以临要断气了才会那样念念不忘那些钱。还是三十几年的老夫妻才能了解她这种苦惨的处境和心情。

金水婶这样思想着，就再也忍不住又放声大哭了起来。

"不要再这样哭啦，阿兰，你哭死了也不能使金水再活过来。儿子们都回来了，再大的事情他们也会替你解决。不要再这样哭啦，保重身体要紧。"三叔公说。然后又把昨天金水如何因为头痛而至死亡的经过，向金水婶的儿子们简单叙述了一遍。

"你们阿爸要断气时的心情，我想你们做儿子的人一定是很了解了。"他说。

"是啦，等丧事办完了，这件事情我们兄弟一定会设法解决，你放心啦，三叔公！"

这时候，只见阿标的女人陪着旺嫂站在大厅外，指指点点地向里面窥看。

"她的儿子们都回来了，旺嫂，你要讲就趁这个时候。不然，恐怕你会拿不到钱。"阿标的女人说。

"人这么多，阿标嫂，你走前面啦！"

阿标的女人于是就当先走了进去，靠在大门边望着金水婶的儿子们。

"你们都回来啦？"她说。

"是啦，四婶！"

"唉！二哥真没福气，儿子都大了，有地位了，刚刚要好命了才来死。实在——"

旺嫂站在她身边，也微微笑着，向金水婶的儿子们点头打招呼。但随即，她就发觉自己这样的微笑在这种场合实在很不适宜。于是，她立刻神色一整，显出一副忧伤的面容，说：

"真让人想不到，一个活跳跳的人，会这样突然就老了。唉，真没福气。"

大厅里的人都望着她，没有人接腔，气氛立刻静默了下去，使她感到微微的不安。隔了片刻，终于还是三叔公对金水婶的儿子们开了口：

"我们出去吧，到你们阿传叔家的大厅坐一坐，还有许多事情我们要商量，马上就要叫人去买棺木、择日、请道士，叫人来帮忙搭道场，事情多得……"

他一面说，一面率先走出大厅。金水婶的儿子媳妇和孙子们也相继跟着离开了。金水婶则仍然蹲在地上，一张一张把纸钱放入一口专用来烧纸的铁锅里，每当火快熄了，她就再放一张。火光映着她的脸，一下子红亮起来，又很快地灰暗了下去，一明一暗，有一种说不出的诡异、阴森、变幻莫测。

旺嫂跟着阿标的女人挨到金水婶身边，嘴巴嗫嚅了半天，终于轻轻地叫：

"金水婶！"

金水婶很专注地望着烧着的火花，仿佛没有听见，又往火堆里丢了一张纸钱，火立刻又"煌！"地燃了起来，映得她满脸通红。

"金水婶！"

旺嫂又叫了一声，金水婶这才迟缓地把头抬起来。火光又暗下去了，只见她神情木木，显得灰败颓暗。

"旺嫂，"她沙哑地轻唤了一声，又垂下头往火里丢了一张纸钱，忧戚地说，"金水，旺嫂来看你了。"说着，眼泪又簌簌地流了下来。

旺嫂突然觉得很心虚，像做了什么对不起人的亏心事被发现了，嘴唇嚅动了半天，才终于含含糊糊地说：

"金水婶，你——不要这样悲伤啦！"

说着，眼眶忍不住也竟红了起来。

五

金水的丧事才办完，第二天一大早，三叔公就列了一份详详细细的账目给金水婶的儿子们。

"每一项费用都记在里面，总共是六万四千元，这是剩下的六千元。"三叔公说，"这件大事办完了，还有你们阿爸未完的债务和会钱，我也都列在账簿后面了。你们商量一下，看是要怎么解决。我还得去办一些事尾，回头再来。"

他们轮流着翻看账目，对于丧葬费这一节，倒是真心实意地感激着三叔公，要不是三叔公负责发落这件事，想只用六万四千元就把场面装点得那么热闹也不可能。但是对金水留下的那些债务和会钱，他们可就很有计较了。

"怎么会一口气就欠人十二万多呢？吓死人！"阿统的女人从丈夫手中接过账目来，吃惊地说，"单是会钱就七八万，这些钱都用到哪里去了？"

"每一项下面不是都注明了用途吗？"阿统指着账目说，"这一项是阿和结婚用，这一项也是阿和结婚用，这一项是阿义结婚用，还有这几项都是阿盛和阿和做生意用。每一条都清清楚楚。"

"我们结婚时简单得连礼饼都只是意思而已，哪里用过什么钱？"阿和说。

"我们结婚更简单，连礼饼都没有。"阿义也说。

"你们怎么没用到钱？账目里记得清清楚楚。"

"你还说，你们拿去做生意本的钱就不止七八万，我们不过才用去一万多。"阿义说。

"这怎么可以说是我们做生意用掉的呢？阿爸自己要投资，赚钱的时候他也分了，哪里是给我们做生意本？"

"好啦，现在不必计较这些啦，看是要怎么解决，赶快商量一下。"

"是啦，这些债务我们要推也推不掉，我看，我们有多少钱就出多少钱，父母是大家的，有钱的人多出一些，没钱的人少出一些。"阿盛的女人说，"我们一个人赚钱五六个人吃饭，你们赚钱的人比我们多，吃饭的人比我们少，应该要怎么办由你们凭良心说好了。"

"对啦，这样很公平，有钱的人多出一些，没钱的人少出一些——"

"但是，究竟是谁有钱谁没有钱呢？"阿和的女人说，"你们都有房地产，我们却还在租人家的房子住，每月还要缴一笔房租。"

"哎哟，谁不知道你们钱饱饱在借给人家生利息。"阿统的女人说，"我们买房子也是向别人借的钱，都还没还完呢！"

"如果要讲公平，就应该看这些钱是谁用掉的，多用的人当然就该多出，少用的人就少出，这样才是真公平。"

"哦，你那么聪明？父母不是你的？阿爸的债务都与你无关？"

"不是我们用去的钱当然与我们无关，总不能你们用的钱，叫我们还债！"

"有关也没办法，我们刚买了房子，家里的彩色电视机、洗衣机、电唱机、热水器都是分期付款买的，每月还要缴好几千。还有那套沙发两万多，钱也没还给人家，我们怎么有钱来替你们还这些债？"阿统也帮着他女人说。

"哦，要这么说的话，我们也新添了一套沙发、新买了一部彩色电视机，钱也还没付清，我们也没钱还债！"

"你们为什么不节省一点呢？都要这么讲求享受、讲究气派的话，再富有的人也没钱。"阿和说。

"你叫我们节省一点，那你自己呢？你要是节省一点，这十二万块你一个人也有能力负担。而且你用去的钱又最多。"

金水婶坐在金水的灵桌旁边，默默地把冥纸一张一张折成元宝的形状，一面听着儿子媳妇们的争论，一句话都没说，眼泪早流了一脸。

次日，金水婶的儿子和媳妇们就纷纷表示要回他们各自的家里。金水婶听着，也没表示什么，倒是三叔公和一干堂亲们再三挽留着他们。

"家里只剩下你们老母一个人，你们平时连过年过节都难得回来，应该多陪伴她。"

"这七八天的时间，许多事情都没有处理，应该及早回去看看。"

"哪里就差这几天？两个礼拜的丧假都还没过完哩。"三叔公说。

"不好意思啦，七八天来我们一大堆人住在三叔四叔家，搅扰得他们忙碌碌得不得清闲。是应该回去了。"

"哎哟，笑死人！都是自己人也讲这种话？"阿传的女人说，"只怕你们在都市住惯了变成都市人，吃得好住得舒适，享受惯了，住我们这种草地房子会感到不方便。"

"是啦，如果不嫌弃就多住几天了。"阿传也说。

"不好啦，这样搅扰你们怎么好意思？而且孩子好几天没洗澡了，晚上也睡不好——"阿盛的女人说。

"说真的，我是很住不惯，好几家人合用一个厕所，又是木板搭的——"

"不然，你们女人先带孩子回去，阿盛他们从小在这里长大，应该比较习惯，就多住几天陪伴你们老母。"三叔公说，"而且你们阿爸留下的债务和会钱也要你们出面来解决。"

"是啦，你们何须这么急着回去？多住几天，等事情都解决了再回去也不迟。"

金水婶的儿子们最后终于多住了一天，也就急急忙忙回他们各自的家去了，任三叔公们怎么挽留也留不住。临走时，他们总算在三叔公的协调下做出了决定：那十二万的债务由他们四个已经结婚成家的人平均分摊，言明在一个星期内都要把钱寄回来。但是两个星期过去了，却连一点消息都没有。这期间，三叔公也曾出面去找过他们。但是，每一个人都有一套充分的理由来反对那个平均分摊的方法不公平。气得三叔公当面骂了他们一顿，声明从此再也不管他们家的事了。

每天晚上，金水婶孤零零地坐在大厅里，金水的灵桌上燃着一碟油灯，荧荧如豆的亮光映在屋子里，忽明忽暗，使她觉得这个屋子太大太空太静了，有荒山野圹的寂寞和荒寒。她现在明白，她不是做梦，一切都是真实的。金水的遗像就挂在墙上望着她。这些都向她证明，他确乎是死了。这个觉悟使她不禁又流下泪来。他活着其实对她也没什么幸福可说。但是，房子里有两个人，总让她觉得仿仿佛佛的似乎有个依靠。无论大事小事，他即使只出一张嘴巴，在她感觉起来也是很实在很牢靠的。而现在，偌大的一个屋子却只有她一人。

她的眼泪潸潸地流了一脸。

"金水啊，如果你死后有灵有信，晚上你要回来带我一起去呀。"

她回到房里，蜷曲了身体躺在床上，闭上眼睛，想赶快睡去。而呼吸通过黑暗、通过寂静、通过空虚，她都听得明白仔细。还有屋外呼呼的风声，吹过树梢沙沙作响，像幽幽的悲泣。

讨债的人每天都来，起初大家因为金水婶在村子里一向很有信用，也很得人望，而且以为她的儿子多，在社会上也还都有一些成就，大家都相信她一定会设法还这些债务，所以也都还对她客客气气的。但是，时间久了，大家看她这样一拖再拖，心里不禁也急了，渐渐有点沉不住气，说话也带刀带刺的，甚至还拉破了脸，不留一点情面了。

八斗子的冬天总是这样，才刚放晴了，接着又好长一段日子都是风风雨雨的天气，到处湿漉漉阴沉沉的。强风挟着海浪的腥咸，像刀斧般刮在脸上，钻进骨子里。天气冷得人们直冒白气。但是，旺嫂和其他几个会首，以及南山阿树一干人，却不嫌风雨湿冷，一大早就不约而同地聚在金水婶家里了。

金水婶穿得臃臃肿肿，几绺斑白的头发凌乱地披在额前，后脑勺的圆髻也梳得松垮垮的，眼圈乌黑地凹陷下去，神色显得很憔悴。

"我会还你们啦……"

"单是嘴巴讲有什么用？别的钱可以给你欠个一年半年，会钱哪里有人这样？你自己又不是没做过会头。"旺嫂说。

"前几回你都说，过几天一定还一定还，结果都是骗人的。又不是多大的数目，"阿标的女人说，"亲戚之间，为了这点钱坏了感情对你有什么好处？"

"我现在没钱，不是不还你们……"

"你怎么会没钱，埋一个死人那么多钱你们都花啦。这一点钱，讲给鬼听鬼也不信！"

"我的儿子还没拿钱回来……"

"你儿子有没有拿钱回来我不管，你只要把我的一万五千块还给我就好了，"南山说，"我是好心才借给你们，哪里有一去不回头的？要抢人吃人也不是这样。利钱不给已经很过分了，连本钱也要吞去？土匪也没有你们这么狠！"

"我不是那种人啦，等我儿子拿钱回来……"

"我听你在讲古哩！"阿树嚷着说，"哦，如果你儿子不拿钱回来，我们就应该被你欠被你吃啦？干！我听你在唱山歌——唱乐的！"

"你每次都说等你儿子拿钱回来，我已经等了两个多月了。二嫂，你到底要叫我等到几时？你也要同情我一下，"阿标的女人说，"我全身骨头都痛遍了，要给医生看都没钱。"

"金水婶，我告诉你呢，我们是念在几十年老邻居的情分才对你这样客气。你让我们十次等八次等，骗小孩也不是这样。"旺嫂说，"为了一个死人，六七万你们都花了，会钱只是三百五百的事情，你却这样九次拖十次拖！你不要这样软土深掘！"

众人围着金水婶，这样指指点点，你一句他一句地指责着她。她木木地望着他们，只是流泪。

"我会还你们啦，几十年的邻居……"她说。

"邻居？邻居也要照理走，哪里有埋个死人六七万都有钱，会钱却拖了两个月还不给人的？你明明是软土深掘，有钱不给人！"旺嫂突然拉住金水婶的手，大声嚷着，"走啦，看你要到哪里去讲，我都敢跟你去，走啦！"

这时，左邻右舍的人都跑过来围在门外窥看。天空仍然下着蒙蒙细雨。

"是什么事情啦？嚷得这般大声小声！"

"请你们大家来评评理。阿传嫂，你是她的亲戚，请你来做个公道！哪里有人像这样，会钱 拖两二个月不给人，看你要到哪里去讲，我都敢跟你去，你这样软土深掘！"

旺嫂说着，又去拉金水婶的手。三叔公从人群中走出来大声说：

"何必这样呢？何必这样呢？三五百块的事情而已，何须逼人逼到这样呢？"

"哼！钱不是你的你才说得这么轻松，三五百块而已怎么不拿来还？还要我们八次来十次来的？你讲了不会不好意思？上几回就是因为你出面，大家尊重是你老人家，才给她宽限五六天。现在，总共两个多月了，钱在哪里？什么叫作逼人逼得这样？什么叫作三五百块而已？你都是凭那只嘴，讲得好像在唱曲，好听溜溜！都是骗人的！"

"你这个女人怎么这样没大没小？七少年八少年对我老人家讲这种话，你不怕咬到舌头？"三叔公说，"她又不是不还你，真的是她儿子没拿钱同来，邻居做那么久了，难道再让她宽限几天也不行？

平时金水婶金水婶叫得亲昵昵，到时为了这三五百块钱就逼人逼得这样？你要走的路还长哩，往往也会有手头紧要人帮忙的时候，何必为了这三五百块就逼人逼得这样？"

"宽限？宽限也要有个限度！你去探听看看，哪里有人会钱拖到两三个月三四个月不给人的？"旺嫂也不甘示弱，说，"你如果过意不去，你来替她还啊！三五百块而已？你讲的比唱的好听，哆馊咪！讲乐的而已。"

金水婶站在一边，只是流泪。

"拜托你不要这样逼我去死啦！……"

"你说什么？好听得很！逼你去死？欠人的钱不必还吗？什么叫作逼你去死？"旺嫂尖着喉咙怪腔怪调地叫嚷起来，"死了就能了吗？今天你不把会钱拿出来给我，死我也敢追到阴司地府去和你理论。"

"旺嫂，"金水婶拉着旺嫂的衣袖恳求着，"我不是不给你——"

"你不要拉我啦！今天你不把会钱给我，我就跟你没了。什么老邻居旧邻居，不需你来牵亲攀戚啦！你明明是看人好欺负要吃人。这样倒人家的会你会富有？"

"我会还你啦，我不是那种人！"

"要给我，要给我就现在给啊！没有钱？骗三岁小孩也不能这样。有七八万块来埋死人，三五百的会钱说没钱？你明明以为我好欺负要吃我！"旺嫂说着，又去拉金水婶的衣服，拖着她，"走啦！到妈祖庙口让妈祖来评个理！你当别人都是傻瓜？"

"旺嫂，请你不要这样！我给你跪下磕头啦……"

"磕头？会钱不拿来，磕头也没有用！"

"你不要这样拉我，旺嫂，我拜托你，我哀求你，我给你磕头……"

金水婶拉着旺嫂的手，抗拒着、挣脱着，眼泪潸潸流了一脸。突然，她双腿一弯，果然扑地跪了下去。屋里屋外的人都给她这举动弄得愣住了——

"唉！阿兰，你哪需这样？三五百块的事情而已，你何苦？"三叔公摇头叹息说。

"哎哟！夭寿哦！金水婶，——你这样是做什么？"旺嫂站在一边，手足乱摇，不知怎么办才好。

屋外飘着细蒙蒙的雨。天空灰暗暗的，海风"咻——咻——"地呼啸着。天气冷得人们直冒白气。八斗子已经渐渐进入严冬凛冽酷寒的季节了。

连续下了几天雨，人们已经好几天没看见金水婶了。几个会首和债主都很焦急，到处在找她。

"阿传嫂，金水婶去哪里了？怎么连续几天大门都锁着？"

"很奇怪，连续四五天，"旺嫂说，"如果到她儿子那里去，也不会连续四五天不回来。"

"三叔，你知道二嫂去哪里了？"阿标的女人说，"不要一时想不开去死了。我看要赶紧叫人出去找一找。"

"你问我，我要问谁？"三叔公说，"你们逼她逼得这样，唉！"

"我看，去死是不会啦！"阿传说。

"不然，"旺嫂想了一想，嘀咕着说，"夭寿，不要是跑掉了吧？"

"跑？她跑得了？不要在路头路尾给我碰到了，伊娘哩！"阿树说，"我不会去找她儿子？父母债子孙还，我还怕她跑掉？"

"你去找她儿子有什么用？不必去啦，白费车钱！"三叔公说，"这种时代，天地都变了，养儿子还不如把钱扔到水潭里还会咚的一声响。

养儿子? 唉! 想了就手软!"

又过了几天，金水婶果然没有回来。听说旺嫂连同几个会首也曾到金水婶的儿子们家里去过。但是，金水婶的儿子都不在家，连人影都看不到，只看到金水婶的媳妇们。她们先是客客气气的，把事情推得干干净净，说她们根本一点都不知情，连金水婶的下落她们都不知道。大的叫她们去第二的家里看看，第二的就推给第三第四的，大家就是这样踢来踢去。一提到会钱，金水婶的媳妇就板着脸孔质问说：你们凭什么要来向我收会钱? 会是我入的吗? 旺嫂为了这样还和金水婶的第四媳妇吵了起来，她竟然还要打电话叫警察来捉她们。旺嫂是个没有多少知识的人，最怕警察，于是就色厉内荏地沿路咒骂着回到八斗子，逢人就把金水婶的全家从祖宗八代一直骂到她的儿孙们。

八斗子的天气仍然一直是阴惨惨的，日里夜里，风雨哗哗叫。强风挟着海浪的湿气和腥咸，钻进每一个空隙里，冷得人们只好整天窝在棉被里，连大门都不敢开。而短时间里，风雨显然没有停歇放晴的迹象。

尾 声

春天终于再度降临了八斗子，像一个生命丰厚的母亲，使大地重新呈现了无限活泼的生机，孕育出无数的小生命，在阳光下、在风里跳跃欢呼。人们以一种愉悦轻快的节奏在沙滩上忙碌着，准备迎接即将来临的渔季，而渐渐把金水婶的事情给淡忘了。但是，过了农历三月二十三妈祖生辰的节日，旺嫂和其他的会首们却突然都收到金水婶寄回来的会钱。

不久，据说八斗子有人在台北木栅的仙公庙遇见了金水婶。那天，她是去替她的儿子们祭煞补运的。因为今年是虎年，她的儿子们属蛇、属狗、属猪、属鸡、属兔，都跟虎相犯冲，她担心他们会走坏运。她还托人带话回来，说，她现在在台北替人帮佣，洗衣煮饭带小孩，她家欠人的那些钱，她一定会还清。等还完了，她就要重新回到八斗子，清清白白的，她要到妈祖庙来烧香谢神。看到她的人还说，她现在似乎又很快乐，像以前在八斗子挑杂货出来卖的时候一样，爱讲笑话、开朗、对前途充满了希望。

——《幼狮文艺》二六〇期，一九七五年八月

注：

标会：一种民间信用融资方式，会员之间常有亲情邻里等关系，会员需定期缴纳事先约定好的会费，发起人称为会首或会头。

【导读】

王拓，原名王纮久，一九四四年生于基隆八斗子渔村，二十世纪七十年代开始发表小说。他的第一本短篇小说集《金水婶》里的八篇作品，有七篇是以八斗子为背景，写八斗子的人与事，因此，他被认为是代表渔村的作家，八斗子也是他的文学故乡。七十年代"乡土文学论战"时，他激烈地说自己是两脚深扎在这块土地上的人，"愿意流汗、流血：为她，我们甚至可以死！"。他秉持的是一种写实而实用的文学观，这和他后来投入政治运动也有一定关系。

"金水婶"是七十年代渔村里的具有突出特质的人物，她不是渔

民，却是属于渔村的人物，她是为渔村人民提供杂货的行商。她那极具特性的经商方法和经商原则，显示那是一个人心淳朴、人与人之间有充分互信的社会，做小生意可以赊账却不必记账，一整年都不会出错。若有账目上的争执，她也自有处世之道可以解决问题。无论如何，那都是一个不争、不抢、不夺、不骗的世界，"金水婶"很像这个世界的轴心。

在家庭里，"金水婶"作为家庭重心的情形更为明确，丈夫不负责任，儿子个个都读到大学毕业，分别都成了家，个个有成就；当银行经理、税务处专员、船长、大副。即使儿子们没有回馈，"金水婶"也能平顺地按照自己的谋生之道活下来。即使时代变了，她如果不是受到外面的世界连累，她也一样能平顺地活下来。成了都市人的儿子，把都市人玩的金钱游戏——投资带进渔村，老妇人打会、向亲友挪借帮助儿子。投资被人坑了钱，老母亲的小生意也做不下去了，不仅无法还债，小贩生意也做不成了。最主要的是，"金水婶"自尊、自足的生活被彻底瓦解了。

但是"金水婶"做人的尊严，并没有被这样的经济风暴彻底摧毁，她离开八斗子之后，仍然托人带话表示：她外出帮佣，替人洗衣、煮饭、带小孩，欠人家的钱，一定会还清，等还完了，她就要回到八斗子，清清白白地过日子。台湾社会从传统的生产消费社会形态，进入以工商活动为主的社会，像"金水婶"那种谋生养家的方式，固然是落伍的，跟不上社会时代的脚步，但作者描写"金水婶"，不是悲悯怜惜她的不幸遭遇，而是有意凸显她内在未被时代冲垮的人性本质，她一辈子刻苦、坚持、做人、经商、生活、持家、教育孩子，都恪守本分，临老遭逢她无法了解的人生风暴，儿子逃避、不肯分担苦难，但她并未就此灰心丧志，否弃人生，仍然慨担一切。作者塑造这一人物，旨在保藏"金水婶"身上特有的人间不可或失的普世人性价值。

——彭瑞金撰文

赖索

黄 凡

不再是重如泰山的殉道者，而是踩过无数坟头
却俯伏于荣华权贵前的怯懦小丑。

一

从监狱里出来一个星期后，赖索已经三十岁了。身上穿一套旧灰呢西装，骨瘦如柴（患了慢性胃病），眼角堆满了皱纹，眼睛老是望向自己脚尖，为的是回避任何人的眼光，站在他大哥——果酱制造商的办公桌前。

"什么事我都能做，我不会惹任何麻烦的。"

"没有关系，阿索，我是你大哥。"

他并未接触到他大哥同情关爱的眼光，这种眼光足以把他像老鼠一样吓跑。就理论上说，他实在只是一只老鼠而已，他打其他囚犯的小报告，为的是使自己更像一只老鼠。二十一岁时，他在军事审判官面前，曾经表演了一次男子气概。他慷慨激昂、念念有词乃至声泪俱下。结果并不理想，因为他只是个无关紧要的小人物。他在大学门口散发油印的传单，结结巴巴地念着传单上的句子，他的怪模怪样吸引了来往学生的注意，他们甚至笑了起来。在笑声中韩先生和几个重要部属

正踏上日本国土，几天后在银座僻静街上租了一栋楼房。一切就绪，韩先生便开始为他日后四个混血小孩储存大量精子，和在一九七八年这一天，于电视上为他重归祖国怀抱的演讲稿搜寻资料。

韩先生是他最后一个崇拜的人，后来他就学会了不崇拜任何活着的人。因为每一个人都会死，他这样想，伟人也会死，笨蛋也会死，我也会死。任何人死的时候，样子都不会好看。杜子毅死前，甚至放了个响屁，他的脸孔先涨成猪肝色，慢慢愈肿愈大，然后就放了个莫名其妙的屁。杜的家属探监送来的食品，他从不与人分享。杜是个胖子，圆圆的脸，一副他自己嘴里的小资产阶级模样。杜临终时，拉过他的室友、他受苦受难的见证人，说了这样的话："永远不要相信别人。"

赖索记住了这句话。这时候，他躺在床上。回想着往事，韩先生、胖子、日本人、表情严肃的审判官，跟着他又低泣起来。

"不要吵你爸爸。"他听到他太太在房门口对十二岁的女儿说。

"他睡觉怎么发出这种怪声？""他身体不舒服。"

一会儿后，他从床上爬下来，进入浴室梳洗一番。浴室里一向整理得非常干净，被水冲得闪闪发亮的马赛克瓷砖，映出了一张张扭曲的脸（他对着墙壁摇头晃脑），这些脸庞随着移动的瓷砖表面变幻莫测，一下子龇牙咧嘴，一下子吊起眉毛、拉长下巴，一下子鼻孔朝天，露出核桃般的喉结。"我一定又瘦了。"他叹了一口气，便站在浴缸边的磅上称了一下。磅上的指针跳到了"46"这个数字便静止不动。这还是上个月的纪录呢。但是上个月他一件衣服都没穿，他赤裸着身体，蹲在磅上，一面哼着歌（孤夜无伴守灯下，冷风对面吹），哼到一半，他太太敲着门："阿索，你在里面干吗？"他猛然把门打开，他太太尖叫起来，左右看了一眼，骂道："你要死了！"所以他现在褪下了裤子，蹲在磅上，指针勉勉强强往后移动了一点。跟着他从磅上跳下来，光着屁股坐到马桶上，马桶盖子沾满了水，他因此颤抖了一下，这阵寒意沿着脊髓一直钻到大脑深处。立刻他又回到了一九六三年他结婚的那一天。

二

新娘脸上涂了一层厚厚的粉，头发烫成一圈一圈，大大的臀部说明了日后将替新郎生养众多。当天喜宴进行得很顺利，客厅上的大金"囍"字增添了不少气氛，新娘远从乡下来的父母，嘴里嚼着槟榔的兄弟，为了礼貌起见，将槟榔汁吐在卫生纸上，扔得满地都是。阿索大哥兴奋极了，抓着酒杯从这一桌敬到那一桌，喝得满脸通红。在这当儿，他忽然当众宣布，要将他的果酱工厂股份分一些给他弟弟，亲友们都鼓起掌来。他说的可不是醉话，因为酒席总共也只有两桌，从这一桌到那一桌，还空下两个座位，预备给一对有地位的亲戚，他们却由于某种缘故而未能出席。

客人走光之后，赖索就急急地钻进被窝里，三把两把地脱掉赖索太太的所有衣服。他太专心在这件事上，竟忘了熄掉桌上贴着"囍"字的小台灯。因此新娘在扭动之余，一面东张西望。

"啊！"她嚷了起来，"这房间真漂亮。"

"你不要乱动，"赖索说，"不然这个扣子就永远解不开。"

除了解扣子外，他还会穿针、缝衣服、做体操，这些都是监狱里学来的。婚后十五年的这天早晨，他忽然弯下腰，想用手指触摸脚踝，可惜花了很大力气，指头在膝下二十厘米处就再也不听使唤。这时候，他只穿了一条短裤，露出细细小小的腿，膝头像肿了一块硬瘤，赖索太太不解地望着他。

"我年轻的时候，手可以摸到这里，"他蹲下来，拍着地板，"整个手掌，膝盖弯都不弯一下。"

"那有什么用？"他太太说。

没有用就算了！这时候，他正呆呆地站在果酱厂的过滤机前。压力表的指针直往上升，底下的马达发出嘎嘎的声音。糖液从管子的一端穿进像个巨型炸弹的过滤机，再从另一端出来，然后争先恐后地流进吊在半空中的浓缩罐，从罐子里出来后，糖液就再也不是糖液，而是一堆亮亮的糊状物。整个过程有点类似上帝造人的工程。也许有人会这么说，胎儿在子宫里乃是经由血液浓缩而成的。

但是，赖索的母亲可不这么认为。他才七个月大就迫不及待地从他母亲的肚子里钻出来，对着还没有准备好迎接他的世界哇哇地叫了几声。他母亲脸色苍白地躺在一边，父亲则穿着一件军用内衣，不停地搓着双手，满头汗水，一滴汗忽然掉在婴儿的鼻尖，这是人类最早认识下雨的纪录，此外，床边还围着一些人。

"怎么办？怎么办？"赖索爹喃喃地说。

"哎呀！他的皮肤怎么是青色的？！"说话的是他二姨妈，日后有一个在美军顾问团做事的儿子，并且在赖索婚宴上因故缺席。

"我的儿子呢？"他妈闭着眼睛说，"给我抱抱。"

"还不能抱，"助产士说，"要用药水棉布包住他，否则会变形。"

大概是泡了药水的缘故，后来他就愈长愈丑，而且到十六岁才进入青春。不过青春期并没有带给他多大的烦恼。他是班上最矮小的一个，坐在离讲桌只有一米的凳子上。日本教师不时地用手偷偷抓着下裆，他患了湿疹这一类皮肤病，认为别人都看不到，他可错了。

"支那！"日本人说，"统统跟我念一遍。"

"机那。"赖索说。

"知不知道，你们不是支那人，你们是台湾人。"

"可是老师，"一个本地生问，"我祖父说我们都是跟着郑成功从支那来的。"

"巴格野鲁，"日本人骂道。口沫飞到赖索脸上，他举起手来擦脸，发现脸上长了一颗颗的青春痘。

当这些青春痘开始膨胀，有几颗甚至化了脓时，他正走在大稻埕的街上，一面走一面用指甲去挤，弄得脸上红一片白一片。挤到第五颗时，同伴小林用肩膀撞撞他。

"快看！"小林压低声音说，"那不是田中一郎吗？"

"哪个田中一郎？"

"二年前教我们历史的日本人。"

街道两边铺满了一张张草席，跪在席子上的是低着头的日本人。草席上乱七八糟地摆了一些东西：假珠宝、扇子、军用长筒靴、穿和服的日本娃娃。这当儿，赖索刚满十八岁，日本人在不久前投降，本地人起先不知道怎么办才好。赖索替日本人工作的父亲，过了几个月才定下神来，便在中央市场附近租了间房子，做起水果生意来。水果是一种好吃但是麻烦的植物。赖索白天推着一辆小板车，沿着淡水河边建立了几个据点。由于他的声音实在缺乏吸引力，他总是坐在车头坐垫上，两只脚伸进水果篮里，光光的脚板不在意地摩擦着一个个人头大的西瓜，晚间则让这两只脚套上喀啦喀啦的木屐，在四处的街上闲逛。

"阿里卡多，阿里卡多……"这些日本人频频鞠着躬，额头几乎碰到地上。

"我们也去给田中'阿里卡多'一下，看他还认不认得？"

赖索想了一下。"不好，这样不好。"

"为什么？"

赖索又想了一下。但是好像有什么力量不让他继续想，并且使劲地将他往后拉，五年、十年、二十年……

"赖先生，机器有毛病吗？"

"赖先生，机器有毛病吗？"厂里的工人又问了一句。

"你说什么？哦，压力好像高了一点。"

"这次杂质太多，不好滤，你听听马达的声音。"

不仅仅是马达，还有搅拌器、泵、蒸气阀，这些声音汇成一股洪流。赖索竖起耳朵听着。

三

他仿佛还听到一些其他的声音，他的两片枫叶似的耳朵完全暴露在喧嚣不已的街声之中，巴士、大卡车、出租车、摩托车，加上偶尔拉长警笛飞驰而过的救护车，这些声音纷纷敲击在赖索的耳膜上，并且企图往更深处钻，然而在中途就被某种东西挡住了——一块类似隔音板的骨头，上面还刻了几个字：赖索、台北市人、一九七八年六月、时空穿越者。

这时候，他正坐在回家的客运上。司机对待他的车子有如玩具一般，同时把车内收音机开到最大声，音箱就在他的头上。在绿色塑胶椅上瑟缩成一团的赖索，身旁坐上来一位壮硕的中年女人，满脸横肉，两个乳房像瀑布似的倾泻而下，身上飘散着廉价化妆品的刺鼻气味（他太太习惯用蜜丝佛陀，他一嗅就能嗅出来），前座的椅背上被人用眉笔歪歪斜斜地写了几个字："寂寞吗？请电八七一三〇四二，李美华"。赖索在心里偷偷笑了一下。

　　车子在市公所前停了一下，赖索随着景物倒退的眼光也停了下来。几秒钟后，景物又开始倒退，行人、灰白的树木、脏兮兮的房子、长长的广告牌，像被一张巨大无比的嘴巴吞噬进去。经过一座陆桥时，赖索将眼睛闭了一会儿，张开时，他正站在泛亚杂志社的接待室里，对着一面大穿衣镜，镜子里出现一个矮小的家伙，眼露茫然之色。房门忽然打开，一个职员探进头来。

　　"韩先生要你去会议室一趟。"

　　"干什么？我拿了今天的工钱就走。"

　　"叫你去就去。"

　　"说好我按日领钱。"

　　"少废话！"

　　除了韩先生和领他进来的职员外，他一个也不认识。韩先生看到他，咧开嘴笑了一下，他赶紧低下头，不好意思地瞧着自己肮脏的脚板。在登上干净的榻榻米时，职员嫌恶地摇了摇头，说了一句："没有关系，你上来好了。"

　　"赖索！"韩先生走过来拍拍他的肩膀，"这是陈先生、林先生，你坐下好了；这位是黄先生……"

　　"你在这里上班多久了？"

　　"四个月。"

　　"这以前做什么？"

　　"淡水河边卖水果。"

　　"怎么不卖了？"韩先生同时回过头，对着几个盘膝坐在榻榻米上的绅士们说了一句，"可真是日益萧条。"

　　"我做不来，"赖索回答说，"我偶尔会找错钱，而且嗓门也小。"

　　"这样好了，你受过教育对吧！想不想做正式职员？"

绅士们抬起头看了他一眼，其中一位向另一位悄悄说了声："老实人。"

赖索听到了。

老实人，那是什么意思？三十年后，赖索在客运车上专心倾听着这些声音。车子现在经过一段正在铺设水管的路面，木架、混凝土水管、挖土机堆在路的两旁，市公所前前后后在这条路上也不知挖过多少次、补过多少次，不过这些可跟他扯不上一点关系，再说每个人也都应该找点事来做做，至少也该让自己忙碌一点。那个大胸脯女人在使劲地拉着下车铃，整个下半身重重压在他的肩膀上，赖索不得不抬起头来，露出一脸的憎恨。铃声好像响了很久，女人方才坐下，一阵阴影掠过赖索的眼睛，他赶紧把脸孔朝向窗外。车子现在驶上灰蒙蒙的、平滑单调的公路，车窗外景物不断地倒退，继续投向身后的血盆大口，赖索乃继续他的无边无际的冥想。

"正式职员是干什么的？"他听到自己在内心问了一句。

"工作比较轻松，每个月还可多拿一百元。"

"为什么？"他又问了自己一句。

"你把这个看一下，"韩先生递给他薄薄一份印刷品，"在最后一栏签上你的名字，明天带印章来盖一下。"

赖索读着上面的句子。

四

赖索自己问得累了，便下了车，往回家的方向走。在半路上走进一家面包店，买了一大包花生，三支棒棒糖。花生他可以晚上坐在阳台上吃。棒棒糖三个小孩一人一支。"这是巧克力，"店员说，"这是奶油，这是柠檬，这是奶油五香花生，先生还要什么？""不！不要了。""那么赖索太太呢？"她好像不需要任何东西，她什么都有了，什么都没有。赖索一时搞糊涂了，一个人怎么能有他太太那样的精力，她好像随时随地准备爆炸，随便就拿起水龙头冲洗一切。她要求家里每一个人每天换干净衣服，不厌其烦地掏他们口袋。"什么脏东西都有，"她说，"如果我不注意，说不定哪一天摸出一只老鼠来。"说完，把赖索的手帕往洗衣机一扔，她扔得很准，袜子、领带、毛巾，孩子们上学戴的黄色小帽……赖索摇摇头，一边踏在潮湿的地板上，滑进了客厅。

这样的太太，赖索心里想，虽说如此，至少还可以忍受，甚至夜里的那件事，他都可以忍受。

睡到一半，她会突然翻过她胖胖的身躯一下压在他身上，事先一点警告都没有。赖索不得不使尽吃奶力气，从一个噩梦中挣脱开来，他一边挣扎，一边发出咿咿喔喔的怪声。

"阿索，我又翻到你身上了。"他太太满怀歉意地说。

"没有关系的。"刚结婚的几个月他都这样回答。

"我有没有压痛你？"

"有一点，"他说，"每回我都做噩梦。"

"什么梦？"

"奇奇怪怪的。"

这时候，赖索正坐在囚室的地板上，面对墙哭着，阴阴冷冷的阳光从他头顶的小铁窗子射进来，停在杜胖子晃来晃去的光脚板上，他不时用手抓抓脚趾头，一面眯着一双眼睛兴趣盎然地瞧着哭泣的赖索。赖索才接到他母亲的死讯，她每个月来探监一次，总带些吃的，并带回去 双哭肿的眼睛。赖索隔着会客室的铁丝网，听到这个消息，禁不住哀号起来，他紧握拳头，捶着铁丝网，像一只绝望了的老鼠，直到狱卒将他拉开。他大哥在另一边斯文地哭着。赖索跟跟跄跄地跌进囚室。杜胖子一把抓着赖索手中装食物的小盒子，几分钟之后，他的胃里塞满了食物，心情颇为愉快，打算说些安慰的话。

"省点力气吧！"胖子说，"你还有六年四个月好哭呢。"

赖索猛然站起来，转过身瞪着他，肩膀还一耸一耸的。

"你说什么？"

"我说省点力气吧，哭有什么用。"

"干依娘！"

下一分钟，赖索和胖子就在地板上扭打成一团。再过半分钟，胖子的庞大身躯一下压在他身上。赖索奋力挣扎着，咿咿喔喔地乱踢乱叫，口沫横飞，溅得胖子满脸都是。

"你再鬼叫看看，我就掐死你。"

胖子发了狠，他才安静下来。

"我有时候，梦见我妈。"赖索对躺在身边的太太说。

五

已经很晚了，赖索还坐在阳台上剥花生，他将两只脚搁在栏杆上，兴致总算不错。时值初夏，天边星光耀眼，高速公路上亮起了一排排的车灯。着BVD背心、身负解答人生之谜重任的赖索，眼神忽而温柔、忽而凌厉、忽而迷惘，两手则忙着剥弄花生。他以拇指和食指夹起花生，指尖微一用力，花生就"喀"地叫了一声，从肚子中央爆开来，露出一粒粒肥肥白白的种子，赖索随后将花生壳弹到楼下的马路上，由于起了一点风，花生壳吹得满街都是。

"喝一点酒有什么关系？"赖索爹说。

"你会脑充血、风湿、胃溃疡，还有其他什么病的。"赖索妈说。

赖索放下栏杆上的两只脚，换了个姿势，继续听着死人争吵的声音。

"我心情不好。"

"那又怎么样。"

赖索爹工作得很辛苦，他不认得几个字，身体也不够硬朗，却要养活一家人。白天在一家供应日本军部的麦芽糖工厂，赖索爹光着上身，跳到一个个大铁皮罐子上，罐子里装满了糯米粉和大量的水，他使劲地转动一根像船桨般的木棒，身上的汗水下雨一样落在罐子里，半个钟头后，放入一桶青麦芽，煤炭继续燃烧。赖索爹再跳到另一个罐子上，那是昨夜已经液化完全的糖液，继续搅动木棒，直到糖液冒出了蒸气，赖索爹才跳下来。他一天要跳上跳下几十次，两腿因此变得粗壮壮的，身上却依然长不出什么肉。

"阿允马上就可以帮忙赚点钱，"赖索妈拿开他的酒瓶，"阿索比较聪明，让他念书好了。"

"念书有什么用？"赖索爹回了一句。

"你就是吃了不识字的亏。"

"妈，你总是要我念书，"坐在阳台上的赖索忍不住插嘴，"也许爸说得对。"

"我吃过什么亏？"赖索爹生了气，"没有钱就不受人尊重，就该死。"

"我嫁给你之后，就没有过一天好日子。"赖索妈也生了气，"你就会喝酒，把什么好机会都喝掉了。"

"阿泉跟你说的？"阿泉是他们家的一门远亲，他找赖索爹上台北做生意，"他赚到钱没有？"

"现在没有，将来可说不定。"

"将来再说。"

赖索爹该看看阿泉今天的样子，他穿二万元一套的西装，开宾士车，染成黑油油的头发，六十几岁了，一双老色眼还在猛瞧夜总会里穿热裤女侍的小屁股。

"将来，阿索一定比你有出息。"

"那是他的事。"

赖索爹终于让了步，同意他的儿子在公立学校念点书，甚至给他买了双上学穿的布鞋，这可花了不少钱，赖索在下雨的时候，赤着脚，鞋子提在手上。

"不要想我替你买什么，"赖索爹威胁着说，"书念不好，回来我就揍你。"

"你这样吓孩子干吗？"

"我辛苦工作，拼了老命赚钱。"

尽说这些又有什么用。到后来弄得赖索也生了气，便从椅子上站起，把剩下的花生一股脑扔到马路上，走进客厅，孩子们正围在电视机前。

"早就做完了，爸。"

"你妈呢？"

"睡觉了！"

赖索轻轻把门关上，他不打算吵醒她，他今天已经够累了，而且明天还有点事。哦，明天他要请一天假，他表哥病了，住在徐氏医院里，表嫂打电话来说表哥老想溜出去（他外面有女人，几天没有他的消息一定担心死了），表嫂因此想了个办法：藏起他的皮鞋。如果他真敢穿着睡衣拖鞋在大街上走，她只好认输，还有什么办法？赖索在电话的另一边不置可否地摇了摇头，他管别人这些事干吗？何况他还有更重要的事呢，啊！他要去见韩先生，从电视新闻里出现他的脸孔起已经过三十六个钟头，对他而言，这段时间等于别人过的几十年，因此，他必须弄清楚。到底要弄清楚什么呢？谁也说不上来，这么久了，他自己有了三个小孩；韩先生呢，他都快七十了，这个年纪，有些人已经满嘴的假牙。听过关于假牙的笑话吗？也许我只是要握握他的手，说："韩先生，好久不见了。"

"阿索，你怎么一个人在阳台上坐了半天？"

他太太可没有睡着，她穿着粉红色黛安芬内衣，浑身香喷喷的，她用这种做法，加上一些小手段，让她替他养了三个孩子，另外还买了两栋法院拍卖的楼房。她的乡下亲戚上来时，她带他们上台北听歌，在饭店里用餐，乡下人被大城市的气派给吓住了，他们张大着嘴巴，半晌说不出话来。赖索太太这时可就兴奋极了，她的声音出奇的温柔，一边用眼角瞟着一脸无奈的赖索，当天晚上，赖索太太热情得离了谱，她都快四十了，满满一肚子的脂肪，还像个小女孩一样，她一面笑一面叫，把将近六十公斤的身躯，压在透不过气的赖索身上。

"我在吃花生。"

"花生容易上火，"她说，"这几天你怎么怪怪的？"

"我在想一些事，"赖索躺下来说，"对了，明天我不去工厂，我去医院看阿宗表哥。"

"去看他干吗，一点小病惊动这么多人，哼——他是什么东西！"她不喜欢赖索家人，"我可不去，明天还有一大堆衣服要洗。"

"好吧，"赖索松了一口气，"我想早点睡。"

但是，他太太可不想这么轻易放过他，她把整个身子贴过来，赖索因此闻到她身上浓浓、热乎乎的香味。

"你记不记得我们刚认识的时候。"

"嗯。"

"你说我长得很有人缘。"

"嗯。"

"你第一次亲我嘴,还要我把眼睛闭起来,记得吗?"

"嗯,"赖索说,"嗯,嗯嗯……"

六

开往台北的客运车,这时候在桥中央停了下来,桥底下是那条好似未曾干净过的淡水河,桥头则停了一部黑白相间的警车。身穿假日西装的赖索,一脸受苦的表情,挤在上班的乘客中间。"要下车的挤到前面来,其他人不要挡在门口,"司机恨恨地说,"你这个人怎么老是站在这里?"赖索直到车子经过世纪饭店前面才回答了一句:"我,我要下车。"

他果然下了车,并且在马路边买了一篮苹果。这些苹果好像刚从冰库里拿出来,都带着暗紫色,不过病人大概不会计较这些,阿宗表哥会说:"人来就好,还带什么水果。"表哥都六十岁了,依然满面红光,每天清晨五六点就起身到北投泡温泉,然后步行到山下的情妇家吃早点。回到家里,表嫂已经在厨房里忙得团团转,阿宗表哥便蹑手蹑脚地走到他太太背后,照她屁股就是一掌。表嫂叫了起来,表哥就说:"今天吃什么好菜?"一脸无辜的样子。

一会儿后,赖索把苹果篮子放在电话亭里的地板上,隔着马路,对面就是七层楼的徐氏综合医院。但是这个时候,医院门口一点动静都没有，病人不是还在睡觉，就是全死光了。赖索没有空去研究诸如此类的问题：医生几点上班？病人什么时候起床？起床后是不是马上就有早点吃？他打开那本有三厘米厚的电话簿，一根指头在上面画来画去。

"请问你那里是不是电视台？"

"你说对了。"一个女孩打着呵欠说。

"请问你们今天是不是要访问韩先生，报上说的。"

"你打错了，我这里是餐厅部，你该打去问询问台。"

"可是你一定知道韩志远先生要去贵台？"

"哪个韩志远？是综艺节目，还是连续剧的？"女孩开始不耐烦起来，"这里的歌星、影星我全认识，你那个韩志远是干什么的？你不知道询问台的号码是不是？"

"他，他刚从日本回来。"

"怪了，刚从日本回来的只有邓丽君，我告诉你询问台的号码好了。"

"谢谢！"赖索投下一元硬币，拨了这个号码。

"询问台，你好。"赖索抢着说。

"询问台，你好。"询问台的小姐说。

"请问你韩志远韩先生今晚是不是要在贵台接受访问？"

"是啊，晚上八点的《时人专访》，你没有订电视周刊吧。"

"没有，"赖索说，"不过我很想订一本。"

"你可以拨这个号码……"小姐说，"告诉他们说是电视台的马小姐介绍的，不要忘了，这样你就不会错过《时人专访》这种节目。还有什么事没有？"

这倒好，小姐做起她的生意来了。手持话筒背抵电话亭活动门的赖索,暧昧地笑了起来。对付推销员(报纸、杂志、酱油、化妆品……),赖索有的是办法。他都耐心地听完他们长篇大论的吹嘘(他的脸上甚至露出一副完全被说服的表情),然后冷冷地做了结论:"你说得很有道理,不过我家里已经订了,我们已经有了,我一直都用这个牌子。"

"谢谢你,"赖索最后说,"我会打那个电话,说是电视台的马小姐介绍的,有没有优待?"

七

赖索离开了电话亭,现在街那边的医院开始显出了生气,医院大门走出来几个人,四周张望了一下,一辆出租车在门口停住,下来了两个人今天的第一号病人。隔着熙熙攘攘的马路,赖索看不出两个人当中到底哪一个生了病。张望的那几个人钻进了这部车子,司机朝后瞄了一眼,车子便一溜烟地驶开。赖索在马路边站了一会儿,找不到横过街的空隙,于是回到人行道上,走向四五十米外的红绿灯。人行道上种了成排铁栏杆围着的相思树,树下站了一个台北市政府的鸟形垃圾桶,肚子上写了几个字——我爱吃果皮纸屑。赖索掏着口袋,找不到可以塞进鸟嘴的东西。"我爱吃果皮纸屑,"赖索在心里念着,"我们都爱吃果皮纸屑。"

红灯一下子换成绿灯,赖索匆匆越过马路,再登上红砖人行道。他的硬胶底皮鞋正适合台北的马路。台北的马路——市政府的一个官员,在被问到这个问题时,曾经提出了一个办法:用原子弹把所有的建筑物轰平,再重新规划。这是一个笑话!不过话又说回来,赖索的硬胶底皮鞋在清晨的阳光下闪闪发光,而皮鞋的颜色也正适合他的假日西装和人行道上的红砖。

他可绕了一个大弯才到达医院。

医院服务台戴眼镜护士一脸刚睡醒的样子，瞧着赖索放在柜台上的苹果说："二〇一号病房，你是他的什么人？"

"表弟。"

"你这双皮鞋还不错，"护士伸出头来说，"可惜太小了。"

"我的皮鞋太小？"

她耸耸肩膀。

"你要不要吃个苹果？"

"谢了，"护士说，"我已经吃过饭，你从右手边这个楼梯上去。"

他在病房门口就听到阿宗表哥的声音，那是个混合着哀求、威胁、诅咒、压抑住愤怒的声音。

"好吧！我究竟什么时候出院？"表哥说。

"医生说你什么时候出院就出院。"表嫂回答。

"医生，哼！"

赖索推开门，他的出现果然中止了他们的争吵。底下发生的事情，坐在电视公司附近一家西餐厅等着侍者端来食物的赖索，可记得一清二楚。这当儿，他正把脸孔凑向茶褐色的玻璃窗，外面的世界不知道变得怎么样了？窗外一片阴阴沉沉，行人、汽车，像一个个飘浮的幽灵，那么，他推门进来时，背后的那个太阳呢？也许死了。赖索把脸孔移开（一个路人，瞧了玻璃窗一眼，他一定看不见里面的情景，所以就对着赖索整理起头发来了），他实在受不了那个家伙的蠢相。要是玻璃改成蓝色或者绿色，该有多好！你忽然就站在一望无际的高尔夫球场里，把一个绿色的球击飞起来，掉进一个绿色的坑，然后你张大你绿色的眼睛，抬起你绿色的腿……

"阿索，你来得正好，"阿宗表哥兴奋极了，赤着脚在蓝色的地毯上来来回回跑了两圈。他穿了一套丝质睡衣，脸孔涨得通红，凸出的小腹和下巴上的赘肉因此颤动不已。

"你说说看，到底谁病了？"他上气不接下气地说，"你说说看。"

没有病，那你在医院干吗？坐在餐厅里的赖索开心地笑了。

"阿索，你表哥不但病没好，还影响到脑神经，"表嫂指指脑袋，"你看他这个疯样子。"

他们争吵个没完，赖索可站累了，便坐在沙发上，把带来的苹果放在一边。

"吃苹果吧，表嫂、表哥。"

"好啊，阿索，拿个苹果把他嘴巴塞住。"

"你这是什么意思？"阿宗表哥气得坐在床上，"不但不准我穿鞋子、打电话，还要把我嘴巴塞住。"

"看他那个着急的样子。"表嫂也坐下来。赖索同情地看着他们。他很想说点什么，不过他现在可没这个心情，真的没有。他有重要的事情要做，他等一下要去这家餐厅用饭，并且能坐多久就坐多久。

已经过了午餐时间，赖索还坐在那里，他希望找点事情做做。也许打个电话回去，但是他太太会问东问西的，她想知道台北现在变成什么样子了（上个礼拜她才来过），那些骚女人穿什么衣服？超级市场是不是打八折？是的话，顺便带些什么回来。带什么呢？随便什么好了。这就要伤赖索的脑筋，他不能伤脑筋，至少现在，今天，他不能冒这个险。他要去见韩先生，他要准备一番，他要容光焕发、侃侃而谈，要不然他穿这一套漂亮衣服干吗？

谈到衣服，赖索结婚时都没现在穿得漂亮。他们赖家人一向不注重打扮。"吃饱最重要，"赖索爹常常这样教训他们，"有钱不要买这个买那个，等到逃难的时候，衣服能吃吗？"赖索爹好像这辈子都在逃难，他被美国飞机炸怕了。他活到七十二岁，因为心肌衰竭死在荣民医院的特等病房里，死前病房里寂静无声，只有窗型冷气机发出轻微的嗡嗡声，连这时医院上空掠过的波音七四七巨型客机的巨大吼声都听不到。

八

也许他真的睡着了，那个饱经忧患、被糟蹋了的头颅，正垂靠在塑胶软皮的沙发上，在西餐厅柔和、暧昧、虚假的灯光下，仿佛生气全无。凹陷的两颊，覆在额头上的几根灰发（秃顶黯淡无光），松弛的皱纹，苍白干燥的嘴唇。这就是真正的赖索，内在力量消失殆尽的赖索，身为荣光、进步、合作、天之骄子、人类一分子，醒着、睡着、悲伤、快乐（他笑起来像个羞怯的小女孩），深受七情六欲所苦的赖索。

然后，他就在一阵麦克风的声浪中睁开了眼睛。

"各位先生、各位女士，我们今晚的节目马上要开始了。"

赖索惊讶地发现到，身边几张桌子上都坐了人，节目六点钟开始。老天！他真的在这里坐了一个下午，整整一个下午，却什么事情都没有做，只是坐在这里，他就要跟韩先生会面了，这个历史性的一刻，他却什么都没准备好，他至少该讲一些话的，就像韩先生在飞机场说的那些话，简短、得体、感情充沛。他一定上机前就打好了腹稿，在太平洋上空修润一番，最后舱门打开的一刹那，调整一下领带、清一清喉咙。

"先生，您需要喝点什么？"侍者说。

"随便什么，咖啡好了。"

虽然时间短促，但是就在对街的电视台，穿过地下道只要五分钟，所以他只需在十分钟前付账，花五分钟在洗手间，那么他时间尽够了。

他不需要准备多长的演讲稿，韩先生会记得他的，甚至会兴奋地抓着他的手，满面泪痕地告诉赖索，他对不起他们，他要在有生之年为这件事忏悔。好了，他既然这么说，赖索还能怎样？只好自认倒霉罢了，而且他也习惯了。

"Ladies and gentlemen, I want to sing a song for you."

灯光集中在一个长头发的年轻人身上，他有着扁扁的鼻子、黄黄的脸孔。年轻人抱着吉他叮叮咚咚地唱起来。他唱的是一首英文歌，眯着眼睛，表情丰富，他唱得专心极了，末了弄得自己如醉如痴的。

"Thank you, thank you. One more? Ok, Ok！"年轻人说。

赖索再也坐不下去了。这些人，这些时髦、优雅、有钱无事可做的家伙！赖索被充塞耳际的笑话、歌声和装模作样的手势逼得站了起来，匆匆付了账。他推开餐厅的旋转门，走进黄昏中笔直宽敞的仁爱路，重新感受到夕阳余晖所散布的那种神秘生命力。

这种力量使他坐在人行道的长椅上，面对巍然耸立的电视台，发了一阵呆。"我究竟想干些什么？"

在这一刻，赖索禁不住有些后悔起来，也许不该老远跑这一趟的。他太太现在一定收拾好餐桌，乖乖地坐在电视机前，孩子们则围绕在一旁，正中央空着的沙发，那是赖索的座位。他是一家之主、三个孩子的父亲，他就坐在那里，两脚搁在茶几上，为荧幕上的滑稽节目发出低哑的笑声，太太跟着笑了，孩子们也笑了。这就是赖索家的生活照、赖索家的晚间娱乐。

他实在不应该老远跑到这里来，他应该坐在电视机前，泡杯茶，拿着苏打饼吃；然后伸一伸懒腰，走进卧室，脱下衣服，在黑暗中爬上床，在伤感、庆幸，或者无所谓中结束这一天。

九

天色渐渐暗了下来,路两边的水银灯,像点燃一长串无声的鞭炮,整条街一下就明亮起来,赖索的眼光随着一闪一闪的车灯,一直瞧到街的尽头。时间不多了!他必须赶紧思考。他收回视线,集中到对街灯火辉煌的电视大楼。那么,他究竟想到哪里了?——他的童年、青春期、婚姻,然后就是莫名其妙的中年。他这一生,说一句泄气话:"交了白卷!"他丢了赖家的脸。赖允大哥现在很有钱了。他照顾这个念了书的弟弟,替他成了亲,给他工厂股份。赖索爹过世的前一天,还哀伤地瞧着他们,说:"阿允,要看顾你弟弟。"赖允大哥都五十几了,大腹便便,笑起来眼睛眯成一条线。这当儿,他泪流满面,鼻头都哭红了。

"爸,你会好起来的,"赖索握住他爹宽厚、满是斑点的手掌,手上的指甲泛了灰色,"下个月我们陪你去东南亚逛一逛。"

"恐怕不行了,"赖索爹说,"阿索,你过来……"

他比较疼大儿子,赖索妈则喜欢这个斯文的小儿子。赖索从监狱里出来,畏畏缩缩地站在他父亲跟前,赖索爹流着泪瞧了他半晌,"啊!啊!"了半天,说不出话来。过了很久,他从房间里拿出一套旧灰呢西装(阿允结婚时给他父亲做的)。"穿上这个,"他说,"走,我们去见你大哥。"

"爸,"赖索踌躇着说,"我想先去看看妈的墓,好不好?"

直到他在果酱厂上班的第一个礼拜日,他们才动身前往木栅的市立公墓。整整八个人,四个大人、四个小孩,赖索一家三代全在这里了。赖允大哥忙得团团转,他负责张罗一切,他太太被四个小孩缠得分不开身,赖索爹狠狠瞧着车窗外,一语不发,赖索则频频搓着双手,他快哭出来了。两部车子一前一后，孩子们从车窗伸出手来，朝另一辆车子"阿公！阿公！"乱叫。

一个钟头后，他们站在坟场的顶端，俯视着一个个冷冷清清、野草蔓生的坟墓。

"几年后，这里要挤不下了。"赖索爹说。他料错了，七年后，他就葬在底下一点的地方，没有路通到那里，因此赖索家人不得不踏着一个一个坟头，跳到赖索爹坟上。

"阿索，"赖索爹回过头，"你妈死前还念着你。"

赖索对自己说，可不能再哭了。刚才，孩子们还没跟上来，赖索就已经哀号起来，赖允大哥抱着最小的儿子，尚未喘过一口气，立刻跟着大哭出声。

坟场工人见到这种情景，摇了摇头说："我们烧些纸钱好了。"这才止住赖索家的哭声。

"这些字怎么都褪了色？"赖索摸着墓碑。

河南燕山徐氏……

"找人来漆一下，坟上再种些花，爸，你说怎么样？"赖允大哥这时候说。

"那不行，"坟场工人说，"不仅破坏风水，羊还会把它吃掉。"

附近人家的羊群满山遍野乱跑，羊踩过赖索爹妈坟头，在上面拉屎拉尿。

"这怎么行？"赖索从长椅上愤愤然站了起来。

上帝是牧羊人，基督教都这么说。远处一座教堂，屋顶上的霓虹十字架耀眼刺目，赖索走进地下道，再出来时，就看不到那个教堂了。

十

赖索在访问前半个钟头抵达电视台。

他在门口守卫尚未来得及反应之前，昂首阔步而入。守卫瞪着他矮小、生动、黑色的背影，想着这个家伙到底在哪里见过。

赖索就这样冒冒失失地闯入这栋迷宫似的建筑。这是个现代科技融合了梦幻、现实、艺术、美、虚伪、夸大的综合体。他从一个摄影棚到另一个摄影棚，从一个时代进入另一个时代。赖索在明朝停留了五分钟，在清朝张望了一下，在八点前一刻，走进了自己的节目。

身着浅蓝色西装、裁剪合身、泰绸衬衫领子翻在外面的韩先生从化妆室走出来。他的步伐稳健、容光焕发、精神抖擞，就像要步上演讲台一般。

"韩先生，您请坐在中央。"导播满怀敬意地说，"张记者、陈记者、杨先生，你们坐这个位置。"

"现在就要开始了吗？"韩先生的声音出奇的冷静。

"大家准备！"导播喊了一声。

赖索站在控制室的玻璃窗外，另一边成排的电视机上出现了同一画面，控制员戴上耳机，把手上的香烟捺熄，节目就要开始了，人人屏息以待。赖索看得入了神，他看到一些人跑来跑去，移动的水银灯架、布景、麦克风的试音声、导播夸张的手势。

"开始！"导播说。

"首先，我代表台湾一千七百万的同胞，欢迎韩先生您重归台湾的怀抱。"市政府的杨先生说。

"谢谢你，"韩先生面对摄影机，眼睛眨都不眨一下，"我衷心感激政府宽大为怀的德意。"说到这里，他握起拳头捶了桌子一下。

三十年前，他也这样捶着桌子，坐在最后一排，负责开门的赖索被这一阵响声震得清醒过来。

"各位说说看。"韩先生愈说愈是激动，两个拳头在空中交叉飞舞，面对三十五个会员，慷慨激昂，声嘶力竭，感到触目惊心的赖索真是心仪不已。韩先生在前一阵子还亲切地问起他的家庭、他的亲戚朋友和他们的观感。赖索不好意思地回答：他们不知道呢，他们不认识字。那么他自己呢？赖索喜欢这个工作吗？谈不上喜不喜欢，韩先生要我做什么就做什么。这样很好，你有什么问题吗？没有，很好，很好。说到这里韩先生回过头去问蔡先生："成绩怎么样？"蔡先生低声说（赖索听到了）："哪里找来这个笨蛋，居然跑到市场去散发传单，正好给他们拿来包鱼包肉。""老天！"韩先生拍着额头说，"用人之际，用人之际。"

"……那么，韩先生，您能不能告诉我们您一回来的观感？"

那个摄影师将镜头交给一旁的助手，推开门，走到赖索身边，从口袋掏出烟来。他喜欢"访问"这一类的节目，这种节目你不用推着摄影机跑来跑去。他不喜欢歌唱节目，还有对着镜头穷扭屁股的歌星。

"你怎么进来的？这个节目不准参观。"摄影师看都不看赖索一眼。

"门没有关，我就进来了。"

"安全人员都睡觉去了，"摄影师说，"你该去二号影棚，那里很热闹，这个节目没什么看头。"

赖索不再回答，他来这里不是回答别人问题的。

"台湾进步的情形，简直令人难以置信，"韩先生说，"我一下飞机就被吓了一跳。我对自己说，这是个现代化的都市吗！在日本我看过电视报道中国台湾的繁荣，我总不太相信……"

赖索耐心听着。摄影师现在抽完了烟，说了声："老天！"走向他的助手。

"您去过大陆，您对那边的观感如何？"

"我在那边认识几个人……"他顿了一下，继续说。

赖索见过他说的人，这是很久以前的事了。他们都讲的一口漂亮的闽南语。在杂志社会议室里，韩先生要大家起立鼓掌欢迎他们。孙一上台，就像日本人那样鞠了一个九十度的躬，说："各位父老兄弟们……"他讲得精彩极了，他受过这一类的专门训练。韩先生原本兴致勃勃的，后来愈听愈不是味道。年轻的赖索注意到他三番两次想站起来，结果总是摇摇头坐了下来。孙这时说道："今天我们只想帮助本省同胞建立一个民主、进步、平等，没有人吃人的社会……

停了一下，孙拿起茶杯喝了一口，韩先生利用这个机会跳上台去，说："请大家鼓掌，谢谢孙先生的指导。"

年轻的韩先生告诉他们，台湾解放了以后，每一个人都会受到重用。那么赖索呢？也许一个县长吧。哪一个县呢？随便哪一个县都可以。北部当然最好，他回家乡时，每一个人都会喊着：啊！赖索县长，县长大老爷，啊！啊！啊！

"很多来日本的本省同胞被安排来见我。"

"他们的反应呢？"

"刚开始还有些反应，最近这几年，就没几个感兴趣了。这个时候，我就问自己……"

这时候，赖索想起杜胖子来。杜不屑地说："你们什么都没有！"

"我们有韩先生。"

"哪一个韩先生？谁知道？谁认得他？"

赖索忙得不亦乐乎，他忙着跟一大堆人谈话，有的是老朋友，有的是不相干的人。即使如此，他还得抽出空来听韩先生的演讲。情形跟三十年前完全不一样了。现在赖索用二十世纪七十年代的头脑来评论二十世纪四十年代发生的事，他占了绝大的优势，他占尽了便宜。记者应该把镜头对准他，这些年轻的记者，他出风头的时候，他们都还没出世呢。他们见过日本人？没有。挨过美轰炸？坐过牢？没有。哦，老天！你究竟想怎么样？也许镜头对准你，你一个屁都放不出来。赖索一面听着，一面动脑筋。

"我再代表大家说一句话，"杨先生说，"我们真诚欢迎您归来。"

"最后，我们希望韩先生您能说一句话。"

"好……"

这个节目眼看就要结束了，导播做了个手势，一个工作人员蹲下来摸着地上的电线。站在控制室的赖索开始移动脚步，打算节目一完毕，立刻挤到韩先生面前。

"原来你在这里。"一个穿白衬衫的年轻人挡住他。

"你干什么？"赖索不高兴地说。

"我是警卫人员。"这个人说，"你既没有来宾证，又是一个人，你怎么进来的？"

节目已经结束了一段时间，赖索还站在门口的台阶，不管怎么说，他要等一个人。

自动门一下子打开，一群人无视赖索的眼光，匆匆走下台阶。

"韩志远先生！"赖索拦了上去。

"有什么事吗？"

"我是赖索。"

"赖索？"

"泛亚杂志社的——"

"什么？"

"那个卖水果的……"

"我不认识你！"

一个西装笔挺的家伙拍拍赖索的肩膀，解了韩先生的围。然后所有人坐进了两部黑色轿车，一溜烟地驶上泛着银光的街道。

电视台巨大的阴影，仿佛一个无穷无尽的噩梦，一直延伸到街道的另一边，整个世界忽然只剩下他一个人。

"我是赖索，我是赖索，"他结结巴巴地说，"我只想说……说，好……好久不见了。"

十一

他回家时，已近午夜。他轻轻开了门，扭开电灯，把从台北带回来的一些东西放在沙发上——他太太的睡衣、孩子们的图画书、一盒巧克力糖。

这当儿，墙上的荷兰钟当当地敲了几下，长针和短针重叠在一起，这是一个结束和一个开始，一个起点和一个终点。

赖索停止了一切动作，慢慢地抬起头来。

【导读】

黄凡，本名黄孝忠，一九五〇年生于台北市，中原理工学院工业工程系毕业，曾经在贸易公司和食品工厂任职。一九七九年以《赖索》获联合报小说奖首奖，崛起于文坛。其后短暂蛰居，二〇〇三年复出，出版小说集《躁郁的国家》，重获瞩目。

　　黄凡是台湾二十世纪八十年代极具代表性的都市文学作家，其作品大多以资本主义现代化的都市为题材，通过对金钱与科技权力的批判，写现代人的虚无异化。他的小说尤其关注知识分子的理想在金权社会与政治斗争里的位置，《大时代》《反对者》各篇无不是以荒谬虚妄的知识权力为省思对象。他笔下的人物不是为大企业收编摆弄的知识分子，就是被金钱权力和物质世界边缘化的小人物，自我意识的断裂和虚无，形构了他对现代文化的图景。小说《赖索》便是这种精神的原初形象。

　　通过时空的交错并置，时间穿越者赖索开始拼凑起自己被各式政治信念哄骗操弄的一生。小说从日本殖民统治下被剥削的劳动父亲形象写起，借由赖允与赖索兄弟分别开启了劳动与知识这两种对社会正义救赎的可能道路。相对于孝亲友爱且事业有成的兄长，以及精力充沛、好恶分明的妻子，身为远离劳动且"内在的力量消失殆尽"，又被赋予"荣光、进步、合作、天之骄子"荣誉的知识分子赖索，除了不断漂浮于生活和情感之外的生命形态，便只有那个连他自己都一知半解的信念。没有生活记忆以供其确认自己的存在，赖索因而求助于比他更为虚无的政治信念。杜胖子与韩先生分别标举了信念的矛盾和信念的虚假。

　　主义之于杜胖子，不过是自利的手段，之于韩先生，则不过是获得权力的武器。理想和正义被某些知识分子操弄成一个个伟大的谎言。

　　于是，当这位被赖索当作其存在见证的韩先生，用痛改前非的姿态轻易地舍弃了过去的信念时，赖索的一生便也成了一个早就被抹除且从来无从辨识的符号。事实上，这个被知识架空、无法真正介入人的情感生活的赖索，虽然被父母和大众寄予救赎的厚望，却不过是各式空洞信念与权力拼图下的牺牲者。在二十世纪七十年代资本主义用金钱权力所建构的那栋"融合了梦幻、现实、艺术、美、虚伪、夸大"的现代化科技建筑面前，知识分子无疑不再是重如泰山的殉道者，而是踩过无数坟头却俯伏于荣华权贵前的怯懦小丑。

——许琇祯撰文

日头雨

李永平

乡愁原来是一种母亲创痛，人子无能为力的创痛。

小乐敞着瘦嶙嶙的一副胸膛，大日头底下走回家来，嘴里不停地诅咒天热。他娘低着头一个人坐在门槛上，出了神，只管拣着米里的谷，听见他一脚踹开了篱笆上的板门，眼皮也没抬，说："隔壁小顺嫂才过来报信，刘老实今天又在镇上露了面。"小乐听了，在门口日影里站住，瞅了他娘一眼，脸一转，望着屋前那片白花花的水塘。"娘，你上衣的两个扣子脱落了。"他娘放下膝头上的米盆，把衣襟一拢，遮起两只老乳，从头上拔出一根发夹扣住心口，嘴里说："这两天你就死心在家里好好地挺着，躲躲那个凶神吧，你要再造出孽来，我就一头撞死在这门上教你看！"小乐挨在他娘身边蹲下来。"鬼天时！热得人直冒凉汗，一个月没下雨了。"他娘回过脸来，不声不响，好半天只管端详他儿子的脸庞。"你莫诅咒天公，早晚要给雷劈的！"老人家探过一只手，悄悄摸了摸儿子的心窝。"大热天满身冒出冷汗，自己去熬一碗姜汤灌了吧。"

小乐走进厨房，舀了水，照自己头上浇了五六瓢。他娘抱着米盆跟进来，看见儿子把两只手撑在水缸上望着那半缸浑水，痴痴地可不知想着什么。"看你自己那张脸！青青的，死人样。"她骂了一声，把米盆砰地往灶头上一摆，从橱柜里摸出两块生姜。小乐抬起了头，从肩膊上扯下汗衫来抹脸，随即走到天井下，脚一抬，就往那条趴在地上打盹的母狗心窝上踹了两脚。"娘，我心里恶泛泛的，闻到生姜就想呕！晚上再熬给我喝吧。"他娘瞧着直摇头："又造孽了！"

隔壁，小顺的年轻女人捧起一只奶子哺着怀里的孩子，笑嘻嘻走进厨房来，望着小乐的娘说："我走过你们家门前，进来望望你老人家，听见你们家里狗儿叫得好可怜。"那条给拴在天井下的小母狗蜷在日影里，哼哼唧唧，伸长一根舌头舔着自己的心窝，不时翻起眸子来瞧小乐。老人家摇摇头，把一块蹄髈骨头扔进天井，嘴里念叨着："谁知道他这回又是从哪里偷鸡摸狗弄来的！"小乐掇过一口熬猪食的铁锅，一使劲，把锅子搬上大灶，往里头灌了十几瓢水，一声不吭，就在灶膛里生起好大一堆柴火。小顺的女人瞅见他从橱柜夹层里抽出一把冷森森的尖刀，便抱起儿子走到天井下，笑嘻嘻地对小乐的娘说："好俊的一条母狗！浑身黑毛贼亮贼亮，还小哟，从没生养过狗仔的。"老人家听了一句话也没有，自管抱起那口小小的石磨坐出门外，低着头磨起了米浆。

小顺的女人抬起头来望望天色。"一个月不下雨了！这几天，顶头一片天空毒蓝蓝的，今天可好，天顶总算冒出了一团暗灰灰的云头。"她抬高嗓门，朝门外喊道："老大娘，要变天喽！"小乐的娘只顾推着磨上的石盘子，头也没回，像对自己说："早该变天了！天公不开眼，叫日头把一镇的人都熬死了吧。"

小乐听了，咬咬牙往磨刀石上浇了两瓢水，搭起尖刀，蹲下身去。小顺的女人站在日影里，看见他在石头上磨起刀来。她儿子吃奶正吃到兴头上，笑嘻嘻龇着牙把他娘的乳头狠狠咬两下。"小祖宗！才一岁大就长了牙，将来又是个坑娘的！"他娘瞪了个眼，轻轻打了他两个嘴巴子。门外小乐的娘听了就说："你还没见识过我家这个偷鸡摸狗的！怀他的时候，在我肚皮里又蹬又踢，月子里喂他吃母奶，那张嘴巴咬啊啃啊。好不容易养到两岁大，就长出一口尖尖的牙，找他前世的仇人报冤去了。"小乐把刀磨快了，往腰带上一插，抬起头来瞅住他娘说："我生下来就是个歪串，脑壳子里长了一只咬脑蛆，早晚一天把我咬出了失心疯，娘，你就称心了吧。"他娘低着头转着磨子，半天才回头对小顺的女人说："你看，我养的什么好儿子！牙齿利了，胳臂粗了，连我这个亲生老娘也降他不住了。就知道一天到晚赶着孙四房那个大流氓头叫亲哥哥、干阿爸，跟进跟出，帮嫖帮赌。那晚万福巷里迎观音娘娘，孙四房他造了孽，眼下刘老实回来了，就让那凶神自己去收拾他们吧。"

大灶上的一锅水蒸蒸腾腾滚动起来，灶膛里，柴火烧得噼啪响。小乐打起赤膊，黑黢黢的一条身子冒出晶莹的汗珠。他拿件汗衫抹着额头，弓着腰往灶膛里一根一根送进柴枝。小顺的女人用手扇着心窝，一张脸涨红了。她抱起儿子懒洋洋走到厨房门口，瞅着老人家说："你说奇不奇！那天刘老实逃回吉陵镇，晌晚下过一场日头雨，后来可就一直不下雨，都一个月了。"小乐的娘抱着石磨子走进堂屋，把手抹干净了，在神龛上点了三支香，才说："那晚整个吉陵镇多少男人跑到万福看迎神！孙四房当着观音老母的面，造出那种孽，也没见有个人上前过问一声，大伙儿全都变成呆头鹅，只会张着嘴巴白站在一边看热闹！天公不报应这些人，报应谁？"

小乐不吭声，咬咬牙，找来一根麻绳扣在腰带上，一扭头避开了他娘瞅过来的眼神，拎起一只麻袋，慢吞吞走到天井下来。四点钟的日头照进了屋里，把小乐那条细细长长的影子拖过天井，脖子上的那一截正好落到对面土墙上，歪吊着，蓦一看，就像迎神赛会上踩着高跷、伸着舌头、抖擞着一把大蒲扇招摇过市的无常鬼。灶头上那锅水早已烧开了，冒出一厨房热气。小顺的女人浑身汗漓漓，把乳头从她儿子嘴巴里抠出来，哄他转过脸去看小乐逗弄狗儿。小乐一瞪眼，飕地抖了抖手里那只麻袋，龇开牙来。那小母狗在天井墙根下窝蜷成一团，两只眸子贼亮贼亮只管瞅住小乐。孩子好开心，依偎在他娘胸口看了一会，没来由地就扯开喉咙哇刺刺大哭起来，张着一双小爪子，直向他娘心窝掐了过去。小顺的女人一面哼哼唱唱哄着儿子，一面对小乐说："莫逗她了吧，教人看着心里恶刺刺的。"小乐上前三步，把麻袋使劲抖了抖，脚下猛一跺。小母狗给撩得兴起，慢吞吞撑起脚来，望着小乐也龇开了牙。小乐嘻嘻一笑，两三步蹿上前，不声不响把麻袋当头罩了过去，手上一抽一提，收拢起袋口，反手从腰带上拔出麻绳，绕着袋口一连打了五六个结，勒紧了。他老娘站在厨房门口直探着头，一眼看见儿子干这个勾当，骂出一声："菩萨有眼哟！"孩子不哭了，一双白嫩嫩的小手攀住他娘的脖子，笑嘻嘻地瞅着小乐，只见他把沉甸甸一只麻袋掼到了地上，顺脚又蹭上一脚。

"一棍打死了吧！你看这小母狗在麻袋里蹭蹭踢踢的，要闷到什么时候才闷得死它？"小顺的女人把儿子抱到天井下，抬起脚来，往麻袋上轻轻撩了两脚。小乐笑了笑，从耳朵上拿下半截烟，伸进灶膛里点了火，往天井边一蹲，望着日头下那又蹿又蹭的麻袋自顾自吸起烟来。小顺的女人攒起了眉心，端详着他，半晌冷冷地说："你少再造孽吧！你娘跟你说了没？小顺刚回来说，今天中午镇上来了个外乡人，一张黑脸都是胡须，活像一个从深山里走出的大野人，进入镇口就走到县仓前那株树下，搂着包袱坐下来，一坐就坐了一整个下午，好长气！镇上那些心里闹鬼的男人们听说刘老实这凶神又逃回来了，全都窝在家里不敢出门，疑神疑鬼的，家里可又坐不住，这当口，一个个都挨挤到县仓对面祝家女人开的茶店里。小顺叫你这两天不要出门，谁知道这个疯汉子包袱里头藏着的是不是那把菜刀哟！"

"我造孽，早晚我给雷劈！我怕菜刀啊？"小乐摔掉香烟头，站起身来，拿过一条扁担走进天井里。他娘在堂屋里接口说："天上有雷公，地下有阎罗，你莫替他操心。"小顺的女人不吭声了，伸出一只手掌把儿子的小脸蛋蒙在她心窝里，自己站到天井旁观看。小乐探手在麻袋上摸了摸，抡起扁担来，往下结结实实打了一棍。那小母狗闷哼一声，两条后腿顶着麻袋只蹬了两蹬。小乐不声不响照头又一扁担。小顺的女人这才拿开捂住儿子脸庞的手，叹口气："这两扁担打得又狠又准！上回，小顺没头没脑打了十来棍，那条狗儿还一个劲地闷在麻袋里又蹬又踢。"

天井里，那只麻袋早已瘫软成一团，没声没息。小乐上前撩拨了两脚，一摊血渗冒出来。他蹲下身子，三两下就解开了袋口的麻绳，血潲潲掇出那条小黑母狗，看见它的脑壳子红蕊蕊开了花。他娘站在厨房门口又探过头来，喊道："你好不省事！光天化日下抱着你儿子看这孽业！"小顺的女人紧紧搂住孩子，正好看到小乐从腰带上抽出一把尖刀，她头也没转，喊回道："早打死了啦，我儿子没看见。"小乐呆了呆，一手揸起刀柄，一手揪住狗脖子，刀尖冷飕飕地在母狗喉咙上拨了两拨，只一刀就搠穿了血管。他退后两步，瞅着一溜血汩汩流出刀窟窿，好半晌才回身走到灶头下，一连舀了七八瓢滚烫的热水，一瓢一瓢往死狗身上浇泼起来。那小母狗挺起四条腿，瞪着天空，躺在那红亮红亮的大日头底下，两只眸子愣愣睁睁只顾翻起白眼。小乐把刀往裤脚上一抹，随手在石头上磨两下，一刀从母狗喉咙往下直剖到心窝，顺着肚脯直溜溜划出一道口子。他撂下刀子，伸出四根指头嵌进刀缝，上下一剖，两边一掰，翻开了肚脯，心肝肠子一股脑儿刳刳剥剥全掏了出来。

小顺的女人捂住她儿子的脸走上前，蹲下身子，把一根指头伸到死狗心窝上，撩了撩，回头瞅着小乐吃吃地笑了起来："好家伙，奶子也长出来了，再等半年，串上一条公狗，这小母狗可以做姆妈啦。"

小乐沉着脸，舀来半盆热水，一面淘洗血糊糊的肚膛一面说："晚上把狗肉炖了，你拿一碗去吃吧。"小顺的女人笑嘻嘻站起身，把嘴巴噘起来，凑到儿子腮帮上狠狠地啄了两下："我才不敢吃。"说着，她捏起乳头往孩子嘴里一塞就走出了厨房，忽然又回过头来："上回，小顺那死人逼着我吃了大半碗，好几天心里恶剌剌的，出一趟门，就老疑心街上的狗全都瞪着我瞧呢！"她勾过一只眼瞅着小乐，吃吃笑起来："这狗肉可真作怪，吃下去，教人满身火烧火燎的，整晚燥得怪难受。"

小乐把死狗整治了，往大灶上那半锅滚水里一丢，整个人登时给掏空了一般，只觉得脚下有些不稳，心神猛一阵恍惚。他赶紧扶住锅台，抖簌簌在矮板凳上坐下来，叼根烟，望着天井日头下那摊血，倏地打个寒噤，心头浮现出刘老实手里那血淋淋的一把菜刀。

那天晌晚刘老实发了狂，操起菜刀，蹿出万福巷口，满街寻找仇人。他躲在县仓对面祝家茶店后院那个茅坑里，趴着墙头，一眼就看到那个凶神，只见他悄没声息闪进了隔壁孙家绸布庄的厨房，揪住孙四房的老婆，不由分说，连着两刀，把她两颗乳头给剐了。祝家妇人关起店门，从茅坑里扭出小乐，连推带扯，赶进店堂中，教他自己往门板缝里瞧上一瞧。街上一片闹哄哄，孙四房家门口挨挨挤挤，围上了一堆吃过晚饭上街溜达的闲人。大伙儿张着嘴巴，痴痴地瞅着刘老实拎着血刀从屋里蹿出来，一声不吭地走上南菜市大街。看热闹的人一哄全都跟上了，一个推挤着一个，生怕走失了凶神似的，好半天茶店外面人声才慢慢静下来，只剩下刘老实的母亲孤零零一个老妇人趴跪在大街上，望着大伙儿的背影，放声大哭："莫让他杀人！莫让他杀人！"小乐逃出茶店，回到家中，趴在被窝里干呕了一夜。他娘熬来两碗姜汤，全都教他一口呕到她那张老脸上。

"你天井也不收拾收拾，隔壁人家看见血水流出来，还以为我们家开黑店，杀人哟。"他娘打发小顺的女人出了门，走进厨房来，看见儿子流一身虚汗，望着天井愣愣出神。老人家走上前摸摸儿子心口。"凉凉的，大热天流冷汗呢！教你自己去熬一碗姜汤灌了吧，有要没紧的，只顾坐在那里发呆。这天时中了暑气，晚上你可不要叫给我听。"她从橱柜里摸出一块生姜，望着儿子又说："这几天，你呢就死心躲在家里，省得出去让那凶神撞上了，一菜刀把你也剁了。"

"娘，莫再叨念我。"小乐一咬牙，从肩膊上扯下那条湿答答的汗衫，往头上一套，回过脸来瞅住他娘："冤有头债有主，我这就出去瞧他一瞧，不信他就把我剁成六截！"他背着他娘把杀狗刀悄悄揣在身上，顺手将灶膛里两枝柴火拨熄了，拿过锅盖罩在大锅上。"娘，等我回来炖狗肉给你老人家进补。"

小乐走出门来，一抬头，望见西天那颗大日头，红泼泼地早已烧成了一个火团子，待沉不沉，悬吊在镇口河堤上。一阵燥风蓦地卷出，小乐激灵灵地打个寒噤，身上那条湿臭汗衫黏黏涎涎，吃风一吹，透出一股凉气来，索落落地直蹿上他的背脊骨。隔壁，小顺的女人摊开心窝，坐在门口哺喂她儿子吃奶，看见小乐背着日头呆呆走过她家门前，眼一眨，笑两笑。小乐心头恶泛泛一阵涌了上来，顾不得街边屋檐下七八双眼睛瞅着他，赶紧把手捂住心口，往水沟旁一蹲，登时呕出两口胃酸。一条巷子静悄悄，妇人家穿着单薄的白竹布小紧衣，钻出屋来坐到门槛上，年少的奶着孩子，年老的拣着米谷，手里一把大蒲扇只管摇过来又摇过去，时不时仰起脸庞，恹恹地望着天顶上那一堆愈聚愈厚的云头。街上的狗全都没了声息，三两只趴伏在日影里，伸长一根红舌头抽抽搐搐地喘着气。

小乐走过去了，妇人和狗一动不动，眼睛愣愣地瞅着他。

那天六月十九观音娘娘过生日，天时也是这般苦热，中午酒吃得凶了，捂住心窝死撑了一会，小乐索性把手松开，让满肚子酒馊荤腥呕得一街都是。大街两旁的店家，这赤天中午有的早已在门前摆好了香案，妇人家捧出香炉，顶着日头，诚诚敬敬拈起三支香膜拜，盼望今年菩萨绕境出巡看着心里喜欢，保佑吉陵镇上家家平安，户户有余。长长的一条南菜市大街，从镇口到镇尾，水檐下一口一口黑铁锅红汹汹烧起纸钱。小乐呆呆眺望半天，从祝家茶店挪出一条长板凳来，拿把扇子扇着心窝，坐在水檐下看街景，只见那成群进城看热闹的坳子佬，探探只顾在万福巷口钻进钻出。"害了色痨的坳子佬！今天什么日子，进城来就往万福巷里钻！"孙四房拎着一瓶五加皮蹭蹬过来，嘴里诅咒天热，脚下一个趔趄，整个人撞到祝家妇人心窝上。"吃了酒，不回家去挺，吐得我门口臭烘烘！"妇人抱着香炉出来，才骂出两声，一回头望到万福巷口，笑嘻嘻地说："今天好大日子！刘老实终于放他老婆出门了。"孙四房呆了呆，手一抖，浑身打出两个哆嗦来："那一身细皮白肉！送给棺材佬刨，糟蹋了。"祝家妇人捧起香炉往案上轻轻一放，回头凝起眼睛瞅住他："四哥，你莫惹这个刨棺材的。人家说，一声不吭，一吭声打破了瓹！"小乐只觉得心头又一阵翻腾上来，两三步抢到水沟旁，呕净了，酒便登时醒了大半，一抬头，看见长笙挽个菜篮子，觑着眼，独自个行走在南菜市街白花花大日头底下。一身白底碎绿花的衣裳，水亮水亮。满街坳子佬侧过了头，眼上眼下，愣愣睁睁只顾睇睨着刘家这个小媳妇。万福巷口，倏地闪出了四个十二三岁的小小光棍，涎着脸皮，蹑手蹑脚跟定长笙，直来到县

仓前那株楝子树下。哥儿们忽然一声呼哨，前后左右包抄，把长笙簇
拥在中间，模仿观音菩萨的抬轿佬一路踬着跳着，哼着嘿着。四个么
头拥住长笙游街，正在兴头上，回头却看见小乐像凶神般追打上来，
登时一哄都散了。小乐站在街心呆了半晌，从腰袋里摸出一张皱成一
团的钞票，弓下腰身，蹿到了长笙身边笑嘻嘻说："刘家嫂子，你掉
了钱啦。"长笙那张脸孔嗖地涨红了，低着头只顾往前走。小乐愣愣
地跟了一段路，看见两旁店家门口妇人们日头下烧起了香，脸一红，
把钞票塞回腰袋里，慢慢挨近长笙："今天大日子，虔诚啊！老实哥
他啊还蹲在棺材店里刨棺材呀？"长笙回过了头。小乐心里打了个突，
酒又醒了两分。他慢吞吞往后退了两步，瞅住长笙，眼一柔，笑了笑：
"刘家小嫂子，青天白日大街上，你莫怕，你莫怕。"店檐下嗖地撂
出了一串红鞭炮，不偏不斜飞落到长笙脚跟前，噼噼啪啪一阵绽响开
来。小乐猛抬头，看见一个小光棍躲在檐柱后，探头舒脑地望着长笙
只顾笑，手里一支香烧得亮红。"阴魂不散的小么头，我把你们胯下
那几根刨子毛儿全都拔了！"小乐嘴里咒骂着，提起拳头五六步追到
店檐下。又一串鞭炮嗖了出来，长笙挽着菜篮子独个儿静静站在大街
上，一时没了主意了。小乐追着咒着，残留的三分酒意登时涌上来，
一使性，他剥去汗衫，敞开瘦棱棱的一副胸膛，愣瞪着眼眸，把四个
小光棍追得满街乱跑起来。家家店里的小泼皮听见街上闹成一片，成
群结伙带着爆竹香支，兴冲冲跑出店门。十来个小子跳蹿上了大街，
一面把烧得火光四迸的爆竹到处乱扔，一面逗弄小乐，簇拥住长笙满
街鼓噪：

"迎观音娘娘！迎观音娘娘！"

"小乐！"小顺满身大汗驮着一袋米粮迎面走过来，当胸揪住了
他，狠狠地撼了两下，"魂儿给无常摄去了？"

小乐抬起头来，瞅着他。

"一个人走在大街上！看你这张脸铁青得像死人一样！"小顺松开了手，抬头望望天，"变天了，再不下雨，全镇的人都会热死。"

小乐忽然痴痴地笑起来。

"刘老实回来了？"

"那人这会儿还坐在县仓前楝树下打盹呢。"小顺往家门前走了两步，又回过头，暧昧地端详着他，半晌说，"那晚你跟孙四房吃醉了酒，回家去挺个觉，不成吗？何苦一定要跑进万福巷闹事！"

六月十九。

那天孙四房喝多了五加皮了，一张酒糟脸孔早先是红的，喝到晌晚忽然泛起了青。他嘴里不住诅咒着天公。大小五个泼皮走一步蹶一步，咒一句呛一声："世道变了，如今龟儿老鸨带着婊子也拜起观音菩萨来了，烧得整条巷子烟烟熏熏的！"小乐刨过了春红，出屋来，把脊梁顶在满庭芳门上，满肚子的五加皮就作起了怪，他只觉得他那两只血丝眼睛水汪汪的，又有些发直，耳边听见鞭炮噼噼啪啪炸响开来，万福巷火烧着了一般。"迎观音娘娘！迎观音娘娘！"又是那四个阴魂不散的小光棍一路鼓噪，打起赤脚闯进了巷口。"我把你们这些小么头给刨了——"小乐才骂出半句，一股酒意涌了上来，脚下滴溜溜滴溜溜打了两个旋圈，整个人趴倒在巷心上，惹得檐下那群看热闹的坳子佬嘻嘻哈哈笑成一团。呼嗖呼嗖，一枚冲天炮蹿上黑澄澄的星天，小乐仰起脸庞，伸直脖子，看见空中红艳艳绽放出了一簇罗伞花团，亮丽亮丽的，才一眨眼，就像流星一般失落在无边无尽的永夜。小乐挣扎着爬起身来，膝头一软，朝向观音娘娘当街又跪拜了下去。他那双眸子愣睁着，仿佛看见长笙悄悄合上了眼皮，笑吟吟坐在那黑魆魆一颠一跳的大轿里。四个小么头悄没声息追打了上来，拶起小乐，拖尸一般扭揪到檐口下。"醉死鬼，灌了两瓶猫尿，当街撒起野来了，好大胆子，竟敢拦住观音菩萨的神驾，没的教我们狠狠刨了你！"长笙穿着一身白底碎绿花的衣裳，俏生生跟随她婆婆跪到了棺材店水檐下，手里三支长香高举在眉心。菩萨一身衣裳春雪似的白，手上抱着一个红扑扑小娃娃，满脸的慈悲。棺材店门口孙四房汗湫湫往门上一靠，嘴里诅咒不停，他那张脸铁青得就像死人。"观音菩萨显灵了！"小乐一声吆喝，剥掉身上衣衫，当街敞开他那瘦嶙嶙一副胸膛。那个老乩童一身带血，把手紧紧揸住了剑柄，合着眼，入定似的，身上那条黑道袍早已染成了一张彩幔，血潜潜抖索在菩萨眼前。"观音菩萨，显灵！"小乐长长地呻吟出了一声，跌跌踬踬，蹿到巷心，伸手在老乩童肚腩上蘸了一摊血，痴痴地笑着，往自己脸上涂抹过去。看热闹的闲人们一片声鼓噪起来："观音菩萨显灵了！"小乐叉着腰在巷心十一站，两只醉眼勾乜起来，从水檐下那一张张脸孔望过去，一股血腥蓦地蹿上他心头，整个人登时一阵恍惚，掏空了似的摔倒在观音娘娘跟前，瘫作一团。四个小光棍悄没声息又蹦了上来揪住小乐，边拖边啐："醉死鬼，又来冲犯菩萨神驾了，等我们把裤头解开了，轮流在你身上撒一泡好尿！"天旋了地转了，小乐只觉得他脑壳子里那只咬脑蛆，滴溜溜滴溜溜也跟着旋转。一条巷子的人声鞭炮声，忽然沉寂下来。小乐抽搐着眼皮，半天一睁眼，看见刘老娘趴到了春红家门口，手里三支长香红荧荧指向天空。水檐底下那几百张愣瞪的脸孔发酵了，不停地在小乐眼前膨胀旋转，吃人一般向他直扑了过来。"观音菩萨，显灵！"小乐心中一亮，跳起身来把头撞开了满庭芳两扇红漆板门，就地一滚，闯进门。堂屋里观音娘娘低垂着眼睑，不声不响，独个儿端端正正坐在小小一座神龛中，两盏佛灯照亮她那张慈悲的圆脸，笑盈盈红幽幽，无比的暖昧，无比的祥和。春红那间睡房敞开着，房中一床绣花红绸大被黏黏腻腻。孙四房，黑黢黢，刨上了长笙雪白的身子，发了狂般一口一口只顾啃啮着长笙的乳头。小乐心头终于翻翻腾腾一阵逼上来，整个人伛偻到神龛底下，双手掐住心窝，望着观音娘娘呼天抢地呕吐起来。满庭芳门外，人声鞭炮声又响成一片。整条万福巷仿佛迷失了心神，硝烟弥漫中，刘老娘那一声又一声"天打雷劈五雷轰"，宛如半夜深山中斑鸠母一声声凄厉的啼血。

四五个小么头，闹哄哄，街上乱跑，看见小乐一个人愣愣睁睁地走了过来，远远地把脚煞住了，一个推着一个慢吞吞挨蹭到临街一家小绒线铺门口，贼嘻嘻瞅住了他，只顾笑着。店里走出了鲁家婆婆，把么头们气狠狠瞪了两眼，骂道："冤有头债有主，刘老实回来了，要你们满街跳蹿报讯吗！"老人家抬起了头，望望天，叹一声"菩萨有眼哟"，抱起店檐下晒干了的一篓橘皮就走回店里。那群小么头蹑手蹑脚悄悄跟住小乐，走了一会看到了县仓前那株苦楝子。一个八九岁的小萝卜头挨近了他，伸手扯了扯他裤腰，悄声说：

"哥，你莫前去吧，刘老实那凶神等着你呢。"

小乐回过头来，却看见南菜市街长长的一条青石板路尽头，镇口，河堤上，沉沉地悬吊着一颗大日头。夕照下，一条大街早已泼染得通红了，县仓门口却不见有人走动，四下里静悄悄，只见一大窝黑鸦子乱噪着在树梢上盘绕。那株苦楝子在日头下熬曝了一个月，瘦瘠瘠孤零零，这当口满身蒙上了一层金粉，弓起了腰，愣瞪着镇口的落日。树下那个人把红布包袱搂在怀里，双手抱住膝头，打着盹。

彤云满天。

祝家妇人捧着水盆子一身大汗走出了茶店，喊着热，在水檐下站住了，伸出脖子望了望街口那轮红日头。

"快变天了，再不下雨，索性放一把火将这个镇给烧了。"手里一盆水才往檐外泼去，祝家妇人一抬眼早已看见小乐独个儿站在街心，迷失了心神似的，两只眸子汗蒙蒙只顾瞅着树下那人。"你也知道报应了！"她咬着牙骂出声来，一回头，看见她店里那一干男人捧着茶杯瑟瑟缩缩向外望。

"男子汉大丈夫，造了孽，心里闹鬼，教我们妇人家看不过。"

万福巷里开了十年命馆的中年先生端起一杯茶，慢慢踱到街边，眼上眼下把对面树下那个人端详一番："这人，看来也不像发了疯的。"

"是那凶神也好，不是也好，你老人家只要心里平安，怕什么？"祝家妇人打量着他，忽然冷笑一声，"那晚，你老人家莫不也在万福巷里看迎神？"

算命先生登时收敛起了脸色，回头瞅住祝家妇人，一本正经说："那晚我在自家屋檐下看迎观音菩萨，滴血不沾，一身清白，心里平平安安！"他把手里半杯茶往街心泼了出去，指住小乐："这小泼皮吃了酒，乱了性，跟孙四房一伙人闹进万福巷，造了孽，闯了祸，惹出那个瘟神来，连累一镇的人平白替他担惊受怕！"

店堂里两个茶客听见了这话，慢吞吞踅出了门槛，探着头，瞅瞅小乐，又望望县仓门口那株楝树。

镇口的日头愈沉愈红，从茶店门口望出去，县仓前那一段空落落的石板大街早已铺上了一层金沙，那人的影子叠着树的影子，蜿蜒穿过街心，投落到街这边水檐下来。茶店两邻各家铺子的妇人搬出了板凳，手里一把大蒲扇只管摇过来摇过去。年轻的妇人敞开半边乳房，哺着孩子，一双双眼睛病恹恹地凝瞅着对街。一阵燥风蓦地窜出。苦楝子树呻吟一声，哆嗦起了一条峭愣愣的影子，揉搓着吉陵镇的心窝。妇人们抬起眼皮，看见天顶聚起了暗沉沉好一堆云头，炊烟袅袅，晚风中，只听见县仓屋顶上那一大窝黑鸦子不住聒噪。

一个茶客端着自家带来的瓷盅,坐在门槛后张望半天,忽然说:"冤有头债有主,刘老实那把菜刀绝不会剁到毫无干系的人身上!"另一个茶客摇摇头:"那晚,六月二十二,刘老实发了狂上街杀人,跟去看热闹的人,谁不巴望亲眼看见他把那五个泼皮一个一菜刀给剐了!谁知道,春红那婊子跟孙四房的老婆,这两个倒做了替死鬼。"

祝家妇人听了,嘿地冷笑出来。

"你们倒巴望着刘老实那凶神回来寻仇!那晚,万福巷里看迎神,你们两位可不也有一份?"她拎起搪瓷盆走回店堂,随即又端出一盆水来,溅溅泼泼直洒出店檐外,抬头看见小乐那条细瘦的影子孤零零拖在街心,便上前一把揪住他的膀子,啐道:"一个人站在街心,招眼呀?看你这副失魂落魄的德行!他要真是刘老实啊,早把你一菜刀剁成两截。"小乐不吭声,跟着她走进茶店,挨在靠门一张台子后面坐下来。算命先生喝着茶闲闲地蹀出水檐外,觑着眼睛望望对面树下那个人,半晌又回过头来,板着脸孔端详小乐。祝家妇人泡来一杯茶,热腾腾地往小乐鼻头下一推,瞅着他说:"你好好的怎不在家里挺觉!跑出来让人家看热闹做什么?"

小乐咬了咬牙,一睁眼,从怀里摸出那把杀狗刀放在桌上,低着头,只顾瞅着刀身上的一抹血。店堂后面坐着的一个坳子佬幽幽叹口气:"这天时!再不下雨,明天我把老婆孩子都拴到大庙,一个一刀剁了,教观音老母开开眼。"另一个接口说:"观音老母不开眼,你就是放一把火烧了北菜市街那座大庙,老母还是不开眼!"

祝家妇人提来一把大铜壶,给两个坳子佬的茶杯添热水。

"你们两位别一心想杀老婆孩子烧大庙吧,只要心里平平安安,长笙死了,她的冤魂也不会找到坳子里的。"

忽然天顶打起了雷。祝家妇人站在店堂中央,竖起耳朵静静听着。

那一串雷声起自九重天外，滚动着哽噎着，好半天只管咕噜个不停，像给叉住了喉头一般。整个吉陵镇的心窝霎时间仿佛室住了。县仓门前那条大街一片宁静，一片空落，四下里没了人声。苦楝子树梢，刭啊刭啊刭，那窝乱飞鸦聒噪得愈发峭急了。茶店里头还没上灯，从街上筛进一片落照，金溶溶，寂沉沉，洒在男人们一张张阴暗的脸孔上。那些坳子佬和镇里人都放下茶杯，望着店外好一片愈沉愈红愈落愈黯的暮色，纷纷竖起耳朵，琢磨着天顶传来的声音。只见天的北边彤云滚滚，倏地，白蛇般索落落蹿出一道电光，只歇了半响，又一阵闷雷咕噜着滚动过去。刹那间，县仓屋顶上闪电交进，终于挣破了那一重重的天际，雷声一阵赶着一阵，翻翻腾腾地在吉陵镇天心绽响了开来。

"变天了！"祝家妇人撂下手里那把大铜壶，两三步走出水檐。一条大街，从东到西不见一个人影，镇口那轮落日苦烧了一天，这会儿醉红醉红地贴着地，吊挂在苍茫一片的大河坝上，只顾凝瞪着镇心那株苦楝子。街上刮起一阵燥风，悄没声息直卷过来，哗啦哗啦，扫起县仓前零落一地的黄叶。祝家妇人打了两个寒噤，猛回头，看见小乐抬起了脸，愣睁着一双空空茫茫的眼睛。天上一道电光闪亮。茶客们一个跟着一个慢吞吞踱跶到水檐下，端着茶，眯觑着眼睛，眺望那漫天白蛇交缠电光闪烁的落霞。又一阵风贴着街心卷过去，蓦地，豆大的雨点滴滴答答洒了下来。

茶店两邻妇人们推开了板凳，站起身来走到水檐下，年少的奶着孩子，年老的搂抱着米盆，几十双眼眸子静静地瞅着这一片苍茫的雨。

小乐摸起杀狗刀，一转眼，整个人就像一只断了线的破纸鸢，悄没声息，从茶店门口直扑大街上。

两个人在街心站住了，那人慢慢抬起了脸，瞅住小乐。一阵风呼号着打横里扫过县仓门口，苦楝子树弓起了腰。满树老鸦窜起，一把撒开了的黑点子似的，风声雨声中，聒噪着飞扑向西边天际那一片肃杀的落红。那人把沉甸甸的包袱挑上肩膊，低下头来，缩起脖子，顺着长长一条南菜市街，冒着大雨自顾自走了下去。小乐独个儿站在街心，愣愣地凝望着那人的背影，一回头，看见祝家妇人掌着一盏灯站在茶店门口，隔着一片愈下愈响的雨，暧昧地睒瞅着他。县仓对面那一排哗啦哗啦水花迸溅的屋檐下，男人，妇人，静静站着，中了蛊般只顾出神望着这好一场大雨！小乐心中一片茫然，整个人给掏空了。好半晌，他才把杀狗刀揣回怀里，迎着镇口那一团水蒙蒙红艳艳的落日，低着头，缩起脖子一步一蹭蹬走回家去。一条石板大街空荡荡，满地水花落霞，两条人影，瘦嶙嶙，孤零零。

——收入《迢迢：李永平自选集（一九六八—二〇〇二）》，麦田出版

【导读】

　　李永平，一九四七年生于东马婆罗洲。中学毕业后来台就学。台湾大学外文系毕业，留系担任助教，并任《中外文学》杂志执行编辑。后赴美深造，获美国纽约州立大学比较文学硕士、华盛顿大学比较文学博士。曾任教于台湾中山大学外文系及东吴大学英文系。现任东华大学英美语文学系创作与英语文学研究所教授。其小说曾获"二十世纪中文小说一百强""中国时报"文学推荐奖、联合报小说奖、联合报读书人年度最佳书奖、"中央日报"出版与阅读中文创作类十大好书等。李永平也是重要的翻译家，译作包括《上帝的指纹》《旷野的声音》《挽歌》《纸牌的秘密》《圣境预言书》《天使走过人间》《大河湾》《幽黯国度》等。

　　第一部短篇小说《拉子妇》时期，李永平构筑他的婆罗洲风土原

乡神话。历时八年的力作《吉陵春秋》，则既有南洋风情，又有中国特色。《日头雨》原收入《吉陵春秋》，二〇〇三出版的《迌迌：李永平自选集（一九六八—二〇〇二）》的版本经过李永平再次修改。李永平以现代主义书写原乡神话，吉陵这个封闭的小镇却是欲望横陈的沉沦之乡，《吉陵春秋》不论是在现代中文小说史上还是在马来西亚华文文学史上，都毋庸置疑是部探讨黑暗之心的力作（黄锦树《从个人的体验到黑暗之心》）。学者王德威则认为，早期李永平塑造的母亲形象在这部小说失去了救赎能力，他的乡愁原来是一种母亲创痛、人子无能为力的创痛（王德威《原乡想象，浪子文学》）。

独立来看，《日头雨》是写吉陵万福巷的人欲浮沉。李永平对人性／人生现代主义式的思考既绝望又哀伤。呕吐是小说的主意象，主人公小乐面对无助现实时的条件反射，令人作呕的现实里，只有美女长笙带给他短暂的生之愉悦。然而李永平却残忍地宣告：美好终究是短暂的；长笙最终被暴力摧毁（强暴），连带也摧毁了小乐稀薄的希望，现实里只剩下淌流的脏秽和血腥。其次，如果从《海东青》回看《日头雨》，我们可引靳五在《翠堤上小妹子》中的关键语："丫头，不要那么快长大！"解读小乐杀死小母狗那大段冷静而残酷的旁观式叙述：尚未成年的小母狗一旦长成，必然沦为现实的牺牲，如小乐的母亲、哺乳的小顺之妻，她们都是没有（也没有必要有）名字的"世俗之物"，保持她们纯真的唯一方法是死亡，因此小母狗必须死。不死的下场有二：一是被同化为俗物（小乐的母亲、小顺之妻），二是被暴力摧毁（长笙）。《海东青》里"超龄"演出的翠堤、《朱鸰漫游仙境》里的朱鸰两位小女生都是这种思考下的成果——浪子李永平干脆把她们封闭在童真里，拒绝她们长大。

此外，不得不提的是李永平对文字的迷恋。张贵兴以赋体书写雨林，李永平亦以文字迷宫令读者目眩神迷。他的修辞方式或许是他在兹念兹的（文化）中国乡愁展演吧！

——钟怡雯撰文

第三章

在太阳下

不朽者

张系国

不逃避不退缩，要永远有与宙斯对抗的意志。

一、塔顶的男人

水塔约有十五米高。男人站在塔顶，手持一方白布，与塔下的人对峙着。水塔四周围满了看热闹的人。一位警员想爬上去，塔顶的男人作势欲跳。刚爬上梯子的警员又赶紧退回来。

下午三时左右，原来乌云密布的天空，落下毛毛细雨来。围观的人见塔顶毫无动静，散去大半。瘦削的男人站在圆形塔顶的边缘，将白布围在腰际，不时用手拭去脸上的雨水。塔下的警员轮流拿着手提扩音器对他喊话，脖子仰得酸了，就将扩音器交给另外一个人。四点多钟，附近的学校放学了，水塔四周又重新围满了人，警员喊话也喊得更起劲些。塔顶的男人把裹在腰际的白布解下来，双手持着，让众人清楚看见上面写的"主持正义"四个大字。

五点半钟，一辆宾士四一〇轿车驶出厂房大门，车里的女人看见水塔旁蚁众的人群和塔顶男人手持的白布，不禁咦了一声。身旁的男人紧皱眉头，猛按喇叭。好一会，总算有位警员走过来，将路上的学生赶开。车子转上大路，车里的女人回头从车窗望去。那瘦削的男人站在塔顶努力挥动着白布，仿佛被困在荒岛遇难的船员，企图吸引人们的注意力。但驾驶座的男人一径专心地开车，塔顶的那人不一会就被他们远远地抛在后面。

塔顶的男人继续站到黄昏。雨停了，围观的人又换了一批。中学生的稚脸，变成了晚饭后出来散步纳凉者充满倦容的脸。一辆警车，不知何时载来那人的妻子和三个小孩。孩子们悲呼父亲，妻子哭喊丈夫的名字。塔顶的男人犹豫了，终于收藏起那块白布，慢慢从梯子爬下来。有记者过来问话，替他拍照。失望的人群不久即散去。当夜晚降临时，水塔旁已空无一人。

二、塔里的女人

那人竟还没有来。王小玲焦躁地从旅馆七楼房间的窗口望出去。路灯一盏盏点燃，下班的拥挤时间早已过了，这次的借口又是什么呢？她抚摸着裸露的双臂；过分充足的冷气，吹得她浑身冰凉。只有她这样的傻子，才会死心塌地地等候他。每次打电话给他，还要替他着想，算准他家里人不在的时候才打过去。他是有身份的人，办公室的电话由几重女秘书守卫着，将他层层包围得水泄不通。她从未去过他那里找他，她还不至于这般没志气。仅有一次，她竭尽所能替他服务后，他突然说：明天我们那儿有个演讲会，某某也会来，你不是一直想见见他吗？她漫应着，第二天到底没去。她傻，可是并不笨。她要他觉得全然没有心理负担。他想做什么，必须是他自动自发的决定。三十四岁的女人，不能要求什么，纵然她绝非心甘情愿。

电话铃响了，吓了王小玲一跳。她迟疑了一会，才拿起电话。是他打来的，她忙问：

"你在哪里？"

"就在楼下，我立刻上来。"

沉稳的声音。她就爱听他讲话，男人的声音应该是这样。他做什么事情都不慌不忙，包括做那件事。妹妹第一次见到他，回来就说，这人有官相，天生的好命。她也承认他命好，一切得来全不费工夫。当然从教师会馆那夜起，都是她自愿。她知道他不会离开他太太。但既然决心跟他在一起，就绝不后悔，后悔是没有意义的；该后悔的事情，几箩筐也装不完。和仁杰分手，有两年之久，她每晚睡不安稳，梦中都会惊醒。那时小杰还小，她半夜起来，就坐在孩子的床边，轻轻抚摸小杰的脸，捏捏他柔软的胖手，一根根拨弄孩子粗短的小手指。该流的眼泪，那两年都流尽了。奇怪的是，现在回忆起来，那些不眠夜倒带来甜蜜温馨的感觉。许是因为那是她和小杰两人相依为命，处得最好的时刻？

房门轻响了两下。她忙开门，他装着不认识她，踱到走廊尽处，再慢慢走回来，到门边才灵巧地闪进来。他小心谨慎的性格，有时简直逼得她发疯，再没有见过比他更会保护自己的男人。可是到底他还是来了。她投入他的怀抱里，听见他在自己耳边喃喃说：

"小玲，好想你。"

"想我，想我还会迟到！"

他忙着吻她，她本来打算好好质问他一番，想想，决定还是等会再跟他算账。她知晓他的脾气，这时节绝不能拂逆他的意思。她躺在床上，看他从容不迫脱下西装，解开领带，没来由地又想起电影里那糊涂侦探，忙乱中无论如何也解不开领带的尴尬情景。

"笑什么？"

"没什么，不是笑你。"

他伏在她身上时，颈间金项链的福字，就在她脸上摩擦着。他说是祖传的祥物，她总怀疑是他家里人送的。黄澄澄的福字在她眼前示威般左右晃动，她不甘示弱抚摸着他两胁及多肉的肩膀。她喜欢抚摸他，但他进去时她并没有什么感觉。脸上晃动的福字，倒产生催眠的效果。她觉得头晕，闭上眼睛，任由他有规律地上下运动。他一贯能坚持许久，她常怀疑他家里人是怎样夜夜承受着。然而她还是呻吟了，她知道他最爱听她的浪语。并不完全是作假：她喜欢他靠近的感觉，她喜欢为他拭去宽阔的背上的汗珠——有男人在身旁真好。她全心全意张开自己，接受了他。

她拥着被，看他又一件件穿戴整齐。从前他这样做，她总会感觉屈辱，好像被当成妓女。他却辩说没有躺在床上聊天的习惯，后来她明白是他保护自己的手段。她也不能不承认，他穿上衣服比较好看。妹妹说得不错，这人天生就有官相。她喜欢看他斜倚在沙发上沉思的神情，难怪杂志社里的女职员都迷他。她不大能弄清楚对他的感觉。人入中年，附加价值常比本人更重要。她不否认崇拜他的地位，人长得也体面。还有什么呢？最初是有感觉的。第一次是她诱惑他，事后觉得好丢脸。半年过去，那种感觉逐渐消失。每次都苦苦等待他，等待他施舍般出现。她发誓绝不后悔。但如果他肯为她多牺牲点什么，她就真的永不会后悔了。

他坐在沙发上，眼睛半睁半闭，呼吸均匀；她赤裸着身子，从他面前走进浴房时，他也只略瞄了一眼。她扭开热水龙头，冲走千万个他的后裔。应该有无数声惨嚎的，但是她只听到哗哗水声。她凝视镜中的自己，四肢太粗，小腹的赘肉更是致命伤，幸亏脸上还不大显得出岁月的痕迹。她重新抹上浅紫色的眼膏。那双大眼睛，曾风靡过多少惨绿少年？

"等会去哪里吃饭？不急着回去吧？"

那人在外面咕噜了一声。王小玲听不真切，对镜中人张大嘴巴，仔细涂上另一层口红。镜中人歪扭的嘴形，似乎正对她辛酸地微笑。

三、楼上的男人

王小芸听到阳台上有人唤她，拿钥匙开门的手不由得略缓了缓。

"辛蒂，辛蒂！"那人说，"辛蒂，我等你一整天了。我们谈谈好不好？"

"不要叫嚷。"王小芸最气他站在阳台上大呼小叫，但是又不能不理他。"鲍勃，我跟你说过多少次，我怎么生活是我的事情，你不能干预。"

"我不会干预你的生活。"楼上的男人央求道，"辛蒂，我就要回美国去了。我们谈谈好不好？"

"你要回去？真的要回去？"

"真的，机票都订好了。"楼上的男人说，"辛蒂，我们谈谈好不好？"

王小芸考虑了一下，姊姊还没有回来，是和鲍勃谈判的好时机。她进了客厅，换上拖鞋，打开唱机。蔡琴用心唱的时候真是令人心疼。鲍勃留短髭的长脸出现在门口。他只穿着汗衫短裤，露出呈粉红色的手臂和大腿，脚下居然是双木屐。王小芸嫌恶地打量这年轻的美国人。在密窝集时，至少他永远西装笔挺，没想到来台北六个月，会变成这个模样。她对他从来没有好颜色，现在也不打算帮他的忙，松开长发盘膝坐在沙发上，等待他说话。鲍勃静静站在客厅中央，似乎陶醉在蔡琴甜美的歌声里。王小芸终于忍耐不住，说：

"什么时候走？"

"下星期一就回去。"

"保险公司还要你？"

"我打电报去，他们没有回。"鲍勃注视着宽大多茧的手掌说，"他们不要我，我就另外找事。我知道好几家电脑公司要来台湾设厂，想去试试看，要求他们再派我到远东来。"

王小芸不说话，鲍勃也没得话讲。这件事不知怎的竟变成没完没了。都怪姊姊不好。本来鲍勃假期用完，钱也花光，就非得回去不可。偏偏姊姊好心，让他借住楼上的空房，又帮他找到两位女学生补习英文，助长了鲍勃死缠到底的决心。她这辈子从来没有碰到过这么不识相的男人。在密窝集时和他来往，纯粹只是为了好玩。她去电脑补习班上课，鲍勃在里面兼课，就此认得了。从开始起他就和电脑般枯燥无趣，唯一比电脑强的地方是他的英文造诣还不错。那时她在写硕士报告，正好用得着他。回台湾前，鲍勃郑重其事，请她到希尔顿吃大餐。王小芸随口邀他到台北来玩，想不到他竟当了真，把历年累积的假期都用掉。开始时王小芸还颇高兴，尽心招待鲍勃，也借此气气小郑。三个星期过完，鲍勃未经她同意就自动留下来，仍然每天到她家走动；钱用完了，就由大旅馆搬到中旅馆，再由中旅馆搬到小旅馆，最后由小旅馆搬到她们家楼上的空房。不管王小芸怎么暗示，他就是不走。前晚他又来纠缠，她实在火了，老实不客气，对他说楼上的房间要另外出租给别人，鲍勃才脸色发白地匆匆离去。王小芸自知过分伤他，也不敢告诉姊姊。但这招终于奏效了。她有点怜悯垂头丧气的鲍勃，倒是鲍勃自个儿笑起来，说：

"告诉你，辛蒂，我把鬼赶走了。"

"什么鬼？"

"楼上的鬼，洋鬼子替你赶走台湾鬼，哈哈。"

鲍勃刚搬进楼上，她故意告诉他那是间鬼屋。自从爸过世，的确没有人住过那间房。有一回妈几乎将空屋租掉。租客是位初中教员，头顶全秃光，连眉毛都只剩下稀疏的几根。晚上刚搬进去，第二天一早就吓得搬走，说半夜在天窗上看见一只巨大的灰狐狸，追出去就不见了。妈吵不过秃老头，把订金退还给他，从此那间房一直空着。鲍勃住进去，闲极无聊，每天叮叮咚咚帮她们修房子，钉好书架，又上楼顶修鸽笼，引来一大群野孩子看洋人造屋。后来他和补习英文的两名女学生中的一位要好了，才不再客串木匠。他每次请女孩子出去，回来一定老实报告姊姊，姊姊也一定如实转告她。她很气鲍勃用这方法激她，更气姊姊幸灾乐祸。

"鲍勃也可怜。"姊姊总是说，"他不喜欢那女孩，她却死缠住鲍勃不放。"

"跟我没有关系，我早就看穿了他。有人喜欢他，我才高兴呢。"

但是鲍勃和女学生分手时，王小芸并没有特别不高兴。另外一位女学生早已不来，鲍勃丧失了最后一名顾客，就把楼顶的花棚也修好了，作为他对王家最后的献礼，证明他五个月毕竟没有白住。

如果他真要走的话，倒该对他好一点。王小芸心里虽这么想，仍然不愿说什么。年轻的业余木匠从短裤口袋里掏出一枚戒指，谦卑地献到她面前。

"辛蒂，这是给你的小礼物。"

"我不能戴你的戒指。"

她想起下午另一位试图献上礼物的崇拜者，唇间不禁掠过一丝微笑。男人都是一样。电脑技师笨拙地站在沙发旁边，不知道该说什么。她心软下来，对他伸出双臂。

"我才不要你的戒指，留着给你未来的妻子吧。"

四、楼下的女人

她们姊妹俩从小就喜欢躺在床上谈心。她们几乎无话不谈，包括各自生命中的男人。虽然差了六岁，早熟的妹妹却比姊姊先交上男朋友。那时王小玲刚进大学，王小芸才念初二。幼年丧父的姊妹俩，很早就发展出独特的依赖关系。母亲不在家时，妹妹就跑到姊姊床上来，两人偎依着入睡。王小芸丧失童贞的那夜，她颤抖着钻入王小玲的被窝，紧搂住姊姊。两人都哭了，一个是因为恐惧与悔恨，一个则是由于莫名的激动与嫉妒。

取走王小芸童贞的男人，十年后和她重逢，居然为她离婚。后来女方的长兄还雇了流氓，打断男人两根肋骨。这故事是王小芸到美国探望王小玲，躺在她床上，当笑话讲给姊姊听的。王小玲确信妹妹并无报复的念头，正如她从未想到对仁杰报复一样。

那晚仁杰到女生公寓来找她，原在王小玲意料之内。柏克莱的中国留学生不下数百人，王小玲看得上眼的没有几个，并不包括这矮小的广东人。台湾来的男孩子都知道她是联考女状元，敢追她的也永远带着敬畏的眼神，供奉女神般侍候她。台湾来的女孩子嫉妒得要死，她也懒得同她们打交道，常来往的倒是一群香港女孩，有时和她们一起出去看电影，就这样认得了仁杰。几位香港女生都对他有意思，大约是看上他家在香港有厂，南洋有店。仁杰周旋在几个女孩之间，颇为得意，但王小玲知道他真正用心何在。那晚大伙儿去学生活动中心打保龄球，王小玲托词要赶报告，先回住处。她知道他会上楼来找她，他果然来了。她也知道他会做什么，他果然做了。

为什么初夜会选择仁杰，王小玲自己也说不上。也许因为知道他会玩，这方面有经验。也许因为他是从香港来的，平常又不大和那些嘴坏的台湾学生来往。妹妹在谈心时告诉过她许多事，到外地上大学后她自己又看了不少书，早就不相信贞操这回事。真正吃惊的倒是仁杰。虽然她明白告诉他完全不必负责，他却默默无言走了。第二天大清早，仁杰就来找她，正式向她求婚。

同意嫁给仁杰是她一生所犯下最大的错误。她并不真正喜欢他，却经不起他一再央求。她自认委屈万分，完全没有料到他竟然也有同感。结婚后第一次吵架，仁杰就把内心的不满全都讲出来。王小玲气得浑身发抖，万万没有想到她一个女状元，委身下嫁给只有硕士学位的他，反而被他认为是自己处心积虑布下陷阱。双方都后悔的婚姻，居然也维持了七年。一直到她确定仁杰在香港有女人后，才下决心离开他。

"姐，鲍勃说他下星期一要回美国去。"

王小芸以手支肘坐在床头。王小玲仔细观察妹妹，看不出妹妹是喜是愁。

"你怎么说呢？"

"当然说 Bon Voyage 了，他肯走真是谢天谢地。"

"鲍勃也可怜，我们该好好替他饯行。"

"嗯，是该替他送行。"王小芸轻轻抚摸姊姊的脸，"怎么，又哭了？"

王小玲疲倦地躺下来。妹妹说："蓝齐是只猪。他配不上你，姊。"

三十四岁的女人，不能再要求什么。她合上眼，妹妹温柔地替她揉着肩膀。

"小郑的太太明早去日本，他要我陪他到礁溪玩几天。"

"鲍勃呢？"

"你替我送他好不好？"停一会，王小芸自言自语说，"真奇怪，碰来碰去，怎么遇到的都是结了婚的男人。"

妹妹也都二十八了！王小玲突然气愤起来，好恨这个糊涂妹妹。

"你根本不该回来做小郑的助理。妈几次三番要你去洛杉矶，你还是走了吧。"

"妈才不需要我们呢，她有她的家。"王小芸笑笑，"小郑下午还发誓说要跟太太离婚。后来厂里有个被解雇的工人，爬上水塔企图自杀，一闹他便什么都忘了。"

"小郑的厂无理解雇工人的事，我们的杂志也在追踪。商人就是这样薄情。"

"读书人更坏，"妹妹说，"脑袋里想得多，借口就更多。你看着吧，我有把握要小郑为我离婚。"

王小玲想到蓝齐，她可不能这样夸口。妹妹温热的胴体偎依着她。她突然觉得应该打电话给蓝齐，让他紧张一番。他总该付出点代价。虽然当初一切都是她自愿，天底下毕竟没有这么便宜的事。

五、成功的男人

蓝齐堂堂坐在长桌正中央，镁光灯在他四周闪烁，照耀得他的方脸更显白净。王小玲坐在后排的人堆里，并不特别注意聆听蓝齐讲话。熟悉了男人的身体后，便不会再对他那些义正词严的话题感兴趣。几位初出道的年轻女记者挤在第一排，用心记录。王小玲怀疑她们真正在想什么，是否像自己一样，在考虑怎么才能吸引住那位口若悬河的男人？他的确穿上衣服比较好看，王小玲用手扇去飘来的白烟。隔座的男士立即低声道歉，将手中的烟捻熄。这是家大报的老资格记者，不然也不敢在记者招待会上吸烟。王小玲听到蓝齐在说：

"……我们所追求的，是长远的目标和终极的理想。每个人活着，都为追求点什么。个人该有个人的理想，社会也该有社会的理想。理想是什么？理想就是对未来的憧憬，对自我的要求，对不朽的执着……"

"空洞无物！"隔壁的记者凑过来低声说，"蓝齐最近讲话都是这一套，真吃不消。"

王小玲不自觉点点头。但是她实在喜欢看他讲话的神情。他真够稳。昨晚打电话到他家，他也毫不紧张，似乎早就料到她会这么做。听到他的声音，她的气就消了，不该难为他的。挂上电话，她却又不免大哭一场，他说得不错，每个人活着，都为追求点什么，他可知道她追求的是什么？他可在乎她追求的是什么？

电影里的糊涂侦探有一次逃避敌人的追赶，站在路旁，摆出和情人拥抱的姿态。等到追兵过了，他转过身，观众才看清楚他拥抱的是他自己的衣袖。她有次笑着讲给他听这个故事，他故意装作不懂。

"为什么把我比成笨侦探？"

"因为你从来没有真正爱过我，你更爱你自己。"

"傻瓜，我当然爱你。"

她继续调侃他，他却真正生气了。此后她便不敢随便取笑他。但她想到他时，常会联想到那糊涂侦探。可能因为他太严肃了，连做那事时也是严肃的。也许他一出生就是这样，小小的国字脸一本正经？她愈是觉得他严肃得有趣，反而愈是喜欢他。什么时候他才会轻松一下？她第一次见到他，也是在记者招待会上，听他一本正经地训话，在脑海里替他一件件把衣服剥去。她喜欢玩这个游戏，把男人还原成原形。妹妹说她有轻微的虐待狂。她知道她没有，她只是喜欢看那些衣冠楚楚的男人，突然变成赤身露体，仍然毫无所觉地在众人面前走来走去……

　　记者招待会结束后，蓝齐仍然被一群女记者围住。王小玲和几位杂志社的主编站在另一角聊天。《生力军》总算垮了；洪醒夫等人又在申请登记两个新的杂志；《好望角》炮轰五部会，炮火殃及蓝齐。中了流弹的那人，正微笑着朝门外走。他终于偷偷望了她一眼，仿佛对她微微点头。他对任何人都是彬彬有礼，没有人会怀疑什么，而一次秘密约会却在酝酿。明天他准来吗？

　　王小玲感到一阵焦虑。明天下午，还有二十四小时呢！

六、失败的女人

　　蓝齐努力不显露出厌烦的神情，耐心聆听王小玲娓娓叙述。女人都是一样，迟早要对他讲述一生的故事，为自己的行为辩解。开始时常是半真半假的小小谎言，到变成有血有泪和盘托出时，他们之间的关系就发展到危险阶段，必须警惕了。他自知是猎者也是猎物。情场的狩猎开始时尽管新鲜刺激，最后收场总是无比艰难；即使他再有经验，也不能次次全身而退。

　　王小玲语气平淡地讲述她和前夫的往事。蓝齐站在她身后，欣赏她的背影。虽然已过三十，她仍然是风姿绝顶出色的女人。多少年前，他就听过她的名字。她是女状元，才貌双全，在学校里风头极健。同寝室的老郭和小吴都追过她，他倒不曾动心过。那时他只是个穷学生，除了念书，就是忙着兼家教赚钱。现在当然一切都不同了。中年男人的成熟、稳健、练达，靠晨跑维持始终不发福的身材，使他成为中年女性的宠儿。他不是傻子，他知道他绝非她们梦寐所思的白马王子，但她们却甘愿将他想象成十全十美的浪漫情人。

他做人一向小心谨慎，嘴巴从不乱讲，更令女性放心。也就是由于他谨慎的性格，使他在前晚王小玲突然打电话到他家之后，就暗自下定决心，该是分手的时候了。

"小杰三岁时，我怀了第二胎，"王小玲犹在述说，"仁杰却在我刚怀孕后不久，突然去了香港，正式和那女人同居。他根本不理我们母子，写信打电报去都不回，打电话去就说不在家，我没有办法，决心把孩子拿掉。"

"那时我们住在纽约，我连一个朋友都没有，也没有钱。我把小杰寄放在邻居家，到城中心医生那里去动手术，然后自己挣扎着坐地下火车回家。那天火车恰好很挤，我站了一路，好几次都快晕过去了，旁边的人都不肯扶我一把。我到邻居家接了小杰，抱着他回家，一进门就摔了一跤。小杰头摔破了，哇哇大哭。我抱着他，母子两人哭成一团。你真不能想象，那时我有多么痛苦。"

"真可怜。"蓝齐俯身向前，吻去王小玲脸上的泪水。她乘机搂住他，隔了一会才放开他，继续说下去。

"半年后仁杰终于回来了。我没有等他开口，就自动提议离婚。除了要求小杰归我，什么赡养费，我都一文不要。那时我已经决心要回来。你不知道，我每次做噩梦，都会梦见自己在纽约的地下火车里，痛得冷汗直冒，旁边的人却看着我冷笑。我今生今世，再也不要去那种地方，再也不要去！"

蓝齐忍不住又吻她。她梨花带雨的模样特别好看，脸色泛红，显得楚楚动人。他记起第一次在教师会馆，她换上黑绸内衣，衬着雪白的肌肤，挑逗地凝睇脉脉。他再也不会忘记这一幕，可惜情缘已了。他还会遇见别的女人，她也还会遇见别的男人，剩下的只有回忆而已。他开始为自己伤感起来。他遇到的女人多了，有的美丽而虚伪，有的老练而轻浮，眼前这女人却真正爱上了他。他永远不明白为什么女人会爱他，也许她们看出连他自己都不知道的优点，也许她们爱的仍只是自己的幻影。他其实并不值得爱，他也就这样大声说出来。

女人微微惊讶地低下头，似乎立刻就明白了他的意思，勉强笑了两声，抬起头来。

"抱歉，跟你讲这些不愉快的往事。其实也没有什么，过去的也就过去了。小杰和我，现在也不都活得好好的？读过张爱玲的《红玫瑰与白玫瑰》吗？她说得对，女人年轻初入社会的时候，碰来碰去无非都是些男人，后来总还有些别的什么，总还有些别的什么。"

"小玲。"他想说些什么，一下又想不起来。

"抱歉，忘记你不读小说的了。不读小说，不听音乐，不看电影。你知道为什么我愿意跟你在一起？因为我觉得你活得实在太无聊了。昨天记者招待会上，你还敢大谈什么长远的目标、不朽的理想。你说，你的理想是什么？"

他脸红了，她却说：

"傻瓜，再亲我一下。"

蓝齐依言做了，他突然轻松下来，这样半真半假的打情骂俏，是他所熟悉的。他不能不感激王小玲善解人意，替他避免了尴尬的摊牌。也许他们还可以维持原来的关系？但如果她又不甘心于低荡，再度提升冲突的层次呢？还是这样分手比较好。他有点举棋不定，终于决定将这问题留待以后再说。她真正爱他的话，也许一切都不成问题。她毕竟是绝顶聪明的女人。

七、失败的男人

王小玲走进巷口，老远就看见年轻的电脑技师站在家门口前等她。她暗自叹口气，经过下午的那一场，她实在精疲力竭，再没心情应付这痴情的美国人。但是妹妹已经跟小郑去了礁溪，她无论如何也得替妹妹招待鲍勃。

"鲍勃，听说你要走了？"

"明天下午的飞机，辛蒂呢？我找她两天都找不到。"

鲍勃神情沮丧，王小玲不免同情他的遭遇。

"我请你去吃晚饭，替你饯行吧。"

红海盗餐厅里只有两桌客人，王小玲和鲍勃拣了角落里的一张桌子坐下。自号"武松"的矮胖法国老板忙着写些什么，唯一的女招待在旁专心观看。鲍勃注视着宽厚的手掌，仿佛要哭出来。

"我知道辛蒂不想见我。你知道，我绝不会要求什么，她要我走，我就走。可是她连最后一晚都不肯同我在一起，实在令我难过，比被公司解雇还令我难过。"

"你回密窝集，没有工作怎么办？"

"我这一行找事并不难。实在找不到事，我还可以当木匠，替别人打零工。"

鲍勃天生就是干木匠的料，他的手比谁都灵巧。王小玲想起他才修好的花棚、替小杰做的木马。小杰对鲍勃佩服得不得了，每次回来，就忙着上楼看鲍勃工作。

"你走后，小杰可要想你了。"

"对了，我还替他做了一个木头的魔术方块，请你带给小杰。"鲍勃用手比着魔术方块的大小，"这么大，他的同学一定都会羡慕的。"

鲍勃还是个大孩子，难怪妹妹不喜欢他。其实小郑也不是妹妹真正喜欢的类型，但妹妹拿定主意要逮住小郑，正如她拿定主意要逮住蓝齐一样。她不免又想起下午的一幕：他几乎就准备分手，自私的男人啊。她早就知道他是这样子，为什么还喜欢他呢？她不是肯轻易承认失败的人，即使明知是场打不赢的战争。仁杰以前就狠狠骂过她，说她死拖住他不放。到底她还是放手了，却被拖得遍体鳞伤。三十四岁的女人，不能再要求什么，她能够继续和蓝齐混多久呢？

"席拉，我很感激你对我这么好。"年轻的电脑技师正在说，"我知道，我是完全失败了。我一无是处，难怪辛蒂不喜欢我。"

"不要这么想。"王小玲言不由衷地安慰鲍勃，"你现在当然很难过，再隔一段时间，你就会忘记辛蒂。你有你自己的生活，对不对？"

"不，我不会忘记辛蒂，"鲍勃绝望地宣布，"我永远不会忘记她！"

法国"武松"亲自过来招呼他们点菜，王小玲只点了个洋葱汤，她毫无胃口。假如蓝齐能有鲍勃一半热情就好了，但蓝齐是典型的已婚中国男人，她能够把他怎么办？

"我会回来，席拉，我必再来。"

王小玲瞠目望着失败的男人，后者垂着头，嘴里喃喃念着：永远究竟是多久呢？好在还有十几小时，鲍勃就走了。那时妹妹正和小郑从礁溪坐火车回来，而小郑的太太正从东京坐飞机到台北，蓝齐正随着考察团去高雄，她则坐在社里撰写采访蓝齐的文章……永远究竟是多久呢？

八、成功的女人

妹妹回家已是深夜，王小玲迷迷糊糊醒转过来，听到客厅里传来余天的歌声。她走出卧房，妹妹斜躺在沙发上，轻声跟随余天哼着；

化妆箱和两只皮箱，摆在客厅正中央。

"鲍勃走了。"王小玲在妹妹身旁坐下，"他说他会再回来看你。"

"走了也好，你送他没有？"

"前晚请他吃饭。小郑怎么样？"

"没有怎么样。"妹妹说，"他太太知道了，提早回来，在车站等我们。你真该看小郑那一刻的表情，这样闹开了也好，否则还不知道拖到什么时候才摊牌呢。"

王小玲注意到妹妹眼中噙住的泪水，她轻轻抚摸妹妹的长发。

"去找妈，在洛杉矶住一阵吧。我也想出去跑跑。我们一起去好不好？"

"没有关系，过两天就好了。"妹妹擦去眼角的泪水，勉强笑道，"人算不如天算，还以为这次成功了。在礁溪他答允带我去欧洲，什么都答应了。"

"不要想他。本来我就觉得小郑不配你。"

"蓝齐也不配你。"妹妹说，"怎么搞的，我们老是为不值得的男人费尽心机。杂志社你走得开吗？"

"没有什么走不开的，明早我就去请假，早点睡吧。"

她们结果并没有立刻就寝。王小玲为妹妹煮了酒酿鸡蛋，吃完消夜，两人都睡意全消，静坐在客厅里聆听外面的雨声。落在阳台上的雨点忽大忽小，偶尔有汽车从巷子里驶过，王小玲便看见长窗毛玻璃上面蠕动的水珠。

"礁溪也下雨吗？"

"不知道，在旅社里住了两天，没有出去过。"妹妹喟叹着说，"真侍候他够了，也不晓得为什么要这样糟蹋自己。"停了一会，妹妹轻声说，"有时候好想爸。你会不会想他？"

"嗯。"

"他到底长得怎么样？是不是像照片里那样英俊？"

"比照片还要潇洒。"王小玲抚摸着妹妹的头发。妹妹几乎等于没有见过爸，从小就喜欢问她这个问题，她也永远同样地回答。"妈说爸是她所见过最潇洒的男人。"

"奇怪，现在就找不到这样的男人吧，可能男人还是穿军装比较好看。"妹妹抱着椅垫，认真地说，"姊，你会不会觉得，这几年我们碰到的男人，无论干哪一行的，都带有几分邪气？"

"是你自己心理作用吧。"

"是真的。我一直以为小郑与众不同，有男子气概。今天他太太在车站等我们，我看他那个样子，突然觉得他好邪，反而替他太太感到难过。真的，现在即使他来求我，我也不一定肯嫁给他。"

雨这时落得更大了。王小玲打开长窗，雨丝飘进来，对街的路面一片蓝花花的水光。

父亲，我们挚爱的父亲，你永远是我们的英雄，你永远活在我们心中。为什么你不保护我们？为什么你任我们沉沦？父亲，我们挚爱的父亲。照片里的你身后是蓝天白云，阳光普照。你也经历过这样的雨夜吗？你也经历过无垠的黑暗吗？

"姊，你真的想去找妈？"

"你不想去？"

"见到那个姓梅的，你肯叫他爸爸？我看他的照片就觉得讨厌。"

"本人也许比照片好看，有人就是不上相。"

"才不会呢。妈真是老糊涂了，姓梅的哪一点比得上爸爸？这么大把年纪还要再嫁，我不可能会原谅她。"

我应该把小杰接回来住，王小玲想。过正常人的生活，好好尽母

亲的本分，做个成功的职业妇女。但是我宁可躺在他怀里，我需要人
照顾我亲我疼我爱我。爱情并没有什么可耻，欲念并没有什么可耻，
至少我没有欺骗他。他欺骗我也没有关系，只要他不看轻我，只要他
对我稍微好一点……

"姊，别哭了。"

妹妹依偎着她，整个人冰凉，她不由得紧搂住妹妹。

"进去吧，别冻着了。"

"姊，你也别着凉。"

窗外仍然淅淅沥沥落着雨，小杰晚上会盖好被吗？明天一定要把
他接回来，明天一定要去接小杰。

九、楼下的男人

小杰穿着笔挺的乐队制服，气宇轩昂地站在台上，专心注意指挥
老师的手势。虽然台上满满站了三排人，但王小玲只看见小杰。孩子
长得真帅，就是嘴唇稍薄，像他爸爸。都十一岁了，也不知道什么时
候变成这副小大人模样。前几年还肯让她亲亲，现在连搂他一把都会
臊红了脸拼命挣脱开来。小杰在亲戚家住了两年，王小玲感觉得到孩
子逐渐和她疏远。前一阵子鲍勃还在的时候，小杰一回家就兴冲冲往
楼上跑，要鲍勃替他锯这个钉那个。昨天把他接回来，小杰发现鲍勃
走了，有大半天沉着脸生闷气，王小玲怎么哄也哄不好。孩子发脾气
时薄薄的嘴唇发白，那模样更像极了一个人。一直到今早要去学校参
加恳亲会前，他还在闹情绪。王小玲最恨看小杰生气的样子，又不知
道该怎么说他。幸亏郑立功出现，替她解了围。郑立功捧来一大束红
玫瑰，一副负荆请罪的神情。王小玲老实告诉他，妹妹不想再见到他；

郑立功仍旧笑嘻嘻的，主动要求送王小玲和小杰去学校，又答允下午带小杰去看《星际大战》。王小玲晓得郑立功存心戴罪立功，也乐得让他献殷勤。

台上的小乐队表演完一曲，郑立功拼命鼓掌，对王小玲说：

"玲姊，小杰的小提琴愈来愈好，的确很有天分。"

"像他爸爸，"王小玲说，"可惜粗心大意、不求上进，也像他爸爸。"

"玲姊，你这是连我也骂进去了。"郑立功笑道，"玲姊，男人都难免粗心大意。像这次的事，都是因为我计划不周，难怪小芸生气。早知如此，就自己开车去礁溪，也不至于在火车站当众出丑，都是我的错。小芸三天不上班，我简直什么都不能做。我现在才知道，她对于我真是太重要了。玲姊，我绝不敢再要求什么，只求她气消后回来上班。"又叹道，"我最近也是流年不利。上星期有位工人被解雇，爬上水塔大闹，昨天又服毒自杀，报上都骂我们厂苛待员工。一波未平，一波又起，我真够倒霉了。"

台上的小杰拿起小提琴，侧着脸，调整弓弦。王小玲怜爱地望着孩子，嘴里说：

"你真爱她，为什么不离婚？"

"我一定会离婚的，这是迟早的事。玲姊，我……你是过来人，应该晓得我的苦处。不幸福的婚姻，真如枷锁一样……"

台上又开始演奏。王小玲咀嚼着身旁男人的话。他也是不肯吃半点亏的人，能这样说算是难得，或许妹妹真正逮住他了。火车站的一场遭遇战，失败的或许并不是妹妹这一方。郑立功的太太现在又在做什么呢？三年前，她也经历过同样的一场苦战，她甚至不知道该同情哪一方。这是场最古老的战争，也永远没有真正的胜利者。人为爱而战，却为恨而死。那永远不变的又究竟是什么呢？

"玲姐，"郑立功轻声说，"替我劝劝小芸，先回来上班，一切问题我都可以想法解决。"

"你太太知道你们还在一起，不会再闹？"

"我会想办法。一切问题，我都可以想办法解决。"

"我妹妹不能永远当你的情妇。"

"我知道，"郑立功恳切地说，"给我点时间，我会慢慢解决问题。"

王小玲想到蓝齐，他竟连郑立功也不如！她不由得愤愤不平，把手指的关节捏得发白。他总该付出些代价的，天底下毕竟没有那么便宜的事。

十、楼上的女人

鲍勃走得匆忙，王小玲费了一整晚的时间，才把楼上的房间清理干净。短短几个月，鲍勃不知道买了多少木工的工具；塞在工具箱里的不算，挂在墙上的就有十几种锯子和榔头。床底下除了堆积成小山的木条，还有许多画框——有一阵子，鲍勃经人介绍，做过裱画的工作，后来嫌钱少不肯做了。几十本翻版的电脑书籍，他也全未带走。连那位女学生写给他的英文情书，都随便放在床头柜的小抽屉里。情书还是妹妹发现的。王小玲努力拔除墙上的钉子时，妹妹便大声阅读女学生的情书给她听。

"奇怪，鲍勃竟然有这么许多我所不知道的优点，真看走眼了。"妹妹说，"姊，何必这么仔细整理呢？都扔掉算了。"

"万一他回来，总要还给人家，全扔掉太不好意思。"

"他不会回来的。"妹妹决绝地说，"他回来我也不会再理他。"

"小郑要你回他公司，你回不回去？"

"当然不回去。他下午又打电话来，我告诉他，我们要去洛杉矶。他若真有心，就到洛杉矶会我。"

王小玲和一根长钉奋斗，拔得满身是汗。妹妹也过来帮她忙，两人轮流拔，仍然不能动摇长钉分毫。

"气死人，他什么不会，就是会钉钉子。"妹妹边拔边骂，"假如我真嫁给他，每天听他钉钉子，都会发疯。杂志社你请好假了？"

"做到月底，这期出刊后就走。"

"蓝齐呢？"

"他知道。"王小玲一不小心，差点用老虎钳夹伤自己的手，"他最近被人打击，受了挫折，似乎心灰意懒。"

"他知道你要走，没有说什么？"

"有点急吧，约我见面长谈。"

"让他急，"妹妹说，"让他急，不必见面。"

"总要见面一次，把话说清楚。"

"说不清楚的，说清楚时就该分手了。姊，你不能心软。想想看，你需要他的时候，他为你着想过没有？"

王小玲总算把弯曲的长钉拔出来，扔进垃圾桶。这是最后一根钉子了。她揉着发酸的手臂，说：

"记得《上错天堂投错胎》那部电影吗？华伦·比提的魂先附在老富翁身上，然后附在黑人足球员身上。朱丽·柯利斯蒂看到球员的眼睛里有华伦·比提的眼神，虽然是短短的刹那，她却明白这是她永远挚爱的人。这一刹那之后，她所爱的人就永远不存在了。可是情仍然在，并且永不消逝。"

妹妹连连摇头。

"别傻了，姊，这样想你会发疯的。"

她们把鲍勃的房间收拾清楚，王小玲将鲍勃的东西都堆到一角，在床头柜摆上小杰的照片。仁杰若从香港回台北看小杰，也许也会住在这里。仁杰，她还管仁杰做什么？她想到蓝齐。他现在失意了。他总该付出些代价的，也许这正是清偿的时候。但是她要的是他吗？还是她也无法说明的什么？她也许该去会他。但也许妹妹说得对，该让他急一阵。她怔怔站在清理整齐的房间中央，抚摸着裸露的双臂。妹妹过来依偎着她。

"姊，别想了，他会投降的。"

他会投降吗？她要他投降吗？王小玲感到一阵迷惘。

十一、塔里的男人

她竟还没有来。蓝齐焦躁地从旅馆七楼房间的窗口望出去。路灯一盏盏点亮，下班的拥挤时间早已过了。以往都是她先来等他，有一次他迟到三个钟头，她开门时眼睛都哭肿了，令他觉得歉疚而得意。但他并不是没有心肝的人，自问对她不薄。想不到在他饱受打击时，她竟也忍心让他焦候。无情的女人哪！他早该清楚，她们爱的不是他，而是他的权势。

旅馆里过分充足的冷气，吹得蓝齐浑身冰凉。只有他这样的傻子，才会在一个不值得的女人身上花费这么多精神。现在他是闲了。过去即使在他最忙的时候，他也不忘记每天给她打电话、送小礼物、耐心聆听她种种埋怨。他从没对她抱怨什么。连她违反彼此间的约定，晚上打电话到他家，事后他也没有说过一句难听的话。想不到他才下台，她就背弃了他。好狠心哪！

蓝齐垂首坐在床沿。这社会不原谅失足者，即使是小小的过错，也足以构成终身的污点。昨天还全力捧他的人，今天却合力打击他。连情人也离他而去，他是彻底、彻底失败了。

她还没有来，也许她不会来了。他记起他们初识时，他带她去金山，傍晚两人携手在沙滩上漫步；她穿着鹅黄的长裙，手里提着高跟鞋，满面红霞，仿佛只有二十来岁。怎么那时没有想到珍惜这份感情呢？他不由得后悔起来。她应该是爱他的，怎么不同情他现在的处境呢？

她说她要出去，她真会走吗？蓝齐想起另一位离开他的女人。那女人离开他多少次，每次和别的情人吹了，便又回到他身边来。一直到最后，她远嫁到泰国，才真正离开了他。小玲也会回来吗？他一向以不动真感情自傲，多少女人自他身边经过，他均不会回首一顾。这次他会为一位已过三十岁的女人动情吗？

他凝视着镜中的自己，颇惊讶自己突然苍老许多，头发竟半已斑白，几个月前似乎还不是这样子。小玲！他突然在心中狂喊着她的名字。不，他不能就这样让她离开他，他必须想什么办法。她还没有来。也许她不会来了。他必须想什么办法，不能就这样算了。

于是有生以来第一次，他自以为坠入了情网。

十二、塔顶的女人

水塔约有十五米高。女人站在塔顶，手持一方白布，与塔下的人对峙着。水塔四周围满了看热闹的人。一位警员想爬上去，塔顶的女人作势欲跳，刚爬上梯子的警员又赶紧退回来。

下午三时左右，原本乌云密布的天空，落下毛毛细雨来。围观的人见塔顶毫无动静，散去大半。憔悴的女人站在原形塔顶的边缘，将白布围在腰际，不时用手拭去脸上的雨水。塔下的警员轮流拿着手提扩音器对她喊话，脖子仰得酸了，就将扩音器交给另外一个人。四点多钟，附近的学校放学了，水塔四周又重新围满了人，警员喊话也喊得更起劲些。塔顶的女人把裹在腰际的白布解下来，双手持着，让众人清楚看见上面写的"还我丈夫"四个大字。

五点半钟，记者来了，厂房门口站着十来名彪形大汉，拦阻众人进去采访。其中两位年轻好事的，几乎和摄影记者打了起来，幸亏被警员及时拉开。记者围在水塔下，镁光灯闪烁了一阵。那憔悴的女人站在塔顶，努力挥动着白布。一位厂方的高级人员不久也赶来，面带微笑对记者解释整个事情的经过。

塔顶的女人继续站到黄昏。雨停了，围观的人又换了一批，中学生的稚嫩，变成了晚饭后出来散步纳凉者充满倦容的脸。记者都赶回报社交稿去了，只剩下一家杂志社的女编辑，兀自站在塔下。她仰首望着塔顶的女人。塔顶的女人仍持着白布，一动也不动固执地站着。天逐渐黑下来，透过看不见的层层雨云，似乎出现几点星光。当夜晚降临时，那女人依然屹立在塔顶；另外一个女人也依然守候在塔下，仰首望着塔顶的女人。

【导读】

张系国，江西南昌人，一九四四年生。新竹中学毕业后入台大电机系，到美国专攻电脑科学，柏克莱加州大学博士。他的小说大多从人在宇宙中的位置来思考人存在的意义与价值。其著名的作品《棋王》便是借各种空间的科学理论点出入已知与能知的局限，并进而推演出意志在人生选择上的决定性位置。《不朽者》与《游子魂》两书所收录的各篇也具备了同样的认知基础。

中国古人说：立德、立功、立言为"三不朽"，但所谓的不朽便是要以人易朽且速朽的生命去跨越永恒时间的长流。即便如夸父追日的宏志，犹不能使其未竟的功业永垂不朽，更何况还是这瞬息万变的人世里人人自以为是的正义呢？

一个手持"主持正义"白布的塔顶的男人，一个高举着"还我丈夫"白布的女人，一头一尾便涵括了小说里男男女女的各种关系。这些在楼上、楼下、高处、低处来来去去的人，相互交错出各自在爱情、文化、经济关系里多重的发言位置。优势与劣势、强势与弱势，随着时空的变迁、主从易位而有了不同的姿态与评价。于是一个有权有势的男人，可以在失势后居处爱情里的弱势；同样是情妇，一个可以呼风唤雨，一个则要委曲求全。而一个在自己国家自信满满的外国人，却在异乡摇尾乞怜他的爱情。既然每一个人都处于也高也低的各种权力位置，那么谁是迫害者，谁又是被迫害者呢？所谓"主持正义"，正义是由谁说，又是由谁来认定呢？

希腊神话里有一个不断重复推滚巨石于山顶与山谷间的西西弗斯，他之所以能成为不朽的神话，并不是由其所处的山顶与山谷位置来决定的，也不是巨石、肉体的坚固不摧所铸成，而是他不逃避不退缩，要永远与宙斯对抗的意志。

所以当那个失去群众的、被妻儿劝回家的男人轻易地放下手上那幅空虚的正义符号，两个女人却可以用无关乎爱情，纯粹只是要定了某一个男人的那种意志，轻易便跨越了不朽。

——许琇祯撰文

吾土

洪醒夫

吾土吾民之声。

等了很久，终于看到那一胖一瘦从远远的一排防风林拐过来。马水生扔掉短得不能再短的烟屁股，站起来，举起粗大的右手，懒洋洋挥两下，算是打了招呼。

走在前面的，是溪尾寮那个陈水雷，他看起来像一只肥唧唧的番鸭，走路屁股摇来摆去，身上那堆肉，仿佛要从衣裤里迸裂出来一般；他边走边用原先别在裤带上的毛巾不停地抹着看来有些浮肿的脸和粗粗短短的脖子。

跟在后面的，是细瘦矮小的富贵伯，他是半个驼子，年轻时靠挑陶瓮在各村庄来回叫卖讨生活，有一次闪了龙骨，右肩崩下去，从此直不起来，走路斜半边，还必须弯着腰，两眼就自然而然地看着地面，因此，有些人在背后喊他"龟仔"。

近年来，龟仔专做土地买卖的介绍工作，做得不错，马水生卖掉的那些田产，都是他搭的线。这一次，马水生又要卖地，他给他介绍陈水雷，并约好时间，带着来看地。

这一胖一瘦走到马水生旁边，停下来，胖的伸出肥短的手，朝远处一阵比画，问："这一块和那一块，还有那边那一片是不是？"

"是。"马水生特别强调着，"从这边开始，到那边第二排防风林为止，总共一甲五分七。"

"嗯，嗯，那，我就免去那边看了，其实，也没有什么好看，拢总是贫瘠的沙丘地呀！"肥番鸭一屁股坐在树根上，没有忘记擦汗，"天气这么热，走路真艰苦！"

马水生应酬着嘿嘿笑了两声，眯着眼睛抬头向远处望去。这时大约早上九点钟，太阳已经很大，夏天的阳光照在青绿的叶片上，散发出一片温暖柔和的亮丽光芒，一丛丛健康强壮的花生株，排着整齐的队伍，欢天喜地地蔓延开去。稍远处，第一排防风林过去的芝麻田里，那芝麻约摸已有四五尺高了，它们头上开满了白色的小花，躯干上结实累累，果实的外壳还是青色的，密密麻麻地生在细瘦的茎秆上，马水生知道，如果距离再拉近一些，那芝麻秆上就好似井然有序地爬满了金龟子一般。然而，不管花生或者芝麻，再过一个月左右，都可以采收了，看样子，今年的收成会比去年好。

以前，这些地方哪有什么花生芝麻的，都是合欢林，一大片，大得看不到边，走进林里，如果不抬头看看太阳的位置，根本分不清东西南北。

台湾光复那年，马水生二十二岁，今年三十八，算算也不过是十五六年，这十五六年变化真大。光复前，连一畦菜圃都没有，光复后好些年，土地政策一实施，一家人种的那十几甲地，竟然都变成自己的！真像一场梦，一场想不到的梦；可是……两年，只不过短短的两年，又有这么大的变化，转眼间，土地全卖光了，这又像一场梦，想不到的梦！

唉，这大概是命！

村子里那些人，连同附近几个村庄里的人，没有一家像我马家这样歹运！自古以来因为吃喝嫖赌败家的有，可是我马氏一家没有一个子弟是这样的，大家都是勤勤恳恳忠厚老实过日子。几次问过庙里的保生大帝与五府千岁诸神，都没有结果，日日夜夜烧香拜佛，许下千万个愿，阿爸阿母的病仍然没有起色，花银票就像撕金纸，十几甲地都要花光了，父母还是皮包骨活僵尸的父母，这大概是命！

剩下这一甲多地卖了，往后便没有可卖的了，一家二十几口的生活……还有，爹娘的病……唉！管不了这许多，一枝草一点露，天无绝人之路，以后的事，以后再说。

所以，地还是要卖的，而且要卖现金，虽然舍不得，还是要卖！……以前卖的地，又有哪一块是舍得的？……天大地大，阿爸阿母最大，做儿女的，怎么可以丢下他们？如果丢下他们不管，将来在九泉之下见了面，他们即使不说话，又怎么有脸去会见祖父祖母列祖列宗？……再说，这些地也是他们带着一家大小辛辛苦苦开垦出来的，没有他们，怎么会有这些地？怎么会有这些这么好的土地！

可是，干！这个陈水雷讲话就像放屁噗噗噗，他说这土地贫瘠，又不是没有长眼睛，怎么看不见田里的花生芝麻长得比别人的都好？

虽然如此，嘴上却不好说些什么。……地卖多了，再没有先前那样容易发脾气，买地的人总是故意挑剔，以备讨价还价时理直气壮一些。多次的卖地经验使他世故起来，虽然心中不悦，却也浅浅笑了一下，笑得很自然。

三年前第一次卖地，一见面，对方说他的地不好，他立即激烈地跟人家吵起来，差一点开打。

如今，毕竟有经验了，经验可以使人得到教训，即使自己非常不喜欢这些经验。

所以马水生只能笑笑。他有趣地看着陈水雷。

陈水雷气喘如半，擦了半天汗，这才漫不经心地问："什么数字？怎么卖呀？"

马水生不知道怎么说才差不多，如果可以不卖，一百万他都不卖，但是……他犹豫了，他转过头看富贵伯，意思是让他说个数字做参考。因为他不知应该说多少，才不会让人占便宜。

那龟仔马上咳嗽两声，以行家的口吻大声说："我讲的都是公道话，绝对不会歪哥，富贵伯的名声你们也不是不知道……以目前的行情来看，这样的土地，一甲可以卖十二万……"

什么？！

这只龟仔愈老愈癫痫，讲什么疯话！

他急急打断富贵伯的话，愤愤不平地说："什么十二万？！哈！富贵伯，你内行人怎么讲这种外行话？岂有此理，二十万还差不多咧！什么十二万！你看，我这样肥的土地种出来的土豆、麻仔都那么好！你看，你自己看！别人的土豆是什么样？我的又是什么样？稍稍比较一下，什么十二万？……"

"阿娘呀喂！"肥番鸭呱呱叫，"水生兄你嘛不要这样狮子开大嘴，什么十二万二十万，要惊死人！……啊哈！照我看来，这样的沙田，能卖八万你就要笑笑！"

伊娘，这是什么世界？这是什么天理？八万元？！这样肥的土地一甲八万元，他也说得出口？不怕下颊落掉？

"喂！水雷兄，咱做人讲话拢总要存天理，"他说，"大家拢总有眼睛，好坏大家拢总看得懂，你老兄嘛莫滚笑，莫说那种没有行情的话，这样，买卖才好做！"

"是啊，是啊！"陈水雷笑着说，"你自己想看看，这样的沙田开价二十万，会惊死人！知道的人，会说你水生兄爱讲笑话，不知道的人……"

"我是正经的!"马水生坚定地说,"左边那块地,你看到了,几日前,金竹卖给过溪村的火财伯,一甲地十八万,他那种土地能卖十八万,我的二十万,又有什么不对!"

"哎呀,水生兄,你吗莫这样讲笑。"陈水雷说,"你也知道,金竹与火财伯赌博,赌输了,没钱还,拿土地抵赌债,这样的价钱怎么可以拿来比较?"

"但是,我的土地是这里最好的,村内的人都说这是一块良田,每年的收成都是第一,一甲价值二十万有什么不对?"

陈水雷还是笑,不怀好意地笑,一张浮肿的脸笑成圆圆的肉饼。他说:"话若这样讲,我只好说我失礼,二十万,我买不起,我们大家散散去,你卖给别人好了!"

富贵伯一看气氛不对,忙打圆场:"莫这样,莫这样,大家有话慢慢讲!"

马水生实在不甘心。要不是不得已,狗母生的才卖地哪!这些地可都是一锄头一锄头开垦出来的,一家大小为开地流下来的汗水,拢总加起来,保证会把这个陈水雷活活淹死。一甲八万元?干!这种无天无良的话他也说得出口!

原先四脚仔日本鬼在这里——离海不远的沙丘地,种了千千万万棵的合欢树,作为保安林,没过多久,这些合欢就肆无忌惮地茂盛起来,长得一大片青绿,这边看过来,那边看过去,都看不到边。

这些合欢树禁止砍伐,如果有人去砍,给四脚仔捉到,免不了一顿毒打,有时还会抓去"官厅"关起来,因此,没有人敢动开垦的脑筋。

二十几年前,当马水生还是十五六岁的少年时,战争打起来了,很多人被四脚仔抓去打仗。他父亲马阿荣身体细瘦,不识字,听不懂日语，四脚仔找去问话，一问三不知，被皮靴踢了几下，没有被抓去当兵，留在家乡当"农务"，给四脚仔种田。

战争愈打愈烈，物资缺乏，尤其燃料油更甚。"官厅"下命令，奖励农民种蓖麻，以补油料之不足，凡种蓖麻有收成的，拿去"官厅"缴纳，可以卖钱，但价格极低，蓖麻又轻，不上秤，一大麻袋也卖不了几个钱，大家不愿意种，可是不种又不行，日本鬼逼急了，他们就去领些种子来，田头田尾一片乱撒，敷衍了事。

那时马家很穷，没有自己的土地，阿荣伯时常说，为这一家的长远发展打算，要想办法开垦一些土地，有土地才有依靠……可是，一直找不到机会，附近除了大片保安林之外，没有荒地，有人也有锄头，却无用武之地。

然而，种蓖麻的命令一下，阿荣伯灵活的脑筋转了几转，马上有了主意，他的主意打在那片广大无边的合欢林上面。不几天，他喜滋滋地去领了好几袋种子，天没亮就把一家人叫醒，带锄头与种子，进入保安林中心地带林深草茂之处，开始动手开垦起来。阿荣伯对一家大小说，树林中心比较不容易被人发现，要是被四脚仔发现，大家讲好了，就说自己没有地，"上面"又需要蓖麻，只好开一些地来种，四脚仔大概不会怎样才对。

这是在强权下求生存的主意，也亏阿荣伯想得出来，从此一家大小几乎不分昼夜都在勤快工作，比较小的孩子，只要拿得动任何挖土的工具，阿荣伯就教他拿着慢慢挖。在忙完其他田里的工作以后，哪怕只剩下一点点时间，都不轻易放弃。阿荣伯鼓励孩子说：多挖掉两棵合欢，就多一点土地，我们就多一分希望。

开垦出来的土地是要种东西的，所以不是把树砍掉就好，要把树根也挖掉，合欢树实在讨人厌，有些根是深深地扎进地里的，挖半天也挖不出来，开垦的那种艰苦，只有有过经验的人才能体会。

挖了两天，只挖出一点点空地，手都起泡了，锄头拿在手里，热热的，麻麻的，一用力，就有一种被撕裂的感觉，实在痛，所以马水生挖一下停一下，不断地看自己的手。

"伊娘咧！"阿荣伯凶猛地骂，"地不挖，在那里看手，手有什么好看！"

"起泡了！一双手都起泡了！活活要痛死！"他委屈地说，眼泪快要掉下来。

"起泡有什么好看！看一看就不痛了是不是？乞食身也想要有皇帝命，一点点艰苦就大惊小怪，叫什么？活到十五六岁了，还那样不会想，也不想想我们屁股有几根毛！干！敢有时间叫苦？"

本来就觉得很受委屈了，现在又受父亲一顿斥骂，更恨不得立刻去死。他想，父亲简直不顾他的死活，手都快要擦破了，还骂得那样严重。

不但这样，阿荣伯还凶巴巴地下命令：

"挖呀！憨憨站在那里做什么，还不赶紧挖！"

他不敢反抗，拿着锄头，有一下没一下地挖着，眼泪一颗颗掉下来。

这样挖了一会儿，阿荣伯走过来，轻轻拍着他的肩膀，小声地，十分疼惜地说："不要哭了！我知道很痛，但是我们要忍耐。你想想看，我们就要有自己的土地了！"

他没有讲话，也没有抬头，却窸窸窣窣哭出声音来。

阿荣伯叹了一口气，又轻轻在他肩上拍了两下，慢慢把双手伸到他的眼前，不疾不缓地说：

"你看阿爸的手！"

一看到那双手，马水生的脸色立刻变了。

都是血！

一双手都是血迹。有的血已经干了，变成暗红色，有的却还是鲜鲜艳艳的红！

他一时目瞪口呆，吃惊得说不出话来，看看父亲的锄头，握过的地方血印斑斑，又看看自己肩上父亲拍过的地方，也留有一些血渍，转头去看母亲，没想到母亲也对他伸出一双血手。

阿爸阿母这一辈子都在种田，手掌早已磨得又粗又厚，现在居然磨破了厚皮，磨出一手鲜血，可以想象他们真是拼了命！……痛，人是肉做的，当然会痛，然而他们并没有我这样愁眉苦脸的表情，反而有一种平和的坚定的淡淡的喜悦之色……

一种从未有过的激动，一种从未遭遇过的强有力的震撼，使他发现自己已经是一个男子汉了，他咬紧牙关，用手臂把眼泪抹掉，深深地挖了下去！

挖呀挖，把水泡挖破了，挖出血来，把血挖干了，挖成了茧，然后茧愈挖愈厚！

每次收工，父亲总会在已经暗下来的天色下，在挖过的空地上，跨开大步，一、二、三、四、五……一路数下去，有时会激动地说："我们终于有自己的土地了！"

"不要含眠！"母亲骂他说梦话，"这土地是'官厅'的，四脚仔管，我们又没有所有权，讲什么疯话！"

"哈！查某人不识世事，你知道什么？"父亲说，"有一天，四脚仔会被赶走，那时……"

那时是那时，这时是这时——

这时，陈水雷说这样的土地一甲能卖八万就要笑笑，伊娘咧，实在无天良！

马水生蹲下去，小心翼翼拨开脚前一丛花生的枝叶，拔掉一棵杂草，那样子，就好像他平日给狗抓蚤子一样；看那花生长得实在健壮美丽，心里便禁不住一阵阵割肠剖肚似的疼痛起来。

富贵伯说："大家莫这样，水生你再减一点，水雷你再加添一点，买卖就做得成了！"

马水生说："好吧，既然这样，那就……十六万就好！"

前几天陈医师习惯性地皱着眉头对他说："水生兄，你知道，吗啡这个东西不容易拿到，都是现金交易……"

"哦，我知道，我知道……如今拢总欠你多少？"

医生翻翻他的账册，说："三万六千多。"

"这么多？！"他微微吃了一惊，马上坚定地说，"你放心，我绝对不会倒掉！……这几日，我已经叫龟仔去奔走了，要卖土地，土地卖掉，一定跟你算清楚，　角五厘拢总会跟你算清楚！"

"呵呵呵，你莫这样说，你们兄弟的孝心，大家都称赞，我也真正钦佩……我不敢向你讨钱，实在是……实在是，我最近手头不方便，没有现金可以去拿药，所以……所以……若不是这样，你就是十万八万也没有关系！"

田庄人拼死命地节俭，因为一角五厘都得来不易，所以看钱比天大，除了花在神明与朋友身上，其他的地方一概能省则省，对自己尤其苛刻；自己的身体有了病痛，都舍不得花钱看医生，认为一点点病痛碍不了什么事，用不着花钱，顶多在家里药商寄存的成药包里，拿点药吃吃就算了。——咳嗽，自然吃治咳嗽的药，头痛，自然吃治头痛的药，所以，急性肠炎很可能吃胃散，脑里长瘤很可能吃感冒药或是镇痛剂。病体严重起来，第一个反应是求神问卜，连神明都无法解决的，才送给医师，不管是急性的或是慢性的要命的病，送到医师那里，十之八九都坏了，大都已到群医束手回天乏术的地步了。

马水生的父母便是这样，先是咳嗽，没有管它，愈咳愈厉害，吃成药包里治咳嗽的药，没有效，咳出了血，人一天天消瘦下去，还是草药或是加重分量的成药胡吃一通，最后瘦成了皮包骨，面色黄，眼圈黑，两眼深陷，就保生大帝五府千岁的求，自己村里的神无法使病人康复，求别村庄的神，求更远的，口碑最好最灵验的神。还是没有办法，只好送进医院，一检查：肺结核！并且已经到了让医师摇头的地步了！

这个病会传染，两个老的几十年住一起，不知是谁传给谁的？唉！反正情况已经大坏，谁传给谁都一样了。

没有特效药。医生说，必须赶紧隔离，送到疗养院去长期疗养。

去了十天半个月，一点起色都没有，两个老的没有知识，不晓得这个病的严重性，都认为医师骗他们，设好圈套故作惊人之语，要骗他们的钱。而且，院里就只有病房、庭园、花草树木等等，闲闲的，不知做些什么才好，从来没有闲过的人，一旦闲下来，会惶恐起来，不知怎么过日子，看不到自己的儿子孙子、鸡鸭猪狗，看不到田地农作物，一天到晚尽是牵挂，儿子来了，吵着要回去，医生不让回去，用三字经骂人家，骂人家骗他的钱会绝子绝孙！

硬是回到家，请了陈医师看，医师看了直摇头，给两人各打一针，一言不发，走了。

针打下去不久，两个老的脸色逐渐红润起来，精神来了，跳下床，欢天喜地屋前屋后看牛羊鸡鸭猪狗，看孙子们扭成一团玩得高兴，他们笑起来，随手摸摸孙子们的头，还去田头田尾走一遭，笑呵呵跟村人打招呼谈天说地，像一对神仙。

回来吩咐儿子，明日再要陈医师打针。

打了两天针，陈医师对马水生兄弟说了实话，说这个病好不了，尤其碰到两老这种自幼操劳，经历许多磨炼，生命力特强的人，要结束生命也不容易！医师告诉他们说，他打的是吗啡针，并详细说明吗啡的性质、功用、价钱以及可能产生的后果。

听得他们兄弟个个脸色惨白。

气氛自然沉闷，兄弟们只是摇头叹气，一个接着一个，一声接着一声，大家都不知道应该说些什么才好。病无法治好，人也不会在短期间内死去……老人家又固执得不近情理，不肯去住疗养院，这怎么办？打吗……吗啡针基本上是吃毒药，它能提神，止咳，却与治病无关，不但无关，还会要命！还会倾家荡产……如果不打针，两个老的只能奄奄一息地躺在那里，被痛苦煎熬，煎熬……至死方休……为人子者，忍见父母这样拖命吗？……唉！

兄弟们的脸，被愁云惨雾笼罩着，像罩上一层沙灰，黯淡，了无生气。大家颓丧地坐在那里。没有人说话。沉默良久，马水生终于开口了。

他说："阿爸阿母歹命一世人，没有一天好日子过，我们做人子女，怎么可以眼睁睁看他们痛苦地拖命？钱财总是身外之物，生不带来死不带去。开！这样的钱应该开！只要能让阿爸阿母欢喜再活一两年，就是会破产，也要笑笑！"

兄弟们立刻激烈地表示赞成。他们每个人几乎每一天都看到他们父母的不忍卒睹的枯槁的形貌，也看到惊心动魄的咯血场面，印象不仅清晰深刻，还时时盘绕在脑海之中，挥之不去。只恨此身无能，不能替代父母，亦不能使父母免于痛苦的煎熬……钱？钱算是什么东西！

陈医师说："你们要想清楚，一两年以后，就是破产了，问题还是没有解决掉！"

"那时再做打算！"马家一个兄弟说，"时到时当，无米煮番薯块汤！"

医师摇头，长长叹一口气，走了。

就这样打了两年针，十几甲地都快打完了，今天这一甲多再卖掉，便没有可卖的了！

唉！这大概是命！——马水生时常这样跟自己解释。

他站起来，把斗笠戴到头上去，隔一会又摘下来，拿在手里当扇子扇，扇两下，又戴上去。陈水雷已经把他的烦躁夸张地表现出来了，只有富贵伯还是呵呵呵地笑，口沫横飞，有时看他笑得起劲，也免不了要跟着咧咧嘴。

终于，陈水雷伸出他那肥短的手来，斩钉截铁地说："就这样决定，一甲十二万，现金，先付定金两万，其余的手续办好时一次付清。明早八点，我在你们村里的店仔头等你，两万订金我会带去，你回去跟你兄弟商量一下，明天回我的消息！"

马水生说好，伸手去握那只手，只碰触了一下，对方就把手抽开了。在极短暂的接触里，他感觉到，也许是流了手汗，对方那只手，是湿黏冰冷的！

这一胖一瘦转身就走，他失神地看着他们的背影，一直到他们消失在防风林里，才收回视线。

怅怅然地站了一会儿，无端感到疲累起来，这才想到昨晚一夜没睡好，整个人便瘫下去，萎坐在沙地上，衣袋里摸出烟来，点上火。

昨天夜里整夜翻来覆去，一直在将睡未睡的境界里，蒙眬中，有一片漫无边际的合欢林一再出现，他拿着锄头拼命地挖，挖，挖掉一棵，马上又长出一棵来，太阳又大，沙又滚烫，又饥又渴，嘴唇干裂，浑身无力，却仍然在那里挖，挖，挖……

鸡啼时翻身下床，意外地感到筋骨酸痛，疲惫异常，拿着喂猪用的勺子，手竟乏力得有些颤抖的模样！

地卖光了以后，一家大小二十几张嘴，吃的大概还不成问题，靠七八个大人做粗工，虽吃得不好，不过，一枝草一点露，日子还是可以过！

最令人放心不下的，还是两个老人家的问题。两年前，刚刚开始时，一天打一次针，现在一天要打两次到三次了，每一次的分量都比以前多……到哪里去弄钱？

弄不到也要弄，阿爸阿母歹命一世人……以前的人——做戏的人有在说——把儿子埋掉，专心孝顺父母，以免儿子吃掉父母的食物。我们现在人当然不可以杀儿子，却也绝对不可放下父母不管！要做工，一家人都要拼命去做工……

太阳渐渐大起来，树影渐渐缩短，他移动了一下位置，把身体靠在树干上，两腿伸直并拢，裸露在短裤外边的腿肉，便自然地接触到凉爽的细沙，顿时有一股真实的温馨的、仿佛久游异乡的浪子乍见亲人的感受袭上心头，蕴存在心里的丰盛感情便蠢蠢然沸动起来。他用左手拿烟，腾出右手，有一下没一下地把细沙拨上来，盖在双脚上，愈盖愈多，愈觉得舒畅，索性扔掉烟，双手勤快地拨动着，不一会儿，两只脚都埋在细沙里了，那种感觉竟如此熟悉而美好，凉凉的，清清爽爽的，连空气都异样地清新起来，使人泫然欲泪。多少年没有这样玩过沙子？二十年？二十五年？还是三十年？……记不清了，小孩子时候常常这样玩，长大了便只是在田里工作，没有那个闲情，然而，纵使事隔多年，那个美好的感觉还是清楚熟悉的……

好一块美好的土地哪！

　　阿爸为它付出庞大的代价，我们兄弟也是。土地是我们的，我们开垦的，要爱护它，要照顾它，不要怕艰苦！——阿爸身体健康时，时常这样说。但是，我把它卖了，卖了，十几甲都卖了！

　　那时候，这里那里都是一片翠绿无边的合欢林，我们开垦它。阿爸对它充满信心，他说：有一天，四脚仔会被赶走……

　　然而，四脚仔并没有马上被赶走，反而发现他们"违法"开垦的事。

　　有一天，一个矮胖的日本警察突然出现在他们眼前，虽则事前曾设想过应付的办法，然而大家还是怕得要死，那时谁看到日本仔，都会像看到鬼一样的面无血色。那日本警察凶暴异常地大声吼叫，叽里呱啦一大堆，除了那句不断出现的"巴格野鲁"之外，马水生一句也听不懂。只见阿荣伯不断地点头鞠躬，嗨嗨嗨，嗨个不停。他手里提一袋蓖麻种子，还捧出一捧给四脚仔看，跟他比手画脚，如此折腾半天，四脚仔才"嗯"了一声，紧接着更是声色俱厉地叽里呱啦好几句，终于，补上那句他们似乎永远都不会忘了说的"巴格野鲁"，走了。

　　等四脚仔的背影没入那一大片合欢林中看不见时，阿荣伯才呸了一口，用不大不小的声音骂："巴格野鲁，四脚仔！"

　　"四脚仔讲什么？"阿荣伯的女人很紧张地问。

　　"我怎么知道？他像疯狗一样汪汪汪，汪半天，伊娘咧，那种番仔话哩哩噜噜，谁知道他在讲什么，干！鬼干到也不是那样汪汪叫！"

　　日本话是听不懂，不过看四脚仔讲话那个样子，又不断地"巴格野鲁"，意思自然不难明白。

　　所以，阿荣伯说："这里不能再挖了，我们要换个地方，不要让四脚仔再找到我们！"

　　于是把开垦出来的土地先种上番薯，再胡乱撒些蓖麻种子，然后转移阵地，离开几百米，又挖起来。种番薯是真，种蓖麻是瞒天过海，真是卑屈的求生存的办法。以后每块土地都是这样，挖挖挖，一两分地三分地不等，就又换个地方挖。

没挖多久，出事了！

出事的地点，就是现在种芝麻的地方。

那天除了先前来过的那个矮胖的以外，还带一个比较年轻高大的，一进来，什么都没说，噼里啪啦，拳打脚踢，一家大小都挨了打，连那时只有四岁的最小的弟弟都挨了一脚。小娃娃挨那一脚显然不轻，却没有哭，傻傻地坐在树下，瞪大了惊慌的眼睛，等四脚仔走了以后，才哇的一声哭出来，一哭就是半天。

阿荣伯被打得最重，吐血两次。没有人敢还手，只是抱着头在地上打滚。阿荣伯吐血以后，双膝落地，跪在那里，口口声声哀求着："大人啊，大人……"

人跪着，还不停地叩头。对方直挺挺地站在那里，双手抱胸，嘿嘿嘿得意地笑着。他们的皮靴在阳光下闪闪发光。此时跌坐在地上的十六岁的马水生，目不转睛地看着他们，他偷偷地握紧拳头，愈握越紧，把拳头按在沙上，终于深深地陷入沙里。他早已忘了被踢被打的疼痛，心里唯有悲愤，却只能咬牙。

四脚仔并不罢休，又对阿荣伯补了几脚，那个高大的突然用闽南语大声吼叫：

"七月半鸭仔，不知死活，教你不可偷掘地，你偏偏偷掘，今日只是小小教示一下，下次再让我看到，就活活把你打死，不信你给我试看看！"

大家都感到意外，闽南语那样标准，不知道他是日本人还是中国台湾人？

那两只狗走了以后，阿荣伯挣扎着自己站起来，用手背恨恨地抹去嘴角的血渍，悲愤地骂："伊娘咧，我们自己的土地，我们自己为什么不能开垦！伊娘咧，总有一日，不信你试看看，总有一日，你们这些四脚仔，干！拢总要跳海！"

马水生从未看过父亲有那样凌厉、凶猛、激动的剑一样的目光，他站着，怒睁着双眼，手指指到马水生的鼻子上："你们千万要给我记住！今日的事，你们都看到了，你们不可以忘记！我，你们的阿爸，今日，伊娘咧，向四脚仔下跪！你们，大大小小给我记住，男子汉，一跪天地，二跪神明，三跪父母，其他的，打死了也没有下跪的道理！你们的阿爸我，今天为了一家大小的生命为了我们的土地，向四脚仔下跪，你们不可忘记，什么人忘记了，将来落了地狱以后，我还要找他算账……"

说到后来，他竟然泣不成声！

这样的事情怎么忘得了？

问他痛不痛，身体要不要紧，他凶巴巴地说："这一点点皮肉之痛，有什么好操烦！"

然而，看他走路，却是跛跄得厉害！

这样的事情怎么忘得了？就在那块芝麻田里，好像还是昨天的事！

然而，这块地竟然要卖掉了！

马水生的心，一下下地往下沉！

他把双脚从细沙里抽出来，站起来，眼睛望向芝麻田里，那芝麻长得真是漂亮，骨干健壮，又结实累累，今年的收成一定会比去年好。他看着看着，眼睛逐渐有些模糊起来，也不去擦拭，戴上斗笠，沿着防风林，一路走回家。

回到家，已是近午时分，他走得口干舌燥，一身是汗，门前大榕树下抓起铝制圆胖肚子的大茶壶，嘴对壶嘴，咕噜咕噜灌一肚子水。放下茶壶，摘下斗笠，一路扇着，一路走向他父母的房里。

一进门，看到两个老人家斜倚在木床的床栏上，半闭着眼睛养神，他蹑手蹑脚走过去，想把床边的痰盂拿去清洁一下，弯身拿起痰盂时，却看到两个老人家各睁着一双无神的眼睛看着他。

两个人有着极其相同的样相，身上的肉都不知消失到哪里去了，一张蜡黄的、长着许多黑白老人斑的、满是皱褶的脸皮，不很匀称地包着凹凸分明的骨头，像包装纸没拉紧一般，显出十分的松软来。眼睛深深地陷在眼窟里，两个鼻孔黑洞洞的，意外显得大而朝天，张开嘴巴时，牙齿浮出，露出暗紫色牙龈，头发、胡须未加整理，乍见之下，确是触目惊心哪！

马水生是习惯了，心里没有什么特别的感觉，医生再三吩咐，说这个病会传染，尽量少接触病人为妙；于是他自告奋勇，负担起照顾病人的大部分工作，其他人只是晨昏定省，或是偶尔进来探视一下。

马水生轻轻地把痰盂放下，伸右手抚摸他母亲的脸颊，笑着问："今天有卡好无？医生来注射过了吗？"

"刚刚注过。"他母亲说，唇边有一丝似有似无的笑意。她伸出枯柴般的手握住她儿子的手背，那只手正轻轻抚触着他的脸。

"这么瘦！"儿子说，"今天我吩咐他们去买一尾虱目鱼回来煮面线，虱目鱼刚出来不久，听说滋补。"

"有什么用！"阿荣伯说，"吃了那么久，吃过那么多好东西，还不是这样，你看，像僵尸一般，敢有一点人样？这是病，吃熊掌燕窝也如此如此，教你们不要多开钱买那么贵的东西，仙讲都讲不听！"

歇一会儿，叹一口大气，有气无力对他老伴说："水生他娘，我看我们这个病是无望了，这样久了，还是如此！如今一日注射三四遍，身躯上这里那里拢总是针孔，注到一身麻麻，也没听医生说怎样。伊娘咧，三不五时还会频频颤，大粒汗小粒汗拼命流，干！前生作孽，这世人才会拖累子孙到这般！"

"就是啊！"他母亲说，"很奇怪，射刚注下去不久，就很爽快，好像没什么病痛一样，但是，药力若退去，哎哟，实在比死卡艰苦！"

又来了，每次谈谈谈，都会谈到这个上面，马水生总要千辛万苦把话引开，但两个老的还是将信将疑。有一次，他父亲竟然说："以前听人说过，说以前的人吃鸦片烟就是这样！"

做儿孙的全听马水生指使，遇到这样的话题，一律把责任推给陈医师，每个人都告诉老人家，医生说的，这个病就是这样，有时会频频颤，但不久就会好的！

马水生说："不久就会好的！"

"你一日到晚拢总这样讲，我们又不是三岁团仔！"他父亲表情复杂地笑着说，"两年前这样，一年前还是这样，但是你，拢总这样讲！"

"实在是这样嘛！医生这样讲，保生大帝五府千岁诸神拢总是这样讲。医生是人，你可以不相信他曾经讲这样，保生大帝五府千岁是神，神明面前，我不敢对你白贼！"

马水生说得一本正经，老人家叹口气，便噤声了。

神明有灵，应该不会责备我——马水生每一次都这样想——我是不得已的，神明应该知道，我马氏一家大小无人做过坏德行的事情，每天早晚都恭恭敬敬地烧香，众神啊，你要保庇啊！

他退两步离开床边，在室内唯一的一条长板凳上坐下来。为着避开父母的眼神，便装着上下左右前后到处看着，装着在室内找寻什么的样子。

这房子是土墙砌成的，为了供老人家养病，特别整修了一次，屋顶用几根木柱子横的竖的搭成了架子，上面盖上灰黑的瓦片，窗子又特地开大一点，便成了冬暖夏凉的土屋形式；房后边有一棵老椿树，绿树浓荫，有些枝叶延伸过来，在屋顶形成一小部分的天然棚架，棚架下的瓦片便时时积上一点鸟粪虫屎树籽落叶，夏天里特别凉爽。

房里一张有床栏的大木床，一橱一桌，都是十几二十年的旧货，只有一张结实笨重的长板凳是新近添置的，那板凳粗工粗料，却是耐用；除了这些简单的家具之外，便只有一些诸如痰盂之类的小东西了，因此，房中央还有一片铺上水泥的地面，进出，活动，都很便利；然而有时却嫌宽大，尤其是室内人少又不知说些什么才好的时候。这种情形时常碰到，尤其最近这一段日子。

马水生此刻便有这种感觉，空空的，总觉得欠缺什么，也许欠缺的是物品，也许不是。

"你在找什么？"他母亲问。

"没有，没有什么！"马水生说，"我是在想，这房子会不会热，要不要买电扇。"

"你讲过好几次了，每次都告诉你说不必，为什么你要时常提起？"

"哦！"马水生说，"我怕你们热。"

然后就没有下文了。

这样的对话的确时常出现，重复过多，对彼此都没有意义，马水生不知是没有察觉还是怎么的，时常搬出来，尤其是无话可说的时候。

闷坐了一会儿，他听到母亲问：

"你今早去了哪里？"

"保安林那边的土豆园。"他说。

"哪一边？草湖埔还是沙仑顶？"

"拢总不是，我去牛屎埔。"

"哦！牛屎埔！我们刚刚去过……几日了？六日，对！六日前我们去过！"他父亲兴奋地说，"真好，土豆和芝麻都照顾得真好，牛屎埔会丰收！"

"是啊！是啊！"他母亲被这份即将丰收的愉悦感染了，笑起来，说，"假使草湖埔、沙仑顶也这样，那不知要多好！水生仔，那边的情形怎样？"

那边早就卖掉了，草湖埔八甲多地都种西瓜，远远看去，西瓜一粒一粒圆圆，就像洒了一地大玻璃珠一般，种西瓜的天赐仔笑得嘴都歪一边，伊娘，现在正是收成时，一卡车一卡车嘟嘟嘟运搬去，赚钱像舀水一样，难怪天赐仔在西瓜园边设一张桌子一把刀，要吃西瓜自己刨，吃到饱吃免钱，村里的人都说他慷慨，干！我马水生若赚那么多钱，我也会那样慷慨！有一日从西瓜园走过，给天赐仔看到，咚咚咚跑来拉人，水生兄水生兄吃西瓜。伊娘，咱不吃，他硬硬拣一粒大的破开，刨一片要你吃，西瓜实在好吃，甜，水分多，又沙沙，吃吃吃。西瓜好像鲠在喉头，吞不下去。这种土地那时一甲八万元卖给天赐，伊娘，只有两年，天赐仔恐怕连本都赚回来了。

马水生想起这些，时常都会激动不已。沙仑顶三甲多地卖给吕天生，吕天生种芝麻，去年收成时，用三辆牛车来回载两三趟，牛车上一麻袋一麻袋叠得天那么高，都是去壳以后干净的黑芝麻。

马水生抑制住心中翻滚的激动之情，若无其事地对他母亲说："草湖埔的情形还要比牛屎埔好，不管是土豆、芝麻、甘薯，拢总真漂亮。沙仑顶稍微差一点，不过，比去年好！"他笑出声音来，样子很是高兴："有人在鼓吹种甘蔗，我在想，种甘蔗也是好，省工省肥料，蔗叶又可以给牛吃或是做柴烧，明年，我想把沙仑顶那三甲多地都种甘蔗。

不过，一定要你们同意才行，也要和兄弟参详一下！"

"好，好，好！"他父亲说，"种甘蔗好！"

乱箭穿心一般，马水生咬咬牙继续笑，说："溪尾寮那二甲多水稻田才是真的好哪！那稻穗一穗一穗长长，饱饱，称粒大大，稻珠都被压得弯弯垂垂，街仔卖种子的缺嘴来发仔看了稻子，一口气就先订下一万五千斤，要做种子卖，价钱比平常加两成，先付订金两千！"

"真的？！"

"是啊！村里很多人都说，他们要换稻种，要买这种去种！"

"呵呵呵，真好，真好！"

老人欢喜得手脚都颤抖起来。其他两个人便跟着笑起来。

溪尾寮那块稻田的确这样，只是有一点他没有说出来，那土地一年前就卖给村主任了，村主任有个儿子农校毕业，带这种稻种回来种，轰动附近几个村庄。

笑过一阵后，他母亲满怀憧憬地、兴高采烈地说："水生仔，哪一天我们卡好一点的时候，你要带我们去田里看看哦！我感觉，我们已经很久没有去田里了，这么久以来，我们只有去过牛屎埔，因为牛屎埔较近，你就只有带我们去那里，其他地方，很久很久都没有去了！"

"对对对！"他父亲眼里露出异样的光彩，"你要带我们去，用牛车载我们去，车上面可以铺称草，装上车板，用棉被垫着，我们可以倚靠在车板上。去溪尾寮，去草湖埔，去沙仑顶，一次去一处就好了，两三公里的路，我们有法度挡得住！你不要担心！"

说完，叹了一口气，尾音拖得很长，由强渐弱，终于无声。他的身体一动也不动，眼睛怔怔地望着泥土墙壁，心里似乎在想一桩极其遥远的事体，说话的声音，也就特别给人一种缥缈而不实在的感觉："水生他娘，你想想看，我们靠着棉被坐在牛车上，在树荫下，慢慢地走，走去我们的田园……"最后面这一句却是坚定的,他说:"要死以前能再去看一次自己的土地,死也甘愿!"

"怎么讲这种话?!"马水生紧张地说,"勇勇健健,医生和神明都说不久就会好,怎么讲这种话?!"

老人凄然一笑,说:"没有啦,跟你讲笑的啦,看你紧张成这样!"

马水生心里慌乱起来,坐不住,站起来:"那就好!"他说。弯身拿痰盂:"那我就放心!"痰盂拿在手上,站在床边,一脸愉快地笑:"我把痰罐拿去清洁一下,你们休息,马上就吃饭了!"一顿,说:"这几天比较空闲,你们好一点时,我一定用牛车载你们去田里,一定!"还是一脸笑,看到两个老的都高兴地笑着点头,这才放心转过身去,一转身,那一脸笑啪的一下被扯掉了,换成一张皱着眉心的脸,端着痰盂,走出门外。痰盂里色彩斑斓,花红柳绿,一些淡黄夹带着浅灰色的浓痰,因为马水生端着走动的关系,便在那半盂血水里载沉载浮起来。

父母要去田里走走,这个容易,这两年来,全村的人老早就自然而然有一种默契,绝不会把马家卖地的讯息露一丝给这两个老人家,即使去田里看到田地的新主人在耕种,新主人也会帮着打马虎眼,说是农忙时大家互相帮着工作的。草湖埔那八甲多地,如今天赐仔种了西瓜,他跟他父母说是种花生芝麻甘薯,比较麻烦一点,不过也不是很困难,到时候编个动听的理由就是了。马水生操的不是这个心。这两年来,父母、土地、家人等等大事小事,堆起来像一座山,重重地压在他的心上,没有一分一秒喘息的机会。这还不要紧,最重大的,是家里的情形一天比一天坏下去!

吃饭时,一家大小都到齐了,两个老人家在他们房里吃,白米煮稀饭,菜也特别买较好一些的,其他的,分三张不大不小的木桌,男人一桌，女人一桌，小孩一桌，吃番薯签，一碗黑黑灰灰的番薯签里几粒稀稀疏疏的白米点缀其中，腌瓜、高丽菜干、自己种的菜豆白菜等，三餐都差不多，没有什么改变，有时小孩会去河里溪里摸些鱼虾，跟腌瓜一起大锅煮，吃饭时大家便抢着捞鱼，小孩会因抢鱼而吵架、打架。今天这个中餐无鱼无虾，没什么可抢，比较平静。

小孩平静，大人却不平静，男人在讨论卖地的事，女人压低声音叽叽喳喳，不知说些什么。天气热，他们把饭桌搬到大门口榕树下，男人小孩大都裸着上身，下身只穿一条短裤，也还是热，汗流得满身。

男人在一堆，先把陈水雷臭骂一阵，骂他吃人，骂他无天良，骂他祖宗，骂他的后代，骂他不该开那种价钱。骂完了，仔细检讨起来，还是同意把土地卖给他，因为不卖就没有钱，没有钱陈医师的账就没办法清，不清账他就不来注射，几个小时不注射就不得了。要卖给别人，短时间内又找不到买主，尤其是几天内就拿得出三五万现金的，更没地方找。是农人才买农田，而农人的财产又大部分在农田上，要再成现金，都需要时间，做生意的，对买农地无兴趣，就是有兴趣，价钱也未必比陈水雷高。卖吧，不得已，只好卖了！

决定卖地之后，五六个兄弟一个个唉声叹气，地都卖光了，看以后怎么办？想起以前辛苦开垦的情形，想起勤劳耕作与欢喜收成的酸甜苦辣，每个人对土地的感情都格外激烈起来，大家你一言我一语，一时没完没了。

台湾刚光复那两三年，因为四脚仔走了，一切又都还没有上轨道，尤其在这个穷乡僻壤的地方，根本也没有谁来讲过什么，所以大家都大大方方地把合欢树挖掉，把土地垦出来。马家人多，又凤有开垦经验，就以原先开好的几块地为基础，向四面八方扩展起来，此期间又弄到几块"日本人的土地"，合起来就有好几甲了。虽然有好几甲，因为一家人都勤奋，所以又替其他地主种了几甲地，一年复一年，田地里有些收成，省吃俭用积下来，又拿去买地，过不久，土地政策逐一实施，三七五减租，公地放领，耕者有其田，眼睛一眨，做梦一样，他们竟然有十几甲属于自己的土地了！

然而如今……又什么都没有了！

兄弟们不免黯然神伤。

马水生说："我们不赌博，又不懒惰，土地就这样没了去，免不了会不甘愿，但是，连神明也知，这是不得已。做人子女，这样也是应该。所以，大家也不必失志。你们想想看，我们从无到有，也只不过十五六年二十年光景，很快，对不对？那就是了，我们是不得已，才失去土地，有一天，我们会再拿回来，只要大家勤俭打拼，从现在的一无所有，要变成当初的'有'，绝对无问题。男子汉大丈夫，不要失志，大家若和好一点，团结起来，家和万事兴。就是说，万一，万一我们这一代不能把失去的土地买回来，我们的下一代，下下一代，子子孙孙，一定能够做到！"

"你讲什么疯话？！"他的一个弟弟说，"二十年内若是做不到，我的头给你斩作椅子坐！骗猾！这种小事，也要讲到子子孙孙那样菜豆藤长又缠的话，也不是说要做皇帝，发那么大的誓愿做什么？子孙自有子孙福，时机若到，子孙若有那种能力，有人会做联合国国王也不一定，我们是土牛不识半字，我们的子孙敢会像我们这样！我们也没做坏天理的事，才不会那么衰咧！"

"对，对，有理，有理，本来就是这样！"其他的人附和着说。

"不管怎样，十年也好，二十年也好，我们都要打拼！"最小的弟弟严肃地说，"我们的土地，我们开垦的，就是会怎样，也不能就这样放掉！"

"是，是！"

大家都吃饱了，女人把餐具收去，男人还谈个没完，小孩子有的跑去玩，有的就躺在地上睡觉。

一会儿，马水生口渴，想喝水，茶壶里半滴都不剩。他拿着茶壶，想到厨房叫女人煮一壶开水，走到厨房门口，却听到他的女人和他四弟媳在吵架。

他的女人一边洗碗一边很生气地说："你讲话要卡有良心咧！不然，若给别人听到，真会以为我水生嫂是那种人。我夫妻一日到晚做牛做马，也是为了使这个家庭像个样，所以什么事情都不愿计较。你讲我歪哥，讲我积私房钱，实在太过分，老实给你讲，这边的人也有脾气，也会生气！"

他四弟媳双手叉腰，倚在对面墙壁上，冷笑一声，恶毒地说："哼！会生气是要怎样？你会生气，我敢就不会生气？你不要看你们是老大，就时常要欺侮人！给你讲，别人怕，这边的人不怕……"

"不怕是要怎样？怕又是要怎样？三八查某！我无那种闲工夫跟你在这里搭七搭八了！"她把洗好的碗筷放到菜橱里去，"老实讲，也没有什么好相争的，如今土地都卖光了，还争什么？"

"你才三八啦谁三八！卖土地，十几甲的土地还不是你怔（丈夫）卖的！卖了了，哼！还好意思讲？卖十几甲土地，你们不知歪哥多少，积了多少钱咧！哼！以为我不知道？"

"你知道个××啦！讲你三八你就三八，你知道你现在在讲什么吗？这样黑白讲！古早人有在讲，抬头三尺有神明，做人讲话要卡差不多咧。卖土地，是不得已，你以为我孩子的爸欢喜要卖？"

"哼！有欢喜无欢喜卖，那要问你才知道，我怎么知道？屁股儿根毛都看现现，有什么好讲！"她的声音愈来愈大，好像要吃人一样。

马水生很是生气，这几年来，他处处以家庭为念，时常告诉孩子的娘要耐劳忍让，时时晓以大义。他女人作为她们妯娌的头，也确实刻苦耐劳，宁愿处处吃亏。到今天才知道，原来还有人这样无天良，硬要把白白布染到黑，实在气，实在忍受不住，刚要发作，突然想到他现在是一家之主，家用长子，国用大臣，他要公平严格，即使自己有理，也只能吃闷亏，为的是一家和乐。

但他实在太生气了，所以忍不住脱口大喝一声："散散去！"

声音之大，大如雷鸣，连门口树下乘凉的兄弟，以及已经回到各人房间休息的弟媳们都听得很清楚，他们闻声匆匆赶来。

水生嫂吃了一惊，她从未看过水生那样生气过，立即闭了嘴。那四弟媳却依然是一副泼辣模样，她慢条斯理地，故意要气死人地用鼻音说："怎么？人多，声音大，就要压死人？给你讲，这边的人不怕大声！"

这时大家都赶到了，七嘴八舌叽叽喳喳听了简略报告，大家都说那四弟媳不对，水生的四弟大手一挥，啪的一声，一个巴掌结结实实打到他女人脸上去，大声骂：

"干！啰唆什么，鸡公不啼，啼到鸡母去！"

女人挨了打，愣了一下，被太阳晒黑的脸上赫然是一个看得很清楚的血手印，她用手捂住脸，哭起来：

"打要死，打要死！没囊巴的！你的某（妻子）给人欺侮去，你反而打我给人看？路旁尸半路死！呒，我问你，我讲不对是不是？你讲你讲，要给两个老的注射吗啡是伊们的主意，要卖土地也是伊们的主意，如今十几甲土地都卖了，我讲伊几句，你就打我，打要死，你是打要死吗？我讲不对是不是，你讲！不会好死的！你讲呀！"

众人乱成一团。妯娌间有人动手拉扯那个女人。大家嗡嗡嗡。一时十分凌乱。

冷不防背后传出一声暴喝：

"散散去！你、你、你们这些不孝子！"

大家慌乱地回过头去，他们的父母亲，马家的两个老人家，各人拄着一根拐杖浑身颤抖地站在那里。阿荣伯脸色发青，拐杖举起来，不知要指人还是要打人，但因为身体激烈颤抖，拐杖没拿稳，掉到地下去。老人家用手指着一群人，激激激半天，才发出声音来："不孝！你们这些不孝子！"

大口喘气，喘半天，说："水生仔，来，我问你，老实给阿爸讲，阿梅讲你给我们注吗啡，土地卖光了，是真是假，老实讲！"

"阿爸，阿爸……"

"你这个不孝子，你这个不孝子！"老人走近一步，用双手没命地捶打他的儿子，边打边骂边大声哭，"骗我骗到今日，枉费，枉费！人讲国用大臣，家用长子，我用你做头，你拿毒药给我们吃，你土地，十几甲土地卖光了，你、你不孝！不孝！我前生是做什么孽！我是做什么孽！"

老人捶打儿子之余，还捶打他自己，因为身体实在太虚弱，挺不住，跌坐在地上。大家赶紧来搀扶，他一手挥开，挣扎着自己要爬起来，爬了一下，又跌下去，众人赶紧扶他起来。这时，水生嫂与另两个妯娌早就搀扶着她们的婆婆了，这老人家哭得死去活来，连哭声都哽住了，气出不来，样子很是吓人！马水生的四弟媳这一刻像个木头人，干站在一边，不知所措！

马老先生被扶起来，还是哭，大声哭，六七十岁的老人家哭起来，幽凄凄惨切切，实在不忍卒听。众人七嘴八舌地跟着哭着劝着，老人家稍稍平息，却大声叫：

"水生仔！"

马水生应了一声。他的脸早已缩成一团，大祸临头，惊慌无措之外，还有歉疚、悔恨与悲伤。

"跪下！"

老人声色俱厉地下命令，马水生喀咚一声，双膝落地。

"拐仔！"

马水生把拐杖捡起，双手呈给他父亲，老人家接到拐杖，立即没命的、不分轻重的、朝着跪在地上的水生的头脸打下去，边打边大声哭，边骂："不孝，不孝子，土地，你把土地，卖光了，十几甲，我，我们一锄头，一锄头，开垦的土地，卖光了……你阿爸为了土地，给四脚仔打到吐血，向四脚仔下跪，你，不孝，你把土地卖了了，你阿爸给四脚仔打到吐血……"

一会儿，老人力气用尽了，众人扶两老进去房间给他们躺着休息。大家一阵劝说，一再保证，土地虽然失去了，但是，他们一定要同心协力勤俭打拼积钱再买回来，劝很久，说很多话，一再保证，老人情绪才平稳下来。但是，谁都可以看得出来，那不是释然于怀的表情，而是既已如此，不得不认而已。

老人闭着眼睛躺了一会儿，呼吸声音逐渐均匀起来，儿子们以为他们睡着了，正准备离去，阿荣伯却突然睁开眼睛，郑重其事地、下命令地告诫儿子们："土地是我们的，我们辛苦开垦的，那是我们的命，你们要勤恳，不管怎样，都要积钱再买回来！"

儿子们坚定地、严肃地点点头，一再保证，一定拿回来，老人叹了一口气，对他老伴说："都是我们！把子孙拖累到这样，二三十个人，连一畦种菜的土地拢总没有，看怎么过日！"

说过不久，大概过于劳累，即沉沉睡去。马家兄弟个个垂着头，心情沉重地离开父母的房间。

这晚上，马氏一家的大人都在床上翻来覆去，子夜一过，才迷糊入梦，唯有马水生，怎么睡也睡不着，思前想后，忧心如焚，鸡啼时，犹恍恍惚惚似睡似醒，蒙眬中听到一声碰撞声响，好像什么东西倒在地上一样。过后，即归于沉寂，只有晨鸡报晓之声，一阵紧似一阵。

过一会儿，马水生突然想到什么，身体就像触电一样，从床上弹坐起来，跳下床，暗叫不好，三步并两步，慌乱万分地冲进他父母房里。

那条粗壮的长板凳倒在地上，马水生的父母，双双吊在屋顶的木柱上，灯光幽微，一抬头可以看到两个老人家的双手紧紧握在一起；他们的身体悬空静止不动，一条黑色的粗布裤子，顺着裤管被扯开，各扭成细长条，套在他们的脖子上。马水生呆了，他抬着头，站在那里，一动也不动。

恍惚间，他好似看到他的父母驾着牛车，双双坐在车板前的横木上，在溪尾寮、草湖埔、沙仑顶、牛屎埔的田园边，有树荫的牛车路上，缓缓前进，有说有笑。

又恍惚看到他们疲累枯槁地躺在床上，听到他父亲对母亲说："都是我们，把子孙拖累到这般！"又恍惚听到父亲对他说："土地是我们的，不管怎样，都要勤俭打拼再拿回来！"

然而，他眨一眨眼睛，仔细听时，那声音却在自己脑子里汹涌翻腾起来。除此之外，万籁俱寂，唯鸡啼之声此起彼落。

室内昏黄的五烛光的电灯，平静地散发出微弱的光芒，照着两个悬空静止的人，也照着他们紧紧握在一起的手。

【导读】

洪醒夫原名洪妈从，另有笔名司徒门、马丛、洛堤等，一九四九年生于彰化二林，一九八二年逝世。一九六六年进入台中师专（现台中师范学院）就读，开始文艺创作。一九七〇年与陌上桑、乔幸嘉、黄朝湖等人将停刊的《这一代》艺术杂志复刊，至第六期又因故停刊。另与苏绍连、萧文煌等人共组"后浪诗社"（一九七二年出版《后浪诗刊》，一九七五年改为《诗人季刊》），一九七七年助理《台湾文艺》编务。二十世纪七十年代正值台湾乡土文学运动兴起，洪醒夫以自己成长的乡下经验为背景，描写了一系列温厚笃实的田庄人，当时受到极大的青睐及肯定，洪醒夫也成为乡土小说家的代表。作品曾获吴浊流文学奖、联合报小说奖等。出版小说集《黑面庆仔》《市井传奇》《田庄人》等，二〇〇一年由彰化县文化局出版《洪醒夫全集》九册。

《吾土》（一九七八年）曾获奖，后经修改，收录在洪醒夫小说集《黑面庆仔》之中。故事讲述马水生为医治父母的疾病，变卖了早年全家辛苦开垦的土地，在交易买卖的过程中，呈现马水生的处境与丧失土地的悲愁。文中不时透过马水生的点滴回忆，构筑马家开疆拓土的历史记忆，时空穿插在今昔之间，使人了解马家人与天与地与人奋斗的艰辛历程，由此去体会他们牢牢扎根在土地上，如土地般沉静厚实、生死与共的形象。因此，当面临变卖土地与减轻父母病痛的抉择时，当两股庞大沉重的压力，不断纠葛、缠绕马水生的内心深处时，我们才能贴近一位为人子、为人夫、为人兄的善良农夫的心境与难处，体会他内心的痛苦与煎熬。

此外，洪醒夫利用大量的庶民口语与对人物的说话腔调的掌握，使小说中的人物鲜活有力，同时，描绘过去乡村的历史与场景，再现旧日庶民情感的拉扯与冲突，那并非一幅只充满和谐、静寂的画面，也处处掩饰不了人的权力与欲望，如：要买马家土地的陈水雷"不怀好意地笑，一张浮肿的脸笑成圆圆的肉饼。他说：'话若这样讲，我只好说我失礼，二十万，我买不起，我们大家散散去，你卖给别人好了！'"同时，也看到乡人的迷信与无助，如：田庄人生了重病，"第一个反应是求神问卜,连神明都无法解决的,才送给医师,不管是急性的或慢性的要命的病,送到医师那里,十之八九都坏了,大都已到群医束手回天乏术的地步了。"

而洪醒夫在"乡土"与"写实"的部分,承继了台湾文学传统的基本精神,以土地、人民作为关注的焦点与对象,在《吾土》中,我们可以看到阿荣伯朴实、坚韧、笃厚的精神,看到马水生的忠厚、孝顺、谦恭的态度,展示小人物的温良形象及生活价值观,而这些小人物对土地无比崇敬,怀着皇天后土的心情,正是对当今现代文学侧重描写人内心孤独、疏离之外,一个不同的书写方向。

——阮姜慧撰文

拾骨

舞 鹤

总要归到人的普遍处境。

一

在连年激烈的妄想性精神病后，我多半躺在床上，离床行走时也伛着胸背，脚掌黏在地面上抬不起踵来。妻说这是嗜吃镇静药的后果，全身日夜软趴，必要时也见不得人，岂止抬不起脚而已呢？

与其躺在床上空想，不如读些有益的书。妻到旧书摊绑回来一叠《世界地理杂志》，间夹几册《旅行家》。昔日情敌今日妻的闺中密友小鹿则搬来整套灵魂导师奥子的心灵系列丛书。日夜，我跟着心灵旅行家奥子环游世界直上外太空；好在，奥子与我同嗜——奥子嗜吃大蒜，大蒜是他的镇静剂。

二

有个黄昏，我梦见我们围着盖棺前的娘，大家俯着头脸做最后的凝视。我从两三个肩膀的间隙看见：娘的脸像海碗的牡丹花，眉梢到耳垂间晕着大面腮红。

弥陀寺请来的黄衣法师喃着经忏，有咬紧唇耸动鼻头的泣声，做棺店的工人杂着话语。陡的一声"喵呜"，众人齐齐翻过脸去寻看——同时我自两三张鼻嘴的间隙瞥见：娘睁开一只眼，左眼，朝我眨了眨眼睛。

不用回头看我也晓得是关在后院鸡笼的黑猫闯了出来。黑猫是娘的宝贝。现今，人家看它是娘的禁忌。在众人追杀它之前一步，我抱起了它快步离开，脚离门槛的瞬间，我回头望见娘的唇角翘起一丝微笑，夹在众多僧俗腰围的间隙。

三

我唇角翘着微笑醒来，望见夕阳高挂对头大厦玻璃上，余晕泻下来裂在后院墙缘的刺竹丛。是死去将十九年的娘再度来入梦。

娘死后第三年春初来入梦。梦中我剥开老家尘封的门；娘端坐客厅藤椅上，只穿白色里衬裙，浑身圈着蒙光。"娘，"我扑上去抱住伊膝腿，脸在伊小腹间钻、磨，"怎么这么久没回来？"伊只微笑，过一会恬静地说："我认识一对夫妻，一起结伴旅行，已经十七天，路过这里，我进来看看，不久就要走的……"

我翘着唇角微笑直到夜的青灰漫入厝内。晚饭时，妻儿度审着我的唇角，忍不住问："是不是被虱目鱼刺刺到了？"

四

娘死时四十五岁，我十九岁。如今，我四十一岁，娘已不用算计年龄；奥子说，娘已进入无限，是属一种"无时间性"的属性。

十九岁那年中秋深夜，我偎在火车车厢间过道上，面对着飞驰的暗郁的旷野号泣。随后，在家屋厝檐下，父亲掀开白布单底下娘的脸——是黄昏时刻过世的，那脸上还残存着生死间挣扎的恶恶。是的，恶恶：令人发恶的恶。而后每夜临睡，眼帘就会浮上这张脸。

直到娘来入梦，像初春的清晨，发着恬静的蒙光。之后一越十年，娘旅行去很远的地方。

其间几回梦见，梦中我手把着镰刀跨在墓拱上。秋阳下满山坡人高的墓草棘。镰刀起落，久不见阳光的墓土发着一种肉桂焖着什么的气息。突地梦中我一脚踏空，墓拱凹陷，同时窜出一尾青蛇——

在如是的梦与梦间，每年秋节时分，站在墓园前小径，面对郁深茫昧的密草棘林：自沉重的现实人生，由不得自己地走入昏冥的梦境——而那尾青蛇就在深处等着。

五

唇角翘着微笑的娘再度来入梦，是在一个星期后。那夜临睡前，妻照例过来说些枕边痴语：童年时伊家厝竹篱边有一棵柳树，不时有人来吊猫尸，在天亮后不久的清晨，好像猫爱在夜的尽头的边缘地带死去，那时没有塑胶袋，总用包巾裹着，奇怪柳条那么细，就是提得起猫只，还在阳光中风晃直到黄昏。

"为了在柳枝上荡风千，"我说，"猫就可以一死。"

之后不久，我感觉猫的脊背擦过我的脚胫，同时眺见娘睁开一只眼睛。我微笑，向娘眨眨眼，捞起黑猫走向门边：伊仰起上身，有人号戾，七八只手团上去压……黑猫同我转出门口的瞬间瞥见：娘直起上身，几张嘴脸怔怔着，无声，"——为啥不让我起来"，像浮自后院百年废井的嗓音。

六

面线熬猪脚浓汤——我平日的午餐。奥子说，沿着你平日吃过的面线一路连绵下去便可以到达你心灵的天堂。我懒在竹藤椅内，晒午后一时半至二时四十五分间的阳光，之前和之后，阳光都被周围的高楼夹死。阳光永远到不了刺竹旁的废井，难怪娘的声音有井垣厚苔那样的阴。

五时过三分，妻绕过左侧灶间，进入我的视域——今天是一张白透咖啡色的大饼脸。今天，伊被小学生气坏了。入春以来，流行小男生偷掀小女生的裙子，憋到今午，小女生趁午睡时间猛地扯下大个男生的裤链。"气死人喽，"妻跺着紫色媚丝袜的小脚，"还小屁的一个就没穿内裤——"

"原谅他小屁屁，"我安慰妻：刚刚我旅行到一个不知名的地方，亲眼见一只会轻功的大鸟光着屁股单只脚站在他母鸟光屁股顶的瓷碗上，我邀请他答应有空来我们后院的刺竹尖上站站看。"到时，可以请你那些小屁屁虫一起来看。"

这夜，墓土四溅，娘委蛇地站起身来。微俯着头走在阳光大街，静脸无表情，黑到近乎无色的寿衣，跟在我身后六七步，红灯亮时我停住伊也停住。转入巷底裱字坊，字坊主人右手兀自磨着砚，左手递给我字轴——伊也伸手、接过，那砚台发着青春牌防腐剂的气味。寻到新开幕的花店，小鹿正忙着插花。"恭喜开张，"我喊道，"送来一幅字。"小鹿自伊手中接过字轴，展开："死生一如醉酒花痴。"小鹿傻了眼，我嗫说："不好的话可以再送一幅。"小鹿指定写"花团锦簇花好月圆"。过天后宫，暮色浮在青石板埕，出武庙口。站在麦当劳或肯德基落地窗前，娘默默凝望着我吃喝。我加快脚步、顿住、加快脚步，伊也加快脚步、顿住、加快脚步，霓虹灯彩打在伊身上仍是无色的黑。我奔跑起来，闪进家屋，直入房间，锁上门，瘫倒在床铺上，同时聆见敲门声：叩叩叩又叩……

七

　　像被蟑螂啮着卵葩，又像四脚蛇在荒野交配时的嗥嗷。我蹦起身打开门锁：夜色青冥中，望见剥了皮的柚子白的妻的脸。

　　"都是锁房门的心态在作祟，"妻怪我防妻如防贼，其实她枕边痴语过后便不会再回头。"那叫声呀，"隔日晚饭时，妻还一再形容，"当时门外若有活的猪脚走过，当下被吓成猪脚冻。"

　　我只说：昨夜我一路过沟过溪又过河几乎到了出海口，回头失了家的方向，所以叫。奥子说：人生猪狗不如，猪狗还能本能地叫，文明人便不能。小鹿说：光叫不做不是男人。我答应妻再不锁房门，必要时痴语过后也不需回前房去。

　　连几夜，我僵着背脊，等待娘走入洞深的房门，努着心力聆听远处大门的叩声。实在多年来我已忘了娘，是那"恬静的旅人形象"让我放了心：娘走在没有尽头的旅途上，四周是发着蒙光的花花草草，没有突然挤过来的摩托车汽车。

　　那么，既是放了心，便不是我的妄想了。娘委委蛇蛇地立起身来，朝我眨着眼睛，翘着唇角微笑——千里迢遥伊回头来寻我是为了什么？有一夜闪入个人影，直扑上身，原来是冷热交颤着手脚的妻：又是一头史前的恐龙，为了躲避洪水，不小心闯入她的腿间……

八

我踩着脚踏车一路废气直到水仙宫后，请问六舅家供的太子爷。六舅半辈子霸在花园町耍流氓，老来收脚蹲在厝内做坛主。

"是亲阿姊的事，"大舅赫地脱掉豹皮夹克连内里一件双S形背心，"我老仙马上入童。"转出厝檐前，扯下晾竿上一条大红巾，绑上腰肢勒出三层肉，转入来双掌贴在供桌，脚跟浮起来。

那抖，不知是发自膝盖骨或脚趾端；那抖，延上腰肉赘、胸肌坠、上颊腮，头也左右摔成倒V字。"苦啊！苦啊！"恍惚来自水宫鳄鱼咙洞的苦声，那抖在这苦音的基调上添了许多装饰音，后来又抖成长串的变调，像百日咳的老人弄他颈间的那粒喉桃。直挨到他猛地弹起来，双掌落力击下去，"叭"的同时，双膝跪地，上身软趴供桌。"六舅六舅。"我赶上去唤。

"苦啊你阿娘，"退童回神，六舅说，刚刚他遁入阴间，娘来相会，满头满面是土水，"土土土你阿娘。"我请问太子爷怎么说。

不巧太子爷骑着麒麟豹出巡去。六舅披上豹皮：即使在，太子爷也不管这种闲仔事。"亏你读书多，"六舅努着他的流氓目睛溜着我上下，"替你娘想想看，如何才能出头天？"

九

我找来一本黄皮民历纪事，翻到解梦篇。梦到阴宅则阳间诸事顺遂，见棺如见出土黄金。那么，梦见阴宅人身就久病恹气全消，如枯枝久逢艳阳不得不振奋起来，何况一丝丝精神妄想的阴影。

这夜，我坐在二哥租居的客厅，先陪他喝几杯台湾XO——米酒维士比。从我的座位，可以眺见不远处飞机场一闪一闪的指示灯，守卫塔蹲在墙堵上，塔下横敞过来上百年的墓场。

如果你严重鼻塞，刚好心情不好紧闭嘴巴，飞机从头上过时，准会教你眼珠子爆出来。他工厂老板就是如此眼睛爆了六七寸，才会强他每天封在那"头卵热到相磕"的小家庭厂房十二小时，日夜赶着做通马桶洞的塑胶杆吸盘，每夜回来洗过澡后就九时十时了，二哥必要喝两瓶台湾 XO 以退日积的卵菢火。还好，值得安慰的是：在飞机与飞机的间隙，他眼前就是活人做梦难求的净土。

"拾骨好吗？"

我娓娓说起：娘怎样委蛇地站起身来，太子爷豹坛坛主怎么说，皇历梦占大师又怎么说，娘怎样街头巷尾跟踪我、看我啃着肯德基……"早就告诉过你们，"二哥打断我的话，"必要拾骨。"肯德基再怎么啃也比不上咱小时后院自家养的土鸡。

几年前，他妻娘家开的连锁工厂连锁倒了店，他岳母灵光说动岳父即时拾了祖先仔骨，及时止住了债主追杀的脚步。当时他的忧患意识转到自家兄弟头上，"拾老母仔骨好吗？"大哥不表意见：凡事不合实际，他就没有实际的意见。当时，我正从儒家过渡到阴阳杂家，还是儒家"入土为安"的正统思想占优势，当然也因为当时我的阴阳杂技还不到家，无能土遁入娘的居厝去实地考察娘的实际。"既然安了，"我土直地总结说，"何必扰她。"

十

二哥嘱托我办好娘的最后一件事，还陪我走过深夜净土的边缘，直到看得见槟榔摊霓虹灯的地方。过净土时，由不得我贴切感觉到，那连绵而去的净土棱线是那样的深深起伏不定：我由衷想到，联结起来三哥做了多年的塑胶桶杆，通过地心，一定可以盘吸住某个坐在马桶上的巴黎女郎的屁股。为了慎重，我寄了限时挂号信给在台北忙电脑企业的大哥。隔夜他来了行动电话，只说"看要多少钱：办事要有效率，要合经济效益"，电话中的噪音背景显然是个豪华的大吃场。

我铁马马上再度求见太子爷。虽然奥子说：那爷天生不是父母生的，不然他年纪小小怎懂得什么叫剥肉还母析骨还父。然而小鹿说：在所有的爷中，他独爱这一让人"恨呢恨到心血沸，疼呢疼到小腹酸"的小爷。小爷面前亮两只千年钻石灯，有位北极殿边来的媳妇，求小爷帮她抓住年轻丈夫的花心。

六舅暂时退童问明来意，"去找安阿乐"，左手捺着犹自抖颤的肥肚肉，"安阿乐——昔时的结拜兄弟现时在南门路尾做总管。"右手把着我肩头顺势推出坛外。整夜我念着那媳妇无限哀怨的腰身。妻过来问我近几夜常外出到哪里去，我随手将一本欧洲自助旅游手册盖住脸，"近来么——计划写一本本地自助旅游手册给小学生看"。

十一

我蛰在殡仪馆总务室外有三四阵鼓吹哀乐那么久，才悟到：总管包管在馆内任何地方，就是不在总管室。我游走馆内，每逢看来是馆内人士的鼻嘴便挡住问："可有看到总管大人安阿乐？"人人都说刚刚看到，当我快马到他刚刚出现的那里，他都刚刚离开。

有个眉毛浓到遮了半片眼帘的中老年人，挺在冷冻间过道甩手透气，不待我问就说："总管大仔刚刚跑路去啰！"又说："不用问我老货也知你找他拨一间仔冷冻厝。"因为人人追着总管大人讨一间冷冻厝，因为人人明白总管手头总存有至少一间冷冻厝：而人人知一年四季冷冻厝都表明自己客满无空。

这浓眉自介是开馆以来的首席化妆师，看在某一日我的慈眉善目也需要委托他妆点的分上，他愿意私下泄漏给我总管大仔的秘密：原来奥妙在所有总管大人的私事一切要透过安阿乐三姨太的玉手。"喏，"首席领着我转过冷冻大厝的后墙，远远眺去铁栅外一排透天厝中的某一间内，"你看，三太正用九号粗笔描她的处女眉。"

我即刻要赶到总馆大门，绕过长长侧栅墙到正后头处女三太的面前。"免走远路，"首席及时指点，"学安阿乐的样——就从三太胸前穿过去。"我信信步到栅边，信手扳开两根铁栅——果然无错总管方便，换了两根长条弹性塑胶管，裂，裂，裂开个人模，人模安阿乐如此穿过即刻就到三太的奶前。

我到后来几回才看清楚，三太座椅的背后叠着三口福棺，右侧大玻璃柜摆着七八个大理石坛子，左侧挂个记事大黑板这里写着一洼字那里写着一洼字。你当时只能注意到，那被火红高腰迷你裙撑着的肥奶，站起来迎人时那奶俨然有托天之势："看风水入木人土花车鼓吹师公做厝——先生你？"

十二

拾骨一工九千。拾骨师傅是府城有名的土公仔狮的嫡传，手工较细收费较贵，还得配合他的时间行程表。三太用BB机叫来一位特约的风水师，当场红纸写明灵主的姓名生时日月，算出破土的吉时吉辰乃在三月二十九晨九时至十时间。

三太指黑板右下角一洼字：四月十五前舍骨师无空档。风水师马上就着他那本墨皮厚历书，再找出四月十五、五月二十四两个吉辰时日。我犹豫不决，四月是春五月也是春。"四月十五好啦，"三太用她那刀背割肉的嗲音说，"五月湿热，墓草长又密。"

BB机响，风水师一面拨电话一面斜着眼珠说："乐仔嫂今阿日风水有一点歪噢！"安阿乐仔嫂咻咻地笑："你哼。"伸出玉指一只点到风水师的肉鼻头，同时嗲涎涎地问："金坛子要吗，先生？"风水师代我答："那你一口金水坛子通人吗爱。"

两粒肥奶跳高三四寸，亏在风水师早一步夺门离去。待到奶与奶间端静下来，三太说："做这悲苦生意不得不嬉笑装俏。"我端穆面肉回说："习惯就好——平日我也一样。"

三太打开玻璃柜，展示她的坛子。黑白花纹的，是后山花莲大理石，一口价两千至三千。橘色，水蜜桃色，苹果绿彩纹的，是东南亚进口，一口时价七八千。另有一种喜马阿山纯雪石打造，坐飞机过来。一口价十万——水货三四万不止。

我捧出一口水蜜桃的，右手托着，左手掌了两三下。"不是这样，"三太纠正，"咱人手粗摸不出肉质好坏。"三太将脸贴到水蜜桃皮，贴住两秒，分开，再贴住两秒——连着七八个来回。我学着拿桃皮贴到脸皮：一种凉透尻骨的湿香，粉底是美国亚当，腮红用日本西施的。

逐一面肉贴过所有七八口坛皮——水蜜桃的香气不用再说了，橘坛让我感觉身在深秋黄昏的橘园，苹果绿让我记起曾经我跟着"绿野游踪"所到之处无非苹果绿，花莲石即时让我嗅到花莲薯的气味，听说采石工人便当都带花莲薯。娘一生吃得最多的是番薯——从番薯签饭到番薯掺饭；橘冷伤心脾娘不爱吃，苹果是害病的人才吃得的——病时娘有苹果吃吗？水蜜桃当时是稀有品种娘不可能吃到。我心想：就这水蜜桃了，给娘尝个时鲜，何况还连桃赠送美国亚当日本西施。

正当我开口指定桃坛时，"哎哟喂，"三太抖高三阶乳波地哆，"黑心石！哎哟喂，还有一种南非进口的黑心石，石面幼秀可比少女，不输我的面肉皮，上礼拜民权路吴董就替他老母买了一口。"

黑心石！我霎时放手桃坛，还好稳稳落在三太乳沟间。黑心石！天底下竟有这般石头敢自称是"黑石"。黑石一口实价二万四，"看在你秋哥舅介绍来的面上，"黑心石一口万八。我翻转头颅找寻心目中的黑心石。

"现在全岛欠货，不过我呢有办法替先生你盘一口过来。"

"黑心，"我小心问，"是哪两个字？"

"哎哟，就是黑心肝的黑心呀！"刀背斜四十五度割着乳坡肉，三太哧哧哧哧地笑。

十三

清晨鸟啭在刺竹间时就醒转，赖床到午时阳光打在后院土泥的热漫上床铺。春阳偎在藤椅中，慢口嚼着猪脚面线。古人旅游札记说：开春三月，花尚在苞，春草已长，草乱心迷，不如在家嚼猪脚面线。妻昨拿各色包装纸裱上玻璃窗，说是不让邻家春草那样探过墙头。不过我独爱墙头春草，是诗人奥子说的吗？"只有临终的眼睛才懂得凝视春草的墙头。"娘死在圣母玛利亚开的医院，自二楼病床望出去是连到天边的甘蔗田——临终的耳朵不都是甘蔗秆叶日夜相互磨牙的声音吗？

"塔位一位二万三千起。"开元寺和尚在电话中说：还请亲自过来一趟。祖父母就居在那塔第三层楼，清明时节去过，塔内暗灰如运河河水的色泽。

略过不问法华寺。有阵子，为了平息被追捉的妄想，常到这昔日的梦蝶园看无事乌龟，坐到塔前木条椅呆望斜阳挂在厝堂燕尾。可惜人事不如乌龟无事，死人鼓吹盖过活人念佛：办佛办到如此地步，不如盘让给后庭木拱桥下的乌龟。我乱草写了上百幅题名：梦龟寺。妻禁止我再去法华："免得每次回家看你一脸龟相。"

十四

我在竹溪寺海会塔前前后后走了几遭，愈是觉得它骨中带柔，颇合我梦中的纳骨塔的形象；不似旁边市立的骨塔像膨大肚的公家机构。

守塔老尼开了大铁锁，引我入塔内。南北东西下下上上是灰漠漠的坛子世界，老尼开了小日光灯，每个坛面都浮着一双眼睛。年轻的眼睛必然说："这回来了个帅哥。"年老的嗤笑："帅哥？哼，我看是老罗汉脚仔。"一位出生于大正初年的老祖妈说："看他两边长发吃掉耳朵就知道是带神经病。"另一个二十世纪六十年代中期进来的阿伯说："不可小看。他留的是当此时世界流行的欢喜西瓜皮，简称他嬉皮，卡车轮让我的脚踏车撞歪去的那一日，我头壳顶着的也是这种自由不剃的嬉阿皮。"

区分 ABCD，高低分排，间隔分号。白纸红字标明价码，自九万到十五万，方位不同，价格不等。左厢右厢全客满，只剩正堂中央空了一排；老尼引我上前，指着空排最底下一格那橘色坛子："这是入塔不久的前任住持师父。"其上空位就等待未来的住持大师了。

有人驾鹤仙去，有人坐成金身，有人烧成舍利子琉璃珠——都可以作秀展览抚慰后世人的眼睛。这位住持师父蹲在这儿未免太自私也太寂寞了吧，不过他既法名眼净，当然是眼不见为净了。老尼领我上楼。

二楼被旋转梯占了空间，又有几个土黄陶色的长方形盒子，看来不顺，大约他那个年代尚未出世漂亮的坛子师傅吧。再上三楼，老尼说她风湿病痛原只内大腿酸，现今延到心膜。

我可以同感到那种酸痛，我慰老尼：若是脑神经打结球，那就不是酸痛可以相比的了。三楼明亮得多，光线从两个六角窗泻入来，平眼看去是椰子树梢扫来扫去的天空。老尼弯腰指着 D 区第二排六号："这是我预定的。"空位上贴着一张红纸，正楷写明两字：妙慧。

我在窄小空间内踱来踱去，老尼身子让来让去。三楼价位七万至十二万，正面莲花座位几近客满。"哪个方位都一样好。"老尼说，当初建塔时踏过八卦，哪个方位都稳好，只是价格不同。我先中意 B 区向西第二排一号，午后斜阳可以射到，又可以仰眺六角窗的天空，只可惜中间隔着楼梯栅条，恍惚隔着监狱铁栅眺望蓝天。

最后我初步决定第六排一号。每天，夕阳的红晖会妆上娘的脸。平时，娘可以俯瞰老榕枝叶与椰子树干间的红瓦，红瓦屋顶下是临济正统清修道场；听说修行有八万四千法门，闲来无事娘看他们八万四千姿势倒也蛮有趣。

老尼要我先下楼去，她老身还要上六楼去巡菩萨地藏王。我凝看她手腕紧攀楼梯佝偻着的腰身，想到小鹿也秘密患着这种心瓣膜风湿病，先天不能太过兴奋，临到高潮便要小死。我在塔四周又绕了几遭，娘正对面的六角窗上缘标明法语"真如海湛"，靠背则是"圆性空寂"。落日余晖歇在塔身，远远近近响着寺檐下吊的铁钟声。我愈看愈感觉这骨塔有说不出的风情——不愧开台第一寺。

十五

"竹溪"之名只有巴黎"香榭"可堪比拟，老尼身上的戒定真香就不是香榭大道上妇人的香水味可以相比的了。熬到晚饭后吃过水果眯过连续剧洗过碗卸了妆，妻拿起我摆在妆台上的迁居计划书：拾骨工九千。看风水二千。骨坛一万八千。纳骨塔位七万。合计九万九千，杂支另外。

"嗝！"妻先打了个捧心嗝——是她嗜吃的荫豉安平肥蚵的气味，随后，歪着素饼脸赞我"竟有能力私自进行这么庞大的迁移工程"，她原已接受我的下半辈子"只能在床铺与后庭的刺竹丛间来回蠕动"，害她憋不住今天下课后转过花店质问小鹿："是不是他花痴又犯，最近常溜到你这里插花是不是？"

我说这一切都要感谢娘包给我这个工程，不然我最可能是赖在床上读书读到生痔。奥子教人每三十分钟要蹦起身旋转自己三分钟，就是为了把那形成痔的可能旋抛出肛门口筋外。我在疗养院认识一位铺友，痔虫强迫他半夜在铺与铺间乱步，肛口还不时发着"爱杀爱杀"的呼声，最后还亏借着"同性恋治疗法"才杀了那痔的肿虫。

妻心算了几遍工程预算数目字，搬出小学生用的算盘核对了几回——没错，九万九，杂支另外。妻盘问杂支哪些，我另列"杂支"一项：香烛银纸三百，当场给拾骨工红包六百，误餐费加饮料五百，等等。妻望着脚趾头说她多时没指甲油搽了，不搽指甲油看来就不像都市女教师的脚趾，而是乡下做田媳妇的趾甲了；自从做面一次涨到八百，她就舍不得让人做面，她自己剥柠檬皮、橘子皮贴面；还有几次唇膏用完了，她将就调了几色王样水彩涂上唇去——她省下这些钱，还不是为了我们未来宝宝的奶粉费，以及四岁开始的补习教育费。

她甘愿拿出一万元投资这项工程，让娘可以就近照顾我。白天她在学校常担心我自个吃猪脚面线；娘可以帮她提醒我别把脚蹄筋吞进去，免得鲠在直肠拉不出来。

十六

整夜，我坐在后院厝檐下，等待满月光走入这大厦间谷。满月光也泻在娘的墓拱上。哄哄的市廛声中，我聆见风过墓草尖的潮音。

二哥曾说"你出多少我就出多少"，那么，就有两万了。墓草的利齿曾经嚼伤少女小鹿的屁股，在盛夏的午后，她戴一项开着百合花的圆帽。既然同是娘肚中的一块肉，也不好意思要大哥多出什么，何况是拿经济效益当生命指标的人，那么——就是三万了。小鹿所以嫁不成气候，听说是当年那墓草啮的印记在作祟，每到紧要时刻，那草挺自啮痕风中一样颤起来，草尖源源发着非人的嘲吷。

三万买不到半个竹溪海会的塔位，那么不如供到我的床头，我吃什么娘吃什么，我到南极地娘也跟着去。小鹿老提当年若是死心跟着她学插花，如今光插丧家花圈就教我心思全无，也不用耗那几年窝在疗养院捉虱母。

海会不成，不然去住北园别墅：铺位二万三，风水不论，花莲大理石二千，拾骨工九千红包省了，合计三万四千。想当年郑经建那北馆，也是为今日我娘设想。出院时，小鹿送来喜包五千，娘住得起开元别馆了；一千还向小鹿买花供。

我找到了行动电话中的大哥，他不知在哪个夜空下骂："开元？哪里都可以去，就是不可以去开元。叫你别乱吃药你不听，你看你竟然忘了生前他们吵成那样，死后还要坐对面相看？"她怨空守疗养院那几年玫瑰开的多是灰色花，她愿意让点生意给我开连锁小鹿花店。妻什么都让就不让我跟着小鹿名世；那几年伊每周末翻山越岭探望疗养院，而小鹿善用这空守的光阴把自己搞成小鹿名花。

我几乎忘了现世的恩怨，何况生前。祖父平生自视儒家正统，居家奉行内圣外王那一套，内圣到怎样地步了谁也不知道，倒是常常凸显他的外王——家里猫狗都晓得离他脚背三尺。媳妇中只有娘不吃他那一套王霸气。孙辈中只有我长大后敢平眼直视他。气不过人他就咒"不知尊儒的都是失心外道"——心被老孔骑得天狗吃掉了，怪不得我后来失了心疯，娘若非早死，看现世狂飙这样也早晚疯掉。

十七

隔日早晨，我正顺风逆旅到婆罗洲外海，被连串击门连同喊人声吵醒。来人验明正身，交给我纸条捆的十万，只说大哥电传吩咐。

马上我乘铁骑到竹溪寺大厅，中年女尼收了七万元，在记事册上写下细细的一行字，我等着要字条收据，女尼不知我等待什么："若方便，请来同用午斋。"我抄近路到殡仪馆后头小径，远远见三口寿色福棺面上浮着两朵艳色的奶仔花。

三太按着电子计算机算了又算，开给我一张标明"安乐有限公司"的收据：二万九千五百，多出的五百元是嵌在坛上的娘的小块磁照片。我答应不日就把娘相片送到，同时要求看看我梦中的黑心坛。"哎哟，你免紧张，我全岛掠透透，掠到人家内库叫不敢——"有电话铃响自福寿深处，三太隐入去接。江湖传说安阿乐要避大太二太时，即时躲入这福寿仔乐中；这好比疗养院中有人为避远来探望的妻，借故藏在屎尿无人管自己呷的隔离室内。

三太转出福寿时，双臂交在胸前，微俯的脸带爱的杀气；我在当年青春秋哥六舅身边跑马灯似的女孩脸上看过这种杀气。"免惊，黑心现赶货在大海中——"这嗓音可以立时冻死沸水中的滚虫，那紧咬的乳沟么夹瘪所有来犯的敌船。

我有个铺友一天要演练几回海沟两岸的攻防战，友船敌船是他多年来打瘪的蟑螂晾在铺下夹层阴干的。当他攻防得满脸汗水时，就有另一个铺友不死鬼阿三冷不防栽下来抱紧沟棉被，好在蟑螂船是夹不瘪的，不然铺沟两岸之间马上爆发肉身攻防战。一路想着乳沟棉被沟铺沟，铁马轮自己弯入法华寺巷子，我禁不住想念木拱桥下的乌龟沟。

少年时代我就迷法华乌龟。听说这乌龟的祖公即是梦蝶夫人的宠物，我怀疑偌大的那只曾亲眼对视过梦蝶夫人"不语似无愁"的眼眸。我最爱半蹲半趴着看：瞬间缩头乌龟的那股教人又恨又爱的劲，以及永远瘫在水面不动明王的那副样子——后来几年我在狂人与自闭病人之间苟活求生，全靠这无意间学得的乌龟术。

不知何时拱桥两边张开义乳般的铁网，那网脚各个插入泥中，成就一只密封的大乳包。我转着眼珠搜寻大乌龟，他们竟然忘了在里面放几块晒龟石。我初次见大龟摊开来晒在龟石上，当下就了解"帝国"这个词语的概念——只有几只小龟趴在网上，肚皮向着日斜西天。

我趑过慈惠堂，还好董事长夫人大菜姑还端坐在胭脂花雕椅上，只是眼窝下的寿泩了些。因为大家忙着她座椅靠背后那些唢呐经忏喇叭，大菜姑用小女孩的嫩音说着笑："什么时候龟没水呷啰谁也没注意，某一日半暝，有只大龟趴到老住持的肚皮上——"

十八

我俯头扒饭夹菜，心中盘算着如何解救陷在铁乳包中的众乌龟。"今早谁送东西来？"妻说隔壁阿嫂告诉她——就是这鸡婆嫂子！我一肚子龟气：当年就是她密告我夜夜不睡不知在接收什么、放送什么，到今天她那只单皮凤梨眼夜夜嵌在刺竹丛中。

"哎呀，真是的——"妻嗔到夜深：大哥连小小一万元也不肯让我们出。不过省下这一万，可以让我们未来的宝宝学几句蒙藏话，据趋势专家预测，到了宝宝当道那时，蒙藏语即将取代大汉语成为世界语。我抚着妻大腿的外曲线表示同意，据我旅途所见，内蒙古的蓝天是世界上最蓝的蓝天。我秃鹰一样挺翅滑翔到大腿的内曲线时，我悟到蒙藏高原高也高不过我睫前的耻丘。"哎呀，真是的——"妻撞见人门上高高撑着个人头。

原来是二哥喊我同去夜市，马沙沟海鲜摊蒸了活跳虾，烤两尾秋刀鱼，炒两百元猪卵葩，当然不忘米酒维士比。二哥说自从上次见面后，他心中挂着一事，连夜不得安眠。活跳虾是特意叫给我吃的，自家人都希望我活跳起来，他们都看厌了我走起路来软脚虾不如。奥子也透露生活的秘诀就在活跳，活跳到底，自然教你不得失眠，前不久我曾连夜行脚到东海岸秀姑峦口，黎明时返过摩天、天池回来，果然那日一路云水浩荡直睡到黄昏。"会不会——"二哥一双筷子夹三粒卵葩，"荫尸？"

平生吃尽天下卵葩，做人也值得。二哥检讨他的半生：早年在染整厂，被喷射出来的氨酸冲到眼瞳，整整三个半月瞎子一样，儿子就是在那瞎子时期摸黑生的，怨不得至今为急着"转大人"的儿子气心劳命；后来换做车床工，被机械削掉半只拇指，食指中指都比拇指长就不明白为什么单刀直入拇指，女儿就是在那断指时期生的，落到现今，每夜下工回家第一件事就是检查女儿的拇指；前几天，只因环保局的人找上门来，吸盘老板下令关闭所有的门窗，免得大到心脏自己都听不见心跳的噪音渗了出去——你可以想象吗？一只半生活跳的活跳虾被封在火爆锅内焖！

"若不是荫尸，我们做儿子的怎么落魄这样？"下次碰见奥子，必要告诉他：米酒维士比配卵葩，人生真有说不出的滋味。妻家姑妈是府城有数的富婆，竟然女儿夭了青春，姑妈送女儿一口当时少见的铜棺，十数年后女儿数次向人托梦，说她浸在水里又冷又湿，几度犹豫终于开了铜棺——是青春女儿的模样，只是那青春在棺中腐了十年，从来没有那样不堪看的青春。有个暑闷的黄昏，我在赤崁楼边墙重逢一位旧友，惊问他怎么会有那样比我更不堪的脸色，他嗫说他同亡妻睡了多年，亡妻体贴他床褥湿又热，让他日落时分出外透气……

十九

"不会是荫身。"我说。秋刀只合吃它鱼头，不然秋刀吃多了开口就有秋刀气。"无可能是荫身。"三哥瞪大卵葩仔目。只有世界伟大民族救星一代宗师才有本钱把自己搞成荫身，我舌挑跳虾在唇齿之间：当年娘厝的是原杉肉色薄棺，当时连上几层厚漆的钱也省了，棺一落土铁钻跟上去前后通了风洞——真怕那钻到娘的脚掌。现在你要娘是荫身也难，娘要向不知跑到哪里去的蛆虫讨回身上的肉。

"我赌你是荫尸。"二哥干了台湾XO，大声吩咐上酒上菜——再一盘猪卵葩仔，清炒，不必姜丝。我赌你是荫尸，因为你娘的阿爸也是荫尸。他小学五年级时，亲眼见与人谈话中的外祖父，哈笑一声，同时喉咙发出一种"拱猪"的浊呼,就往后一倒。几年后他亲眼见棺中的外祖父浑身红膏赤肉,流氓舅恨得当下骂:子孙的血都被你吸到乌沥色喽,怪不得姨们纷纷早死,舅们个个竹竿样,除了流氓肉舅。

我的唇齿之间啮着你的卵苞:我禁不住哼起歌。奥子不教人持咒,心神不定时,只管哼歌:啮你千遍也不厌倦。"我一万赌你是荫尸。"他童年时赌玻璃珠尪仔标,青年赌棋子麻将、四色牌轮盘转,壮年时赌大家乐六合彩,今晚他赌荫尸——就在他赌荫尸的这一刻,他人到哀乐中年,我注意到他原本湖青色的眼泡瞬间转成龟皮色泽。

"我十万赌你不会是荫身。"也不厌倦啮你千遍。

二十

当夜,我腰挂宝特瓶台湾 XO,远遁入地狱的后门,见他们永远在中庭干烹着一只地牛肚大的锅等着你,内里千百万亿个人沸上沸下一点不嫌挤。来时路上我睁大眼睛没有碰见娘的影子,最可能娘也在大锅中舞,我拿台湾 XO 浇在小腿用劲跃了几下——平生我最恨没有螳螂的后腿这时便可螳入大锅中。无奈我转过后花园,见一青衫小尼姑踮脚尖捏竹竿挑栀子花,我一跃上去替她摘了七八朵,顺便央她转告娘:"我十万赌你不会是荫身。"

地狱门归来顾不得猪脚面线,我送小照去给三太。三太拿相片看了好一会:"多时没见你秋哥舅了,这姊姊和他一样风流标致。"

"有无可能……"我嗫嚅着,"是荫身?"

"荫身?"三太倏地瞟一眼相片,倏地将娘锁入抽屉,随后媚起面肉团:拾骨是小工,荫尸则属大工程——收费另计。不过,荫身也不是容易的呢,人中百不得一。她安乐公司就做过一回这样的生意:

有位年轻人要求为他猝死的爱人保持青春至少十年，安阿乐拍她胸脯保证他安乐公司腌制的功夫乃属府城第一流，当场并立了切结书"保荫十年"……"像你娘那么好看，"我跨上铁马，三太哆哆地说，"荫身也差不到哪里去。"

我趴趴骑到水仙宫后，六舅正在坛前水泥地上就大水盆洗腰巾，那腰巾的大红上窝着几处渍白。"总是临时找不到卫生纸，"六舅边搓边叨着，"临时抓来做屁股垫，——伊娘的想不到白带这么多。"我蹲在水盆旁，恭请六舅同参娘的拾骨礼。"干——"六舅拿腰巾凑上眼鼻，"我干，又搓破了。伊娘的！嘿，我就讲过：世间第一毒，这白带卡毒嘿盐酸！"

我转到裱字坊，随后过花店，把方字正楷"花好月圆"挂上中堂。小鹿捧来两束芍药让我带回去供娘，扯着我的衣袖入花丛："气死人喽，近来奶都气瘦啰——"果然原来骄人的二十世纪梨现今消水成白珍珠莲雾。

二十一

妻削了两只水润光的酪梨送上床铺，我说我刚在外头路边水果摊站着吃了两粒莲雾珍珠。莲雾好看一个头，妻说还是梨子多水、助消化，又养颜心脾。"这回二哥跟你赌什么？"妻曾建议二嫂：拿芋仔兵他们擦枪用的长条通杆，沾菩萨座下的莲花油，从喉口直下通到屁股孔，包管你去赌徒丈夫的赌性。"他一万赌娘是荫尸；我十万赌娘不会是荫身。"

脸枕上我的腋窝来，梨汁露在我的腋毛尖。"荫身有啥了不起？"妻小口小口地啃着吮着梨只；伊的娘就是荫身，会荫身全因为伊爸的风流，伊的爸是那种大开大合的无赖，娘是撞见正在别的女人身上大开大合着的爸，当下心被那两盆骨盘相碰击的叭爆声爆碎，阿爸于心不忍，四处采了许多娘爱的草花塞满棺中，娘葬后三天不到，爸又爬上一个远来送葬的女人的肉体，那女人胯间流出棺中草花的腐鲜味，源源盖过伊正在厨房做的蛋炒九层塔的香，——后来每个女人都流出同样烂草花香的味道了，当汗湿耳鬓之际，爸面对的是娘的荫身……

我挺直直双腿，让妻在爱字头上做工：荫尸若有这样美的看头，也不枉费了她荫身一世。虽然同是无赖，我是属小磨小转那一种，小磨小转保证你细水长流，不像山洪暴发转眼间干旱又逼人。妻说有个同事小姐，每二三天胯骨就要裂开三四寸，可怜看她开八字在教室走廊半拖着走。过几年，我人生计划偕妻搬到曾文溪上游集水区去，这长流细水保证都市你们冬夏不必分区分段停水。

"快成脱水人干了……"妻弱声哼，即时我鼓振小腹将要狼嗥一呼结束这爱的长工，正当此时我听见一台厚重的东西悄悄熄在门口，同时哒哆滴不客气哒哆滴——

二十二

难得大哥抱歉当了一天我们左邻右舍的起床鸟，哒哆滴哒哆滴，难得刺竹丛间那单皮凤梨目今晨可以早一个时辰休歇去。大哥说他昨夜南下山乡赶赴某位土霸的五十寿宴，那宴席摆在星空下，五千万多桌坐满了五千多万人，服务生从领班到上菜清一色中学生少女，一例涂了初经血色胭脂唇：他若不是惦着娘的大事，最可能跟着人家留下来排队吃嫩笋。"笋嫩不比虱目鱼肚嫩。"妻要赶去早市，我及时宣布：今日早午素食，晚餐可以不论——尼姑吩咐的。

六时正，妻惺眼蒙眬中，我们出发。银子打造的"便池"车划破银灰漠漠的街道。六时零九分，在二十四小时幼齿槟摊旁接了二哥。

停在市场巷口，望见内里六舅蹲在水仙宫前阶上，哒哆滴哒哆滴，六舅弓着身走来，双手供着什么，手肘边香烟缭绕。两条黑龙自花彩南洋衫的肩背滚落胯骨，六舅叹他老货今生头一遭坐这种便池轿车，为了坐镇这德国便池，他昨夜老远到安平结拜兄弟坛请来小尊地藏王。为了比拼地藏的黑檀烟，二哥燃了支长寿，大哥则唇衔一支细长条的豪迈士威尔。

七时整，远远见安乐公司招牌下驻着两人。宽肩韧腰芋仔捆头戴红色打鸟帽提红巾包袱的中年人，一见就是正牌狮记拾骨师傅；师傅介绍他身旁戴西部原色牛仔帽，肩披一大口麻布袋，腰侧枕着铁铲长柄，看来像阿里山羊羹的年轻人，是狮记的见习生兼助手——这见习手出乎我的工程计划之外！"我改搭火车吧。"我乖乖下便池。请师徒两人上便池。便池绝尘而去，随即尘中退回来，夹心荖藤一样把我送到车站放下。

二十三

我在贩卖部买了新一期的旅游杂志，是专辑《消失中的天堂之岛》。人这种万物之灵的东西是无远不去无近不到的，去到了就画框下大小口径不一的泳池，天堂就逐渐消失于泳池中。奥子说他在所有天堂之岛的泳池都小便过，妻几度告诫我澡盆是用来洗浴的不是让人尿尿的。但是尿尿是为了腾空小腹，空的小腹便于漂浮，澡盆是勤练漂浮的好地方：如果你能在澡盆中漂浮，你就能在这飞驰的火车车厢中漂浮，那么现在你就漂浮在天堂之岛的任何一个泳池中了。

十九年来，娘居厝在红毛埤下八掌溪河床。只要娘会漂浮，顺八掌溪而下，出海口，即刻我们就在爱琴海天堂池中会合，让便池车上的人们去赶赴一个"空棺的约会"。听说太平盛世多空棺，因为躺进去的多是四肢完好的人，暑闷的午后黄昏，大家相偕去市立或私人俱乐部的泳池漂浮，冬天，尤其寒流来自西伯利亚的时候，他们都在二十四小时大夜市围炉，其中小部分人喜欢围在便利超商的微波烤炉前。

有一套健康法，流传自这些漂浮者或围炉者的闲扯中：有一阵子，娘清晨四时即起，在后庭芭乐树下摆十二大杯清水，清水可以洗大气之于人身的污秽，大量清水引来频尿，物必有用物尽其用，尿之为物在此翻作循环解毒剂，尿液珍惜地滴在喝过的空杯中，之后就是一口尿液配三口清水——娘喝到肾水肿，肿下足踝上指关节。饭桌上，娘手捻筷子两三次滑过鱼肚。"想不到今日被虱目鱼肚皮欺侮。"伊红了眼眶。

娘肿痛得厉害时，六舅一度率府城三姓元帅搭火车远来探看嫁出去的女儿。元帅坐轿在沙盘上冲来撞去，直到夜深一支木笔才写出个名堂来：可惜这回六舅识不出名堂，只说可能是个"黏人的"煞星，他流氓一世，遇到这种煞星由不得他也被黏到肿脚。隔日清晨娘起个大早，笑吟吟到后院抓鸡，手劲无力，划了七八道鸡脖子才泻出血来。元帅喝过清炖鸡汤，包车回府。娘还上市场，午餐煮虾米丝瓜粥，餐后发面粉做三角红豆馒头包子直到黄昏。

煞星入娘的内里做活。娘清洗水槽暗沟，一下午在后院爬凳子摘掉烂在枝上的芭乐，腌渍前庭的芒果干，搭新栅架试种紫葡萄，替我们所有破损的制服衣裤打上补丁，吃更多的虱目鱼土鲹田蛙，更多的水和尿——六日后清晨趴倒在尿杯上，身旁矮长凳上端放着七杯清水，四个空杯。

二十四

我在红毛埤堤面下了出租车，怅看春草幢幢的池水、尽头处叠层而起的远山。年少时，总想有一日会走入那山的不可知处不再回来；料不到成年后沦入都市的深坑，从坑底辛苦爬上疗养院，院后的腿只合蹬家中的枕头山。

便池车停在乳牛栅场与香蕉园间，乳牛的身纹来自荷兰，香蕉的弯度来自吕宋。人在墓碑的洗石仔白与乱草莽绿间；等待破土吉时九时五十分至十时十分。黑面地藏坐镇墓庭前三棵槟榔树底，六舅在不远处坟间忽高忽低不知找寻什么。

红头师傅看这墓园风水不顺，一来迎面埤水盖头压身，二来背后凹摊下去赤裸河床了无靠山，尤其这庭前槟榔挡住去路，正好三兄弟一人挡一路。大哥感叹他早年买了些股票，至今死标票券在墙上当饭后飞靶。二哥怨气他在"大家来六合"场上拼杀多年，从未掠到一支大支特尾将军。我难忘从前站在家后庭便可千里眼见安平归舟、星沉大海，现在月亮只能直着脖子在大厦谷中看，妻说早晚看到倒头栽。

九时半，师傅吩咐先拜土地烧土地公金。穿过槟榔树，娘曾望见我挽着少女小鹿的腰走在黄昏的土堤，满月光的晚上热血难安的青春飞车在堤上追逐来去。六舅转过来说他要下到河床捡鹅卵石，带回去替小太子做个假山水。躺在疗养院床铺的最后一年，我常梦想搬到这墓园旁搭间木板厝，聆听暗夜溪水缠绵过草尖树梢的寂静之声。六舅想必是怕见什么，地藏菩萨的眼睛答应替他看。妻事先说好不准偷偷搬到那里去，"——我不会挤乳牛的奶，搬到那里做什么？"六舅见过少女时代的娘，后来浪子带过多位浪女来家说是要跟姊姊媲美。

墓拱铲入尺深时，还不见棺木，二哥红肉李的脸惨淡了些。拾骨狮指挥助手顺着不存在的棺椁，挖个长形凹窟，随后他自己踞在其中，拿小铲一铲一铲铲出泥土——无人出声发问，但我们都疑：连棺木碎片都朽无，莫非真应了古人那句话"一切在尘泥中消失"？我抬起凝睁得发酸的眼，遥望一泓溪水闪碎着日光——娘是否等不及，自己搬了家？

二十五

"那不是头壳吗！"二哥惊呼。

我们拢蹲土墫上看。助手即时递给师傅一把黑伞。拾骨狮撑起乌伞，同时把伞左右晃着念：天皇皇，日皇皇，乌伞保护你重见天日免闪到你的目睛。毛鬃刷子刷开碎土——完全像骷髅影片中的骷髅头，二哥刚刚的惊呼中有一丝心头卸落石块的松慰——不是传奇中赶路回家的行尸。

"哈啊，"顽童对付初生花苞一般，拾骨狮自下颚摘取一枚金牙，"看，纯金不坏，"喜滋滋地示给人看，"值得带回去做纪念品。"但没人伸手去接。金牙示到我面前时，我手腕反射似的伸出去——金牙落到掌心，指掌紧紧围起来。

不坏的还有尼龙寿衣，自头颅以下乌黑亮泽遮过足踝，领口见鲜白衬的里衣。拾骨狮捧起头颅，翻看两下，说是下颚已经虫蚀，还好颜面仍然漂亮。助手拿来麻布袋，二哥伸手接过，助手教他用两只手肘关节顶住膝盖，腿膝开合便可控制袋口的开合。拾骨狮将头颅放到袋口的瞬间，急转弯交到我的手上，"这——最后放，"人身要紧不可压到头颅。

"颈椎有七，"拾骨狮大声说与人知道，随后听见东西一块不少落入袋底相磕撞的闷声。肉手摸入寿衣大陶领，"锁骨二支，"拾骨狮比上自己的胸肩，"女人锁骨幼秀，"虽是幼秀仍被粗手丢向麻袋，在袋口交错坠入袋内。"肩胛骨两片。"大哥伸手接住：骨胛上爬满嫩芽色小茎。之后，每块胸椎同样趴着蚕丝样茎脉。"胸椎十二。"大哥问："是什么草茎敢——？"拾骨狮摸到腰椎："是野草的茎，不久就会穿破骨孔；还好不是野藤的茎，我曾摸到过野藤茎缠穿整支龙骨椎，你一块动它不得，要就让它撑站起来。"腰椎有五。随后左右手各抓出一肥肋骨，"谁算算看两边各十二支，"又说，"不用算——不会错。"喀喀啦啦挤入麻袋内。

我右手尾三指捏紧金牙，食指拇指扒着、扒着眼洼鼻窦中的砂土。也许近水潮湿，颜面是赤棕色，像娘每晚临睡前喝的当归补血液的色泽。我左手掌贴着头盖骨，沿着后颅，徐徐起伏来回：让这质地与曲线进入、成为我掌内的记忆——小时娘也这么抚着我们的头颅吗？食指拇指悄悄绕过下颚，趴吮着颅壁，一分分蠕入内里：恍惚无止境的，洞空。

二十六

大哥接过铁铲，大力一击，墓碑折断堕向墓庭：娘在墓庭前缘捆扎好的麻布袋中。我们等待六舅返来。师傅问：何以墓碑上的祖籍写着"台南"？在他拾骨生涯中，只见泉州、诏安、厦门、潮州……我们望着地上碑拱下缘那两个大字"台南"，无人回答。

墓碑上文字以及墓庭门联，是祖父用他的一手工笔写就的。想来他在世时，大约无人提过这问题。他总自称是台南北门人，终战那年自田庄移居府城。娘的娘家也来自台南北门，外祖一代已在府城有厚实的营生。自命儒家一生的祖父，不会不知道自己的祖籍来处，媳妇嫁过门时不可能不考究她的本家祖籍出处，他当然晓得"厦门""同安"是墓碑文化的约定俗成；娘死那年，祖父年过七十，退休蛰居在闹市一条僻静的巷底，他先在旧报纸上试写几遍，之后在一张洁净的长幅白纸上工笔写下：台南。

六舅迁缓在墓拱间，左右手各提一只袋子，右肩明显下垂：浪子六舅还保持年轻时的习性，右手是用来做粗活的，左手是保养来玩软的。他向河床边养猪人家要了饲料袋子，小太子玩剩的鹅卵石，他可以自己加工成星宿老爷托梦落下的陨石。他跪在墓庭，向麻袋中的娘磕了几个头，感念说自己婴囡时娘辛苦背他去抓中庭老椿树上的鸟；随后他用江湖大哥的口气，嘉勉师徒两人的手艺，没有坏了他秋哥大和兄弟安阿乐的交情义气。

二哥过肩背起娘，大哥手执线香前导，出墓庭，过蕉园，上便池车。娘安坐前座踏垫上，其上是二哥手中的不断线香，引导娘过高速公路回娘家台南。在乳牛场前我们暂别。我反向经泄洪道旁小径爬上埤堤：青草连绵而去水涟涟的尽头是迷雾的群山。我下到埤岸，蹲着将捏紧的拳掌浸入水中，我闭上眼睛，感觉娘的牙齿濡湿起来……

二十七

我步行出红毛埤，在中途一家露天冷饮摊歇坐，渴饮柠檬汁。摩托车下来几个青年男女，是穿制服的专科学生，多叫大碗蜜豆冰，只一位要刨冰芒果青切片。

那含着芒果青的唇片就在我的斜对面。一种波颤，起自唇肉裂纹，漫到颊腮。那腮肉，不时要跃出波颤之外，又被内里什么紧紧唤住。

我凝盯着女孩的脸，渐渐濡入那肉腴的内里，见到娘的骨；我亲切感
到娘的骨，是那么样渴望丰润的肉。我化作娘的骨，痴眈着女孩，不，
不是作为女孩的整个人，不是少女的美或气质，而是静物一般的眼、鼻、
腮肉，卷上衣袖露出的手肘，盖过膝头蓝裙下的小腿肉……直到她微
吐舌尖左右舐了舐唇角的汁液。

　　我垂着头走在暮春正午的阳光中，茫嗒地想着那左右一溜的生鲜
的吞尖，想到"永远从存有消失再也读不到日新月异的食品目录的"
娘的舌尖，脚跟沉重起来，脚掌在柏油路面黏答：这整个迁居工程设
计有了无可挽回的疏漏——娘的血肉遗留在那刚被废弃的墓坑，墓园
拱的草木枝叶都融有娘的血肉养分。我心念一动脚尖正要折返，"叭"
的一响惊我一吓，一辆计程车缓缓停在前头。

　　很快我穿透车站月台人群间隙觅到一双黑窄裙绷的大腿，交叠
在候车座上，自裙底内里曲线出来的暗影反衬出满满的肉白。娘的
大腿骨素到不带一点剩肉，被扭入麻布袋的瞬间，我感觉它恍若枯
枝犹紧紧留恋着叶肉。我紧跟着那满月盈的大腿上车坐在斜后座，
一眼不敢看掉了交叠中的，左右换叠时的，平行紧拢着膝的，间或
晃开膝腿缝来……

二十八

　　在福寿棺前，他们围着吃陈年老人茶。大哥笑我难得脸色好看，
一种红潮，自鼻翼漫到颧骨。我只说一路艳阳兼又舟车劳顿。"说不
定是一路艳福。"三太的哆音，我只眼尾觉到今天她一身紧的韵律上衫，
没有注意那衫上是否挂着乳沟。

　　娘现在狮记的秘密烧窑。一下便池，拾骨狮即拎着麻袋上机车汽

缸，赶赴他的秘密烧窑；府城人传说他的烧窑可以烧出指定的大小形状、色泽。——莫怪我刚刚那时嗅到一种闷杀的腥焦味。二哥怨说在此品茶了两个多小时。大哥劝我吃些桌上摆的素食粽、素食粿，我摇摇头，心内回答："娘吃过了。"

拾骨师傅带回来一个土黄色硬纸包装的盒子，拆开：照片中娘的面肉白浮显在黑心圆的质地上。师傅指点我们兄弟一一上香，同时喊："娘！来去进塔坐位啰！"我捧起坛子，坐上轿车，将娘安放在小腹两腿间；阳光从玻璃窗射入来，那极黑的坛面上闪着肉眼几乎见不到的碎紫。

诵经尼师已等在塔前。午后三时的静寂，似有若无的喃经，风过叶隙的无声。娘稳稳坐在黑心圆内，背后是深不可测的塔海。我双手合十："娘，——就是这样了。"瞬间娘朝我眨了眨眼睛。

二十九

我亮着灯直到天亮。日光灯下，娘的金牙两旁各嵌着一只白牙，那异样长的牙尖想必是在泥土中吐笋的，笋只这里那里渍着久年褐色印泥。妻只入来一次，在我床头放了一个葫芦形小红布包，离去时那眼神说：谁不晓得你带了珍品回来？不让人看就自己宝贝好了，谁敢看你宝贝？

清晨被一只大喉咙的鸟叫醒，"金瓜汁是珍品果汁"，"金瓜汁是珍品果汁"，大概是它新开发的一种果汁，一大早就到处报给人知道。我闻它大鸟声，就起而往后院走它一万二千步，口中默念"金瓜汁金瓜汁"，直到一念不起与这金瓜汁融成一气，当下我发觉我一只脚已经站在刺竹尖上，我摸摸裤袋深处的葫芦包，我们等待——奥子剥好大蒜皮，即时腾空出大厦间谷，一起横向无所谓的远方。

——原载一九九三年七月《台湾文学》第七期，

收入春晖出版社《拾骨》

【导读】

　　舞鹤，本名陈国城，一九五一年生于台南市。二十世纪七十年代后期以《牡丹秋》《微细的一线香》崛起于文坛；尤其后者以颓废主调再现当代乡土文学"正确"题材，为后期论者所谓"本土现代主义"创作风格垫步。隐道淡水十数年，大量涉猎哲学、本土史书，一种内外于"体制"的草根生活，扎扎实实填充，一九九二年复出后小说创作的内涵，不失为台湾文学异质的暗示。《拾骨》《十七岁的海》反性、政治、伦理"正常论述"题旨之外，近期《余生》《鬼儿与阿妖》诸作不无泄漏拒绝分类、反抗体制收编的焦虑。

　　小说一开头，叙述者的妻到旧书摊绑回一叠《世界地理杂志》，间夹几本《旅行家》"昔日情故今日妻的闺中密友小鹿"为犯有"妄想性精神病"的叙述者"我"搬来整套心理丛书，开宗明义注定《拾骨》或舞鹤复出后的小说创作，更重视书写"过程"而非书写目的或小说终局，那是作者自我耽溺的书写"旅行"，未必需要哲学与道德主题的终极指涉；舞鹤挪揄了主流文学的再现模式，从某个角度看，也鄙相主流文坛"恶性"生产出来的阅读品位，甚至所有文字性媒体读者"大众"。从这个角度来看，台湾文学是有限的，文学也是有限的，舞鹤理所当然有限得可以，逃不出文化、人类文明终究是"被决定"的行而下牢笼；读者大可轻松阅读，自行建构一己阅读的旅行，管他舞鹤不舞鹤。

　　《拾骨》已经算是作品中中规中矩的一篇，文字游戏的意识形态已经隐然成形——文学作为过程而非终局、作为事件而非对象的美学意理，外加有迹可循的主题线索，形成《拾骨》的相对"保守性"——这时候的舞鹤还没完全绝望，他对读者、对文学再现之可能，仍抱持某种程度的想望；形式与内容仍紧紧构连为统一整体、小说的结构，只是不再寻求救赎的超拔。性与死亡成为辩证的主题，作者一再提示叙述者梦见、看见母亲的异象，死亡意象镶嵌在现实坐标、性感官（恋母的观感）又于小说结尾处暗示生命的根源，最终证成色即是空的禁欲操练，整个"拾骨"过程——从灵感发动、洽商议价、寻觅塔位、将一根根白骨纳入麻布袋、烧成灰、安座，肯定了感官／阅读的合法性，亦即舞鹤书写的欲望。舞鹤如果也希望读者轻松阅读、直探作者内在欲望、思想的核心，他或许应该舍弃文学、放弃写作，寻求艺术文类的展开，可惜文字还是他目前唯一操之在手的工具。

——施俊洲撰文

在太阳下

宋泽莱

岁月流逝半世纪，怕连上帝都为之噤语。

一

　　大儿子打算在今晨回来，他完全是伟大的一代，二十四岁——这样幼嫩的年纪，竟掌握了一个队伍在高屏海岸，充任一名尉官。我说他伟大，是指时代付给他的像这样高的官阶，在我的朋友群中——不！所有日本侵占台湾的战争一代中，没有哪一个可以做到。他的另一个伟大是空洞，我总希望他该补充一些什么。

　　黎明的光自黑青的东边山脉透出来，刹那间照亮整个原野，整个大地的蔗叶沙沙地摇动在青苍的晨风中。远方的荆棘地跃动几只觅食的野猫的影子，那个小儿子，举着刀子劈斩着爪哇来的新蔗种，那只苍白的手握着刀，颤巍巍地举在空中，好像要经过一世纪之久才落到地面上来，有时竟没劈中蔗干。这个儿子将来也是窝囊的吧，有时候我不明白现在的教育到底怎么搞的，他们不教学生工作，只蹲着啃书，结果现在他已高中二年级，竟然连拿着一把柴刀的方法都不会，他呼呼地说：结束了没？够了没？该回家了呀！好像离开家庭有一千年之久。

把蔗种统统搬上了车子，当我们跳上了车时，那颗太阳自山陵整个儿地升上来，刹那间像一颗红色的蛋黄，被冻住在七月的早晨冷冷的空间中。

整个儿小镇的凤凰花都开了，由若瑟医院开始到糖厂的路上，红红的颜色将路面整个给覆盖了。七月的清晨，飘散起一种蓝色的雾，落在路旁的木板建筑上，像覆盖了一层纱，我正要去车站迎接大儿子回来，这时我觉得愉快。有时我们当父亲的人会很想念儿子，把他当成自己的化身，我常做梦，一九四一，我是一个未离开故乡的稚子，同样走在这条路，当然那时的街路凄凉，却一样开着凤凰花，我迈向糖厂的小火车站，嘟……嘟……嘟……那些火车一径地冒烟，我把小小的香火囊紧紧地握在手中，抓着手帕包好的行李，看着父母都来送行，像送一群未出笼的老鼠到另一个空间，那个空间有一个太阳，而父亲和母亲的泪流满面颊，映在太阳上，热带的太阳，带着太阳上的泪，走进另一个水域。那时我走过这街路，才十九岁。

"那有什么稀奇嘛。"小儿子把手指置在玻璃上，划开车窗上的雾，说，"他总是寄些照片回来，有时背着枪，有时穿军靴，还带领一班的人马。好看是好看……只是弱一点吧。如果是我，以后一定会更雄壮，对吧！老爸，你说说公道话。"

"哦，那当然。"我说，"你要比他强。"

"你说荒唐否？老爸。我们那群眼镜里有人投军去了。田鸡昨天填了志愿。那样瘦巴巴的人，大家送他钢笔，老爸，我们都比他强，你瞧瞧……"

车外的阳光十足地照耀开来了，现在我的思绪很快地进入一个很深很深的洞穴，那是一九四五年夏天。我又回到这小镇，真奇怪，也是有太阳的日子哪。在俘虏营穿回来的军靴喀喀地敲打在街面上，背包里放了一些战友的骨灰，空中的太阳裂开，飞出了两只怪鸟，一只说活活活……一只说死死死……几次怀疑自己踩的路面是真的，走了那么长的水路，有点不相信脚底会有泥土，军靴喀喀喀，活活活，一直地走回家里，梦般的岁月……

儿子就站在车站，我急速地揿了喇叭，他看来青苍，却仍然不失是个堂皇的尉官。我说："尉官，你好。"他张着瘦长的双手一把抱住我，唔，我在他凑近的脸庞见到了眼泪中的血丝，这一下竟然也眼眶红润，拍拍他的肩背，发现他高我一个头了。小儿子把他给拉开，咕哝着："军官爷还哭吗？老爸以前告诉我们男孩子不要哭嘛！"

车站开始聚集众多的小镇旅客，像一艘船，这个小镇，我总这样想，随着整个儿台湾的变迁，那车站也一次一次地修改，由伊始的停车牌变成如今挂着各种招贴的车站了，那林立的商店使原本困苦的这地方有了很好的生气。我见到了几位随同儿子返乡的年轻人，看来也是尉官吧，他们的金色的臂章望空闪亮，如同奔跃的金剑划破透明的空间。街道的唱片行吹奏起一首浓重的萨克斯风。

"这一向好吧，尉官。"踩动油门，我侧头望着他，在他青苍的鼻梁上我隐然望见一层淡红的色调，说，"是热带的太阳的关系吧。"

"是呀，爸，那太阳，总是那样。"他用着军人好教养的谈吐说，"如是地考验着我们，然而，爸……"

尉官居然脸色苍白起来，把那一抹淡红的色调给偷偷地掩盖了。

"什么事呢，尉官？"

"不，没什么，我很累。"他这样轻轻地说着，斜倚着他青嫩的脸，这样我便完全看见他母亲年轻时那种累了的楚然的样子了。

"我看呀！他总像妈，总是累。"小儿子说，"若是我总不屑那样。"

在模糊的车窗风景中，我瞧他们兄弟辩驳的样子，但尉官终于沉沉地睡着了。睡吧，那时我在新加坡，一个英人刚刚经营起来的地方，一九四五，我的希望紧紧系在那儿，作为一个战俘，我的思绪竟像那儿的海峡，动荡不停。"睡吧！"他用生硬的日语喊着，那喊声如同舢板飞奔在海浪上，于是思绪便也更为起伏，睡吧！睡吧！睡吧！睡吧！睡吧！睡吧！

愿上苍保佑这个尉官吧。我忽然看到睡了的尉官脸上竟有几滴的泪。

二

> 如果我把泪儿凝结
> 置放在你的发髻——
> 爱情的珍珠

那时我终于又回到这个凤凰木的小镇的家，开始又与长兄—— 一个日本早稻田大学的毕业生争论着俳句的作法。我当时并不以为留学的长兄会比我更懂日本文化，就拿茶艺来说，他喜爱千利休的茶味，而我喜欢小掘远洲，他紧紧地守住了孤寂，像清泉边的一座茅屋，而我守住这个浑圆，像木棉上挂着的午夜月亮，这使得他在日后遭到苦楚，在另一个孤岛上和囚徒厮守两年。因之当我写了这首句子时，他立刻送了我另一句：

> 路边的一朵草花
> 风雨因它而被
> 遗亡心

却因如此，我总对长兄有一种深长的感愧：毕竟弟不如兄啊！

那么大儿子和我的比较又如何呢？

"刚到那儿，很生疏的环境，舢板、竹筏、老兵、渔人，住在一个曾暴动过，寝室还留一点弹孔的旧观护所。"大儿子在这个热闷的夜的书房里对着妻和我说，庭院飘来夜的花香，风沿着树的空隙造访到三楼的这个小房，他说："就只有太阳和草花仿佛见过面。"

我打量刚被打扫干净的他的这个书房，灰尘犹攀爬在一些秘密的角落，露出淡淡的晕芒，这个新世代的知识人严守个人主义，他到军旅之前怎么说？他说："我的书籍不要动，请尊重我个人的秘密。"因之，只有回来时他才亲手拭去那些时间所遗留下的痕迹，像擦拭他自己的青春。

"你说太阳。很好，你说太阳。"我感到兴味，想起被封住的空间和我十九岁时的青春，"那当然是啰，南部总是比较热。"

"和很小很小的时候看过的一样，你带着我，在细细铁路的那些田野，灯笼花和野茉莉都开了。"儿子说。

"那时我是糖厂推广股的职员。"我说，"你是七八岁吧。"

"灯笼花都开着，沿着海岸线。"大儿子做个尉官的手势说，"在我驻防一带的海岸线，纷然地开了遍地，太阳照耀着像童年的野地我所看见的，我闻到梦一样童年的记忆、泥土。然后我带着沙场的老战士，煞煞地在花的海岸线奔跑起来。"

"你想不想到街上去走走呢？"妻关切地问着，"我和你弟弟陪你去吧。"

"我们煞煞地奔跑着。"尉官仿若没有听到母亲的声音，毅力十足地说，"梦一样的海，悸动着一颗敏锐的心，我们总是奔到那儿，排队、坐下、呼吸，海潮声沙沙沙。他们说：真是好个太阳的日子啊。

然后咒骂着……"

"咒骂什么？"

"咒骂……"

小儿子由外面进来了，他们一起到街路去。

"早点回来哪。"我对妻说。

书房刹那间静寂下来，只余一盏台灯，儿子的书架排列的书兀自地反射着光，而庭院的花香愈来愈深。

"请尊重我的秘密。"

我在玻璃垫上看到尉官用墨笔细心刻成的这句话。他到底和乃父有着迥然不同的性格啊，当时年轻的我不这样想，我总双手摊着，说："天下没有不可告人的事。"难道是两代的教育所形成的吗？噫！

然而，终于在他的桌角上看见一本黑色绒布的记事簿，我从没有注意尉官会使用这么细腻的东西，只有妻才使用，她惯于藏匿小小的记事簿在绣花枕下，有一次她摊开里头的一页，满是密麻的账目，却在一个小角落用针样的细笔写着对我的批判：大而无当！

这样想着，不禁轻轻地翻查着尉官的记事簿，这正破坏了我对尉官的诺言啊。

× 月 × 日

…………

他咒骂："妈的兔崽子，若我回乡，第一个就枪毙了他，自然他长得帅，还没一点胡髭呢！在洞庭渡口，他竟抢去了她。我并不是没有妻小！绝不！如果不是那小子。"

黄明总是那样骂着，他刚从澎湖调来，有精神失常纪录，我得防备他。

×月×日

捕获走私烟船一艘。

×月×日

…………

算来今天是出任部队长的第二个月，在这个全是老兵的海防部队，唯独我是年轻人，最奇怪的我竟是他们的队长。此事显现出荒唐。

×月×日

李一志在早餐后大吵，我去制止他，他喊着说：队长，你瞧见过死吗？

我笑着说：军人就是不怕死。死也不可怕。

不过他的话很教我不高兴。

×月×日

终于上级调一个医务士来，比我还年轻呢，没有一点胡髭，他告诉我从小他就崇拜史怀哲，这儿让他有了兰巴仑的情绪。

我警告他，不得对老士官有半点不敬。他露出洁白的牙齿说：

"是！队长。"

×月×日

黄明忽然大发神经跑到海边去了。他扬言要跳海自尽，并且一步一步走向海中去。这行为可笑。我们在岸边不敢接近，僵持半天，他又走上岸来。

太阳明晃晃照在海上，风扩散着海的咸味，我的额头滴着汗。

× 月 × 日

该不会出事吧。

在夜暗的防坡堤，渔火闪烁。我这么想。海潮沙沙沙沙……

× 月 × 日

…………

"啪！"我把尉官的笔记合上，夜凉如水，但花香却奇异地愈来愈浓厚了。

三

把对着树道的店门打开，趃出看看那些新的蔗糖，这已是次日的清晨了，才发现，今天的雾十分浓重，难怪昨夜的花香是那样奇特。小儿子吃了一点早餐，把书包一背，就要出门。

"老爸，再见。"他向我打个招呼，低头去穿鞋子，这才发现，他的书包画了一个放着光芒的烈阳。

"再见。"我饶有兴味地说，"把胸前的纽扣扣好。穿衣服要有穿衣相。"

"潇洒嘛！"他头也不回地走出去。

"真奇怪。"我想着他的书包上的图案，回到客厅来，妻在盥洗室替尉官放洗脸水。他把整个儿的脸埋在水中，呼呼地洗着，倒颇像个大人的样子，而后走出来。

"早安，爸。"他用着没睡好的双眼盯着我，欲言又止，说，"早安。"

"军队和家毕竟不一样呀，尉官。"我走过去，拍拍他还青苍的背，说，"要随遇而安，对否？"

尉官沉默地注视着我，终于，上了餐桌。

可不是吗？一九四三，我是真的做到随遇而安了，在婆罗洲的丛林里，我们逃奔着，生存在澳洲军的喷火筒下，生存在猎狗的追逐下，生存在沼地蜥蜴的舌头下，还有那儿的太阳，也是随遇而安哪……

我走到庭院上，发动小货车，啪啪啪的引擎声击打在雾的空间。

糖厂的早晨，数十年如一日的风景，我生命的故乡，一样的，我踩着脚步去做汇报，今天的主题主要是针对养畜猪仔的问题，争论似乎起自去年，由于厂方开始畜猪，民间攻击糖厂的贪渎，厂方总要想个方法。

汇报室的早间，空气有着明显的湿味，同事埋首喝着早茶，我把半截新蔗种置放在会议桌上，厂长立刻和同事们商议起来。

"这是没法子嘛！"一个公共关系部门的后生站起来说，"难道不养吗？糖厂不是已经没事可做了吗？不养殖猪仔，还有更好的办法吗？"

这个年轻后生也是新世代的人，他的话铿锵有力，这是老问题，我不能对这问题有什么意见，只需再几年，厂方便会完全把养殖权夺来，百姓再也见不着养殖业了。我把眼光落在壁上一帧热带的肥美的蔗种图片，那丛蔗叶的绿多么美好，教我嗅出台湾的深刻的味道，蔗叶、甜……太阳……蔗叶……在渺茫知觉中又想起尉官说："灯笼花开着……"

× 月 × 日

灯笼花开着，部队开始装检了。

大队长特地来了连队，说：不要马虎，懂吗？要检查东西，也要检查神经。

大队长的话使我忧愁，检查什么神经呢？后来大队长说：给我背诵所有的守则。

×月×日

把东西都找出来重新检查，从营房到餐厅，从重机枪到背带扣。

但要背诵守则引起了大的议论。

×月×日

李一志在操演时说：队长，我记不起那么多了。一、二、三、四……你瞧，我是白丁，你要我打靶，十颗子弹，一颗也不白打，但背诵，我不行，队长，我的头发昏，队长！队长！

你瞧见过死吗？哈……哈……

他们把李一志拉开，我冷冷告诉他：

上级说到就得做到，没有什么发昏不发昏。我心不悦。

×月×日

黄明终于把他的头发理光，在太阳下发着蜡黄的光。

他为什么这样做，我不明白。

×月×日

…………

"我告诉你们，这是公共关系没做好。"年轻的后生的姿态岸然，他撑着光滑的桌面站着，好像要站满糖厂早餐汇报室，他说："要向百姓说明，我们不是要侵吞他们的权利，我们一点也不侵吞……"

太阳已然照耀出来，赶走了雾。

× 月 × 日

一大早，我向他们说明：如果说背诵有困难的人，就证明他们不是完美的战士。

我见黄明把他的手放在洗手台上洗了一次又一次。

× 月 × 日

李一志出事了。他骑机车，在马路上，为了拐弯去市场买菜，因为没打方向灯，一辆卡车把他撞翻在马路上。

送医院。

× 月 × 日

断腿，商请卡车司机赔偿。

黄昏，回到部队，我说李一志无恙，但他们没有回应，低着头努力背诵。

黄明又洗手。

× 月 × 日

……枪响了……十个人……血泊。

我的心破碎。

…………

"这做法要经过设计，用一种好的标语，好听的语言，像枪弹一样：砰！砰！砰！砰！一颗子弹一个，打中每一个人。"年轻的后生把手举高做一个砍杀的姿势，说，"我们向新闻界宣称，厂方不侵占农民的养猪权益，而是调节市场的肉价，调节肉价！震撼的字眼……"

太阳升得高了，照出了汇报室窗外遍植的变叶树，那些不规则的色彩融合成一种奇异的色彩之海。

四

尉官在黄昏的时候病倒了，出奇地迅速和严重，当我踏进厅堂时就看着妻走出来，她的脸上挂着为人母亲焦急的眼泪，磨出了皱纹的手不住颤颤地抖动着。

三楼的阳光充足，现在白天，由这儿可以见到街路后面所有的盛开的凤凰花，一簇簇地几乎要覆盖住整个小镇。我是经常习惯于在这儿回想我年轻时的命运，我当时的梦、意志、爱。

尉官躺在他的书房里，刚打过针的脸留下激动的血潮，我在他的房间闻到一点烟的味道。

"唔，也学会抽丝烟这玩意儿了。"我过去抚摸他冰凉却血潮的额头，"我看了你的小笔记。"

他起初不语，终于激动地翻滚地坐起来，他说："爸，就那样，我猜不透啊！我在医院回来的路上，黄明终于开枪了。沿着餐厅、寝室、后院，一直迤逦，向着一大片灯笼花的海岸。"

"我知道。"我坐在床边，说，"我看了你的黑绒笔记。"

"他竟把所有的人都消灭了。一个一个，沿着餐厅，一直迤逦，碗大的伤口，缩小的身体，喷涌着的血，医务士，就躺在后院。他握着针剂，呵！"

尉官紧紧抱着我，崩溃地哭泣起来了。

我和妻一直守护着他。从天黑到天亮，又从天亮到天黑。又天亮。

五

"实则，我应与他们死在一块。我总觉得那些人中有一个是我。"

几天后，尉官痊愈过来，我送他到车站，他开始能客观地和我谈论事情的感受，小儿子一直嘀咕在凤凰道上。

"那当然。"我想起遥远的青年期，婆罗洲也曾死过的那个我。

"但我不明白，为什么连同那个医务士也要……他有那么好的兰巴仑的梦……"

我们走到了车站，人潮汹涌，我请他要照料自己，并把他母亲为他准备的香火放在他的口袋中，他在车窗处向我挥手，青苍的嘴唇露出了一种坚毅的笑，好个尉官！

车子走了，消失在路的远端。

"若我总不屑那样。"小儿子说，"真的。"

太阳照着整个小镇，凤凰花愈发盛怒地开了。

——一九八三年，《自立晚报》副刊

【导读】

宋泽莱，本名廖伟峻，一九五二年生于云林县二仑乡，台湾师范大学历史系毕业，任教彰化县福兴中学。艾奥瓦大学访问作家，也是台湾本土文化推手，创办《台湾新文化》《台湾新文学》《台湾 e 文艺》等杂志。曾获时报、联合报小说奖、吴三连文学奖、吴浊流小说奖等。

著有小说集《废墟台湾》《血色蝙蝠降临的城市》《热带魔界》，诗集《一枝煎匙》《普世恋歌》。

二十世纪七十年代，年轻的小说家宋泽莱以农民小说《打牛湳村》与陈映真小说《夜行货车》同时获得吴浊流文学奖，引起台湾文坛瞩目。

《在太阳下》中，南台湾夏炙的火太阳与二战时候的婆罗洲有何不同？这小说借由父子对话，映照出两代之间的生命认知本就不同，但幻灭去的，是美丽已消失于昔的青春、意志及爱。岁月流逝半世纪，怕连上帝都为之噤语。

"那当然。"我想起遥远的青年期，婆罗洲也曾死过的那个我。

"但我不明白，为什么连同那个医务士也要……他有那么好的兰巴仑的梦……"

半世纪之隔，曾经年少的父亲远赴婆罗洲参与并不情愿的日本"南进征伐"，儿子预官服役时发生了悲惨的老士官枪杀同室伙伴的悲剧。半世纪之隔，不同的战争——小说家其实说的是世代相异的生命认知，那幽微的、褪去的，是青春与美丽被剥蚀的一种沉痛。

宋泽莱《打牛湳村》《蓬莱志异》《等待灯笼花开时》三书，已展开台湾庶民图像的全面显影，也展现了他傲人的书写成绩。

——林文义撰文